KB057430

그림자 밟기

# 그림자 밟기

최고은 옮김

요코야마 히데오 지음

검은숲

# 차례

소식消息

# 1

3월 25일 이른 아침.

삼한사온으로 따지자면, 마카베 슈이치의 출소일은 '한'에 속했다. 높다란 담벼락 밖에 그를 마중 나온 사람은 없었다. 하지만 귓속뼈를 쿡쿡 찌르는 듯한 익숙한 신호와 함께 게이지의 신난 목소리가 두개골 전체에 울려 퍼졌다.

(슈이치 형, 출소 축하해! 먼저 보호관찰관을 찾아가야겠지?)

⟨아니.⟩

마카베는 반코트 깃을 세우고 버스정류장으로 걸음을 옮겼다. 때마침 시내 쪽으로 가는 버스가 도착했다. 짧은 줄에 선 마카베는 코트 주머니를 뒤졌다. '작업 상여금'이라고 인쇄된 얄팍한 갈색 봉투 안에서 동전을 꺼내 손바닥에 굴렸다.

이곳은 변한 게 없었다. 포장도로는 구획정리에서 제외된 몇 채의 폐가를 비켜 갈고리 모양으로 뻗어 있었고, 길가에 늘어선 은

행나무의 초라한 가지들이나 그을린 줄기도 예전 그대로였다. 그런 광경이 칙칙한 풍경화처럼 눈에 들어왔다. 2년 전과 달라진 점이라고는 현도県道를 건너지르는 육교 바로 아래에 보행자용 신호등이 달린 횡단보도가 설치되었다는 것뿐이었다. 자동차 우선 사회를 향한 반발, 혹은 반성이 위아래 모두 사람이 건널 수 있는 이중 횡단로라는 기묘한 구조를 관대한 얼굴로 허용한 것이리라.

마카베는 가리야 시청 앞에서 내렸다.

벌써 출근 시간인지 길 여기저기에서 나타난 정장 차림의 사람들이 무채색의 행렬을 이루어 직원용 출입구로 빨려 들어갔다. 시청 뒤쪽에 있는 도서관은 빛깔만 다소 밝을 뿐, 교도소의 높다란 담벼락과 다를 바 없는 벽돌 건물이었다. 아니나 다를까 귓속에서 다시 쿡쿡 찌르는 소리가 들렸다.

(정말 그 건을 조사하려고?)

〈응.〉

마카베는 2층 카운터에서 지역 신문 열람을 신청했다. 과거 2년의 마이크로필름을 받아 창가의 리더기에 자리를 잡았다.

오래된 순으로 사회면 사건 기사를 훑어보았다. 처음 화면에 뜬 것은 '마카베 체포' 소식이 보도된 첫날의 신문이었다. 다이얼을 조작해 다음 날 지면으로 건너뛰었다. 잠시 훑어보고 다시 다음으로 넘겼다. 다음 날……. 그리고 또 다음 날……. '사망', '살해', '상해' 등 살벌한 활자의 잔상이 하나로 포개졌다 사라졌다.

석 달 치를 훑어보았을 즈음, 더는 못 견디겠다는 듯 가운데귀 언저리가 욱신거렸다.

(형이 착각한 거야.)

〈…….〉

(아무 일도 없었다니까.)

〈넌 잠자코 있어.〉

마카베는 한 번도 자리를 뜨지 않고 계속해서 다이얼을 돌렸다. 2년 치 사회면을 훑어보는 작업이 끝났을 무렵에는 이미 해가 저물고 있었다. 아무 데도 없었다. 마카베가 예상했던 사건은…….

(거봐. 역시 형의 망상이잖아. 여자는 남편을 안 죽였어. 증명 끝.)

게이지가 장난치듯 말했다. 마카베는 동의하지 않았다.

〈죽이려던 건 틀림없어.〉

(망상이라니까. 애당초 우리하곤 상관도 없는 일이야.)

〈내가 어떻게 빵에 들어가게 됐는지는 알아야겠어.〉

(네, 여부가 있겠습니까. 그만 가자. 아무 일도 없었다는 게 밝혀졌잖아.)

재촉하는 목소리를 속귀 안쪽으로 밀어 넣고, 처음에 건너뛰었던 2년 전 신문을 다시 화면에 띄웠다.

3월 22일 자 신문 사회면. 네 컷 만화 밑에 크게 지면을 할애해 박스 기사가 실려 있었다. '철벽의 마카베 검거'란 제목 옆에 지근 거리에서 필요 이상으로 플래시를 터뜨려 찍은 사진이 있었다. 빈틈없는 눈매와 자를 대고 그린 듯한 곧은 콧날과 앙다문 입매는 CG디자이너가 즐겨 그리는 미래인의 생김새를 연상시켰다. 하지만 2년 전의 그 사진을 바라보는 지금, 마카베의 뺨은 그때보다 다소 여위었고, 눈빛도 의심으로 탁해져 있었다.

기사 내용은 주간지에 실릴 법한 것이었다. 중앙지와의 차별화에 집착하는 지방지 기자의 거친 콧김과 자부심이 내용에서 물씬 묻어났다.

철벽의 마카베 검거. 깊은 밤 정적에 휩싸인 주택을 노려 현금을 훔치는, '밤털이'라 불리는 잠입의 프로 마카베 슈이치(32, 거주 불명, 무직)가 가리야 서에 검거되었다. 신문해도 결코 입을 열지 않는, 높고 단단한 '벽'을 연상시키는 그의 모습에 형사들은 '철벽의 마카베'란 별명을 붙였다. 이번에도 체포 사실조차 인정하지 않고 묵비권을 행사하고 있지만, 마카베가 출소한 작년 이후로 지역 내 특수절도 피해가 늘어난 점으로 미루어, 경찰은 여죄가 있을 것으로 보고 엄중히 추궁하고 있다.

경찰에 따르면 마카베는 20일 오전 2시께, 가리야 시 오이시초 1초메에 위치한 회사원 이나무라 미치오 씨(41)의 집 서쪽 새시 창문을 드라이버로 파손하여 침입했다. 거실과 제단방을 뒤졌지만 이나무라 씨의 아내 요코 씨(30)가 소리를 듣고 일어나 110에 신고했다. 신고를 받고 달려온 가리야 서 경찰에 주거침입 현행범으로······.

게이지가 사고 회로에 끼어들었다.

(아내 요코 씨가 소리를 듣고 일어나······. 형 말은 이게 아니란 거지?)

〈그래.〉

마카베는 눈을 감았다. 지난 2년의 복역 기간 동안 그날 밤 일을 잊어본 적이 없었다.

그곳은 오래된 주택단지의 한 귀퉁이였다. 자전거로 단지를 한 바퀴 둘러본 끝에 담장으로 에워싸인 2층집을 표적으로 골랐다. 몰래 들어가기는 식은 죽 먹기였다. 거실은 요즘 스타일로 수리되어 있었고, 대형 텔레비전과 가죽 소파가 집주인이 '중산층'임을 말해주었다. 유리 테이블 위에 유리잔 하나와 올드파 위스키 빈 병이 놓여 있었다. 그리고 반쯤 남은 화이트호스와 먹다 남은 땅콩도 있었다. 텔레비전 리모컨과 구겨진 마일드세븐 빈 갑, 꽁초가 수북하게 쌓인 재떨이……

먼저 전화대 서랍을 뒤졌다. 아날로그 손목시계, 명함첩, 뜯지 않은 마일드세븐, 넥타이핀, 볼펜, 갈색 지갑. 안에 든 만 엔권 두 장을 꺼낸 뒤 옆에 있는 제단방으로 갔다.

문 오른쪽에 고풍스러운 거울이 있었다. 창가에 놓인 화장대 위에 '라 베리떼'라는 화장품 병이 하나 놓여 있었다. 일반 판매를 하지 않는 점을 내세운 고급 화장품으로, 거의 다 쓴 병이었다. 불단 서랍을 열자 향, 양초, 성냥, 염주 상자, 묘지 권리서, 복권 열장, 연하장 뭉치가 나왔다.

계단을 올라갔다. 침실 문을 살며시 열고 방 안의 기척을 살폈다. 다섯 평쯤 되는 넓이였다. 왼쪽 벽에 목표물인 장롱이 있었고, 그 옆에는 불이 꺼진 석유난로가 놓여 있었다. 이불 두 채의 베갯머리에 놓인 스탠드 불빛이 제법 밝았다. 두 채 중 안쪽 이부자리에 드르렁 코를 고는 남자가 누워 있었고, 바깥쪽 이부자리에는 등을 돌린 채 누워 있는 여자가 보였다. 드러난 목덜미가 숨을 삼킬 정도로 희었다.

들어가지 마. 오감을 뛰어넘은 지령이 뇌를 자극했다. 하얀 목덜미가 그를 뚫어져라 응시했다. 여자는 깨어 있다.

굳은 다리로 계단을 내려왔다. 금방이라도 여자의 비명이 터져 나오고, 남자가 벌떡 일어나 쫓아올 것 같았다. 반쯤 각오하고 있었다. 들어왔던 창문을 넘어 정원으로 도망쳤다. 차고에 있던 크라운 차량 그늘에 몸을 숨기고 2층을 살폈다. 불은 켜지지 않았고, 비명도 들리지 않았다. 타고 온 자전거는 뒷골목에 있었다. 담 옆으로 난 좁은 길을 따라 뒷골목으로 향했다. 담을 넘은 바로 그때였다. 자동차 전조등이 온몸을 비췄다. 브레이크 소리, 돌아가는 빨간 등, 발소리, 형사들의 고함 소리…….

도서관 2층은 쥐 죽은 듯 조용했다.

몇 번을 다시 생각해도 결론은 하나였다. 여자는 처음부터 깨어 있었다. 남편을 죽이려는 계획을 가슴에 품고 미동도 없이 이불 속에서 숨죽이고 있었던 것이다.

〈가자, 게이지.〉

대답은 없었다.

게이지는 혼자 박스 기사의 뒷부분을 읽고 있었다.

마카베는 교육자 집안에서 태어나 엄하게 자랐다. 고등학생 시절에는 가라데부에서 활동했고, 학업 성적도 우수해 A대 법학부에 현역으로 합격했다. 하지만 재수생이었던 쌍둥이 동생이 빈집털이를 거듭하여 경찰에 쫓기는 몸이 되자, 이를 비관한 어머니가 홧김에 집에 불을 질러 동생과 동반 자살을 했다. 아내와 아들을 구해내려던 아버지도 화마에 휩싸여 숨졌다. 이를 계기로 마카베의 인생은 나락으로 떨어졌다. 상해 사건을 일으켜 대학에서 쫓겨났고, 그 뒤로 일정한 직업 없이⋯⋯.

# 2

밖으로 나오자 바람이 불고 있었다. 아득한 능선에 드리운 낙조를 찌르레기 떼가 뒤덮었다.

마카베는 골목에 있는 노점에서 다코야키를 포장 주문했다.

(이제 어디 가려고?)

게이지가 풀 죽은 목소리로 말했다.

〈경찰. 발신기 건을 확인해야지.〉

(그뿐이야?)

〈여자 얘기도 묻고.〉

(그럼 그렇지.)

〈관심 없으면 끝날 때까지 잠이나 자.〉

현청 동남쪽 국도변, 현도를 지키는 가리야 서는 벌써 당직 태세에 들어가 있었다. 현관 옆에 무료한 표정을 한 제복 경찰이 있는 걸 보고, 마카베는 건물 뒤 주차장으로 들어갔다. 피의자 압송용 외부 계단을 따라 올라가 철문을 열었다. 담배 연기가 자욱한 형사1과에는 스무 명 남짓한 사복형사들이 삼삼오오 모여 앉아 머리를 맞대고 있었다.

마카베는 안쪽 정면에 있는 책상으로 향했다.

"소스케……."

말을 걸자 뽀글뽀글 파마머리에 각진 얼굴을 한 남자가 놀란 기색도 없이 돌아봤다. 같은 과의 젊은 형사 두 명이 놀란 표정으로 마카베를 보았다.

요시카와 소스케는 파마머리를 긁적거리며 무표정한 얼굴로 일어났다. 그리고 마카베의 어깨를 껴안고 젊은 형사들에게 등을 돌리더니, 짓죽인 목소리로 귓가에 속삭였다.

"한 번만 더 이름 불러봐. 목뼈 부러질 줄 알아."

여전하군. 그는 우락부락한 외모와 약삭빠른 머리로 초등학교 시절부터 가리야혼마치 일대를 주름잡던 골목대장이었다. 친구들을 거느리고 슈퍼마켓에서 좀도둑질을 할 때면 마카베와 게이지에게는 항상 망보는 역을 맡겼다.

"먹어."

마카베가 가져온 다코야키를 내밀자 요시카와는 마카베의 어깨를 껴안은 채 뒤돌아 딴 사람처럼 싱글거리며 "출소 인사차 왔대" 하고 후배 형사들에게 말했다. 하지만 다음 순간에는 다시 억센 손으로 마카베의 몸을 앞으로 돌리더니, 칸막이가 있는 안쪽 소파로 데려갔다.

"제 발로 여기 들어오면 어쩌자는 거야. 마부치네는 요새 실적이 바닥이라 똥줄이 탄다고. 널 보면 당장 잡아넣으려고 할걸."

당사자인 마부치 아키노부의 도깨비 같은 얼굴이 대각선상에 놓인 소파에서 이쪽을 살피고 있었다. 절도계 계장인 마부치는 요시카와와 계급도 같고 자리도 나란히 붙어 있었다. 일선 경찰서는 어디나 그렇듯, 각 반끼리의 실적 경쟁이 골육상쟁이라 할 만큼 치열했던 까닭에, 유명한 도둑의 출소는 새로운 '진흙탕 싸움'의 불씨가 될 법했다. 더구나 다음 달은 '절도 사범 집중 단속의 달'이었다.

"무슨 일이야? 시간 길게 못 내."

아직 이야기도 시작하지 않았는데 요시카와는 다리를 떨기 시작했다.

마카베는 입가에 미소를 지으며 말했다.

"마부치 걱정도 좋지만 네 실적은 어떤데? 날 표적으로 삼을 생각은 없어?"

"하! 무슨 낯짝으로 또 그딴 소리야! 썩을 놈, 묵비권이 어쩌고 저쩌고하면서 내 얼굴에 똥칠을 해놓고."

"그때 얘기 좀 해봐."

"뭐?"

"2년 전 오이시 단지 사건 말이야."

요시카와의 표정이 진지해졌다.

"이제 와서 그건 왜?"

"110에 신고가 들어왔을 때 어디 있었어?"

"뭐라고?"

"이나무라의 아내가 110에 신고했어. 그렇지?"

"그래. 그러니까 우리가 출동했지."

"아무리 그래도 너무 일찍 도착했다는 생각 안 들어?"

"말귀 못 알아먹는 놈이군. 전에도 말했잖아. 그때 우연히 근처에서 순찰 중이었다고. 때마침 110 무선이 들어와서……."

"내 자전거에 누가 장난질을 해놨던데. 아닌가?"

요시카와의 낯빛이 달라졌다.

이번 옥살이로 얻은 유일한 수확은 마이크로 발신기에 관한 정보였다. 지방 경찰에서도 비밀리에 예산이 편성되어, 본부는 물론 일선 경찰서에도 배치되었다는 이야기를 감방 동기에게 들었다.

"내 자전거에 달아놓은 그걸로 내가 오이시 단지에 들어간 걸 알았겠지. 근처에서 잠복하고 있는데 이나무라의 집에서 신고가 들어왔고. 내 말이 틀려?"

"허튼소리 집어치워. 장난질은 무슨. 난 그딴 거 몰라."

요시카와는 딱 잡아떼더니 켕기는 게 없다는 투로 덧붙였다.

"그런 게 있으면 당연히 써야지. 쓰레기 같은 좀도둑들을 잡아들이기 위해서라면 수단 방법 안 가려."

"그래, 기억해두지."

가리야 서 형사1과에도 발신기가 배치되었다. 틀림없는 사실 같았다.

마카베는 요시카와를 보며 말했다.

"하나만 더 묻지. 내가 빵에 들어가고 나서 이나무라의 집에 별일

"그딴 건 형사와 기자들이 지껄이는 소리고."

마카베가 되받아치자 마유즈미는 코웃음을 쳤다.

"빵에 있다고 들었는데."

"오늘 아침에 나왔어."

"그래? 근데 나한테 무슨 볼일? 동업자끼리 이렇게 얼굴 맞대서 좋을 게 없을 텐데."

"거래할 생각 없나?"

"거래?"

마유즈미는 말꼬리를 올리며 되물었다.

"빵에서 치매라도 걸렸어?"

"고작 2년 만에 치매 걸릴 정도로 괴롭지도, 즐겁지도 않은 곳이야."

마유즈미는 동의하듯 고개를 끄덕이더니 들어오라는 투로 턱을 까닥했다.

방 한 칸짜리 집은 생각했던 것보다 깔끔하게 정리되어 있었다. 마유즈미는 의자에 책상다리를 하고 앉아 기둥을 등지고 선 마카베를 비스듬히 올려다보았다.

"무슨 거래를 하자는 건데?"

마카베는 코트 안주머니에서 종이를 꺼내 테이블 위에 올려놓았다.

4월─5.11.17.22.28

"이게 뭔데?"

마유즈미가 의심 어린 눈으로 마카베를 보았다.

"다음 달 당직 일정표."

"당직? 누구 스케줄인데?"

"마부치."

마유즈미의 눈이 휘둥그레졌다.

"도깨비 마부치?"

"마부치한테 찍혔다면서."

"그 인간 때문에 꼼짝을 못 하겠어. 뱀처럼 집요한 놈이야."

그렇게 말하며 마유즈미는 혀를 날름거렸다. 당직 근무를 서는 날에는 형사들도 자유롭게 움직일 수 없었다.

"그나저나……"

마유즈미는 교활한 미소를 지으며 말했다.

"처음부터 패를 보여줘도 되는 거야? 내가 당신 부탁을 안 들어주면 어쩌려고."

"하나만 묻지. 전에 오이시 단지의 이나무라라는 남자 집을 털었지?"

"이나무라……?"

"2년 전 일이야."

마유즈미는 눈을 희번덕거리더니 이내 생각난 듯 동작을 멈췄다. 그리고 금방이라도 웃음을 터뜨릴 것 같은 표정으로 말했다.

"자기가 어느 집을 털었다고 남한테 떠벌리는 얼간이도 있나?"

"제단방에 화장대가 있었지."

"이봐, 내 말 듣고……."

"거기 화장품이 있었나?"

말문이 막힌 마유즈미는 다시 눈을 희번덕거렸다. 전문 털이범이라면 누구나 그렇듯, 한번 털었던 집의 실내 구조는 뇌 주름에 깊이 각인되어 있는 것이다.

"내가 궁금한 건 그뿐이야. 화장대 위에 화장품이 있었나?"

마유즈미는 입을 다물었다. 아직 젊었지만 어둠의 세계에서 살아가는 자 특유의 고집을 입매에서 엿볼 수 있었다.

"이걸론 부족한가 보지?"

마카베는 마유즈미를 보며 그렇게 말한 뒤, 한 박자 쉬고 말을 이었다.

"그럼 이런 건 어때? 내가 내일부터 작업을 시작하지."

"무슨 소리야?"

"마부치는 어떻게 나올까. 너를 계속 쫓을까, 아니면 나로 갈아탈까?"

마유즈미는 멍한 눈동자를 연거푸 깜빡이더니 이내 비굴한 웃음을 흘렸다. 숫자가 적힌 쪽지를 집어 겉옷 주머니에 넣더니 고개를 돌리고 말했다.

"있었어."

"몇 병이나 있었지?"

"큰 거 작은 거 합쳐서 열 병은 됐어."

"라 베리떼 맞지?"

"그래. 전부 거기 거였어."

"시간 뺏어서 미안하군."

"이, 이봐……."

밖으로 나가는 마카베를 마유즈미가 황급히 불러 세웠다.

"그게 왜 중요한데? 화장품이 뭐 어쨌다고?"

마카베는 돌아보지 않고 대답했다.

"남한테 뭘 물어볼 때는 성의 표시를 하라고 안 배웠나?"


# 4


후나도 역. 마카베는 석간신문을 사서 철골 기둥을 등지고 펼쳤
다. 이 시간대에는 거의 내리는 사람들밖에 없어서 인적은 드물
었다.

더는 못 기다리겠다는 듯 목소리가 들렸다.

(라 베리떼도 뭔가 관련이 있는 거야?)

〈안 낀다면서.〉

(그 소리 좀 그만해. 알았어, 내가 잘못했어. 그러니까 어떻게
된 일인지 처음부터 말해봐. 솔직히 난 아무것도 모르겠어. 형은
이나무라 요코에게 살의가 있었다고 하지만, 난 왜 그런 생각을
하게 됐는지조차 모르겠다고.)

〈…….〉

(형, 내 말 안 들려? 형.)

마카베는 쯧 혀를 차더니 신문을 덮었다.

마카베는 빈 차량 구석에 서 있다가 다음 역인 시모산고에서 내렸다.

(그나저나 신기하네.)

〈뭐가?〉

(닷새 뒤에 마유즈미가 그 집을 털었을 때는 그 화장품이 있었다면서. 남편을 죽이려던 마음이 사라진 거 아냐.)

〈……〉

(내 말이 맞지?)

게이지가 목소리를 높였다.

(아냐, 이제 와서 알 게 뭐야. 형 말이 다 맞다고 쳐. 이나무라 요코는 남편을 죽이려고 깨어 있었어. 형이 차를 뒤지는 줄 알고 황급히 110에 신고했고. 그렇다고 쳐. 경찰이 발신기를 붙여놓았던 것도 알았으니까 이제 형이 체포된 내막은 밝혀진 거잖아. 결국 살인은 일어나지 않았고, 그 부부는 갈라섰으니까 이제 우리하고는 아무 상관도 없는 거지. 난 왠지 꺼림칙해. 그 집하고 엮이는 거. 형이 점점 멀어지는 것 같아서……)

〈히사코한테 간다.〉

(아……)

어두운 골목 막다른 곳. 2층 높이의 '후쿠쥬장'이 보였다.

그럴 줄 알았어. 게이지는 한숨을 흘리더니 기척을 지웠다.

마카베는 녹슨 철제 계단을 올라갔다. 왼쪽 끝 집. '안자이'라는 플라스틱 명패가 보였다. 중지 마디로 문을 두드렸지만 대답이 없었다. 다시 두드렸다. 조금 지나 살짝 열린 문틈으로 안자이 히사코의 창백한 왼쪽 얼굴이 모습을 드러냈다.

"두드리지 마."

"……혼자야?"

마카베는 체념한 표정으로 연신 고개를 끄덕이는 히사코의 어깨를 스치고 들어가 차가운 바닥을 밟았다. 소꿉놀이처럼 비좁은 부엌 안쪽에 네 평 남짓한 방이 보였다. 파란 카펫과 연보라색 커튼은 2년 전 그대로였다. 싸구려 전등은 머리보다 낮은 데까지 내려와 있었다. 접이식 테이블에는 새것 같은 어린이집 통원 수첩이 쌓여 있었고, 침대 옆에는 색색의 종이꽃과 '입', '학'이라고 적힌 모조지가 있었다.

히사코는 남의 집에 온 사람처럼 우두커니 선 채 불안한 듯 실내를 돌아보더니 눈을 맞추지 않고 물었다.

"언제 나왔어?"

"오늘 아침에."

"그랬구나……. 난 몰라서……."

"괜찮아."

"아, 커피 마실래?"

"나중에."

"지금 탈게."

마카베는 황급히 부엌으로 도망치는 히사코의 손목을 잡았다.

"아……."

히사코는 작게 외쳤다.

"커피 타 온다니까."

히사코는 억지로 미소를 지었지만, 마카베가 허리를 끌어안자 다시 굳은 표정으로 몸을 비틀었다. 팔꿈치가 전등을 치는 바람에 긴 줄에 달린 전구가 크게 흔들리며 히사코의 뺨에 반복해서 그림자를 만들었다. 잊혀가던 향기가 코를 간질이며 오한처럼 온몸을 전율하게 했다.

무슨 말을 해야 할지 알 수 없었다. 마카베는 히사코를 꼭 안고 무릎을 꿇었다.

상기된 얼굴이 종이꽃에 파묻혔다. 영리해 보이는 넓은 이마가 한층 두드러지더니, 촉촉한 눈동자가 내면의 여러 생각들을 호소하듯 흔들렸다.

마카베가 팔에 힘을 주자 가녀린 몸이 활처럼 휘었다.

"안 돼…… 아직……."

쌓여 있던 통원 수첩이 쓰러져 도미노의 잔해처럼 선을 그리다 간신히 테이블 구석에서 멈췄다. 해맑은 미소의 원복들이 열 개쯤 늘어섰다. 히사코의 몸 아래로 종이꽃이 바스락거리는 소리가 났다.

귓속은 조용했다.

하지만 알 수 있었다.

게이지는 히사코의 온기를 원하고 있었다.

# 5

마카베는 이불을 걷어찼다.

경직된 몸이 풀어지기까지 시간이 걸렸다.

향수 냄새와 부드러운 햇살. 주변을 둘러봤지만 어디에도 철창살은 없었다.

꿈을 꾼 것 같았다.

새빨간 커튼처럼 펄럭이는 불길 속에서 온몸이 까맣게 탄 게이지가 바닥을 뒹굴고 있었다. 뜨거워, 뜨거워 죽겠어. 아우성치며 손을 뻗고 있었다. 마카베도 힘껏 손을 내밀었다. 간신히 닿았지만, 뼈만 남은 게이지의 팔은 드라이플라워처럼 바스락거리는 소리를 내며 무너져 내렸다. 이어서 숯덩이로 변한 몸과 다리도 사라졌다. 이제 남은 것은 눈과 입뿐이었지만, 그 상태에서도 뜨거워, 뜨거워 죽을 것 같아, 하고 호소했다.

한때는 밤마다 꾸었던 꿈인 까닭에 정말 오늘 아침에 그 꿈을 꾸었는지는 모르겠다. 분명한 건 간수의 '기상!' 소리에 벌떡 일어났다는 사실이었다.

시곗바늘은 9시를 가리켰다. 히사코는 없었고, 종이꽃과 모조지도 거짓말처럼 모습을 감췄다. 테이블 위에 랩을 씌운 햄 샌드위치가 있었지만, 따로 메시지를 남기지 않은 걸로 봐서 히사코가 마카베와의 관계를 고민하고 있다는 걸 알 수 있었다.

어젯밤 두 사람은 하나가 되지 못했다. 망설이는 마음은 히사코보다 오히려 마카베 쪽이 더 큰 것이다.

귓속은 아직도 잠잠했다. 마카베도 굳이 말을 걸지 않았다.

'셋'이 하나가 될 수는 없다. 그런 건지도 모른다.

마카베는 옷을 걸치지 않고 화장실로 가 찬물로 머리까지 씻은 뒤, 채비를 하고 집을 나서 철제 계단을 내려갔다.

짙은 녹색 자전거는 건물 뒤뜰에 있었다. '히사코'를 뜻하는 '8. 3. 5'를 눌러 자물쇠를 열었다. '히'와 발음이 같은 한자 '日'을 다시 모양이 비슷한 숫자 '8'로 풀이한 것이었다.◆ '이러면 도둑맞을 일 없을걸.' 히사코는 자신의 아이디어를 자랑스러워했지만, 나중에 그 자전거가 도둑질에 쓰였다는 걸 알고 무척 괴로워했다.

마카베는 자전거를 자세히 살펴보았다. 새로운 정보를 얻었으니 새로운 습관을 들여야 했다. 먼저 핸들 부분의 고무를 비틀어 뺐다. 빈 파이프 안에 손을 넣어 한 바퀴 뒤집었다. 차가운 알루미늄의 감촉이 뇌를 자극했다. 다른 쪽 핸들과 안장, 타이어 커버 뒤까지 꼼꼼하게 살펴보고 아무것도 없다는 걸 확인하고 나서야 주변을 둘러보며 자전거에 올라탔다. 목적지는 가리야 방향이었다.

(잘 잤어?)

억양이 느껴지지 않는 담담한 목소리가 들렸다.

〈응.〉

(어디 가려고? 사전 답사?)

〈그것도 있고.〉

(그것도? 설마…….)

---

◆ 일본어에서 3과 5는 각각 '산'과 '고'로 읽는다. 즉 8. 3. 5는 '히. 산. 고'로 '히사코'와 발음이 유사하다.

〈여자를 찾아야지.〉

(그럴 줄 알았어! 대체 왜? 하얀 목덜미를 못 잊겠어? 형한텐 히사코가 있잖아.)

〈시끄러.〉

(아니면 이나무라 요코에게 물어보려고? 왜 남편을 죽이려고 했냐고. 죽이려다 왜 관뒀냐고. 도둑이 살인미수범을 몰아세워서 어쩌자는 건데? 그 여자 이혼했다면서. 이제 그냥 놔둬.)

〈시끄러.〉

마카베는 거칠게 말했다.

(뭐…… 뭐야, 왜 그렇게 화를 내.)

〈넌 용서가 되냐?〉

(뭐?)

〈분하지도 않아? 산 채로 불태워진다는 게.〉

(아…….)

〈그 여자 사정이 뭐든 내 알 바 아냐. 단지 그 여자 낯짝을 좀 보고 싶을 뿐이야. 사람을 산 채로 태워 죽이려는 생각을 하는 여자의 낯짝을.〉

집에 불이 난 그날, 마카베는 히사코와 교토에 있었다. 처음으로 히사코를 안은 그날 밤이었다. 이명이 들렸다. 극심한 두통에 시달렸다. 누가 두개골을 잡고 흔드는 것 같았다. 목소리가 들렸다.

뜨거워! 뜨거워 죽겠어! 형! 형!

마카베는 쉬지 않고 페달을 밟았다.

게이지는 15분쯤 지나 돌아왔다.

울먹이는 목소리가 들렸다.

(형……, 난 괜찮아……. 이제 아무렇지도 않아…….)

# 6

자전거로 세 정거장 거리를 달렸다.

가리야혼마치 역 뒤에 있는 '오아시스랜드'는 1층 오락실, 2층 파친코, 3층 당구장, 4층이 마작과 스마트볼 게임장이었다. 그가 찾는 상대는 어느 층에 있어도 이상할 게 없는 탓이었기에 마카베는 1층부터 차례로 돌아봤다.

"형님!"

오무로 마코토는 마작장 소파에 앉아 있었다. 그가 먼저 마카베를 발견하고 벌떡 일어나 달려왔다.

"언제 나왔어요?"

"어제."

"축하해요."

"마코토, 나랑 잠깐 얘기 좀 해."

마카베는 자동판매기가 늘어선 휴게실로 향했다. 잔돈으로 콜라를 사서 뒤따라온 오무로의 눈앞에 내밀었다.

"이나무라라는 집 경매에 참여했지?"

오무로는 한쪽 눈을 감고 캔을 따더니, 거품을 한 모금 마시고 나서 "이나무라요?" 하고 고개를 갸웃거렸다.

고등학교 중퇴 학력의 오무로는 이 바닥에서 알아주는 경매꾼의 똘마니였다. 경매 공시가 뜨면 류머티즘 때문에 거동을 못 하는 사장 대신 유체동산을 공짜나 다름없는 헐값에 낙찰받아, 다시 전문 업자에게 넘겨 유흥비를 마련했다. 마카베가 이 바닥에 처음 발을 들였을 무렵, 지금과 달리 귀금속이나 명품까지 훔쳤을 때에 그 장물들을 처리해준 이가 바로 생쥐 같은 앞니를 가진 이 사내였다.

"기억 안 나? 1년 6개월 전쯤이었는데. 오이시 단지에 있는 집."

"아, 그 집이요! 갔죠, 갔어요."

오무로는 알겠다는 듯 소리치더니, 이내 미간을 찌푸리며 역광에 그늘진 갸름한 얼굴을 들여다보았다.

"형님이 붙잡힌 집 아닙니까."

"맞아."

"압니다. 그 집 여자가 죽여줬죠. 피부가 하얘가지고."

"안다니 잘됐군. 그 여자를 찾고 있어."

"네?"

"그 여자가 어디 있는지 아나?"

"모르는데요······. 그 여자하고는 얽히지 않는 게 좋아요."

오무로는 웬일로 진지한 표정을 지으며 말했다.

"그 여자 요게, 아주 위험한 놈이에요."

시노키 다쓰요시. 처음 듣는 이름이었다.

간사이계 야쿠자로, 180센티미터의 훤칠한 키에 아르마니 정

라이버, 펜라이트, 테이프. 각각 다른 상점에서 물건을 샀다.

(이제 어쩌려고? 이나무라 요코는 안 찾아? 오무로에게 연락이 올 때까지 기다릴 거야?)

〈오늘은 왜 이렇게 협조적인데?〉

(그런 거 아니라니까. 형은 이나무라 요코의 얼굴만 보면 된다며.)

〈그래.〉

(그럼 빨리 찾아서 끝내는 게 서로를 위해 좋잖아. 하지만 오무로에게 연락은 기대하지 마. 마지막으로 여자를 본 지 1년도 더 됐잖아. 야쿠자 여자고 말이야.)

마카베는 고개를 끄덕였다. 물장사에서 끝났을 리가 없다. 더 밑바닥으로 추락했을 것이다. 아직 이 지역에 있는지도 의심스러웠다.

(먼저 시노키가 어디 있는지……)

거기까지 말하다 마카베는 페달에서 발을 뗐다.

(왜 그래?)

마카베는 자전거 핸들을 뚫어지게 바라보았다. 핸들 부분의 고무가 어긋나 있었다. 1밀리미터. 아니, 그 절반……

게이지가 외쳤다.

(이런 젠장! 또 당했어!)

언제 건드린 거지?

생각하고 말고 할 것도 없었다. 오아시스랜드에서 오무로와 이야기하는 틈에 단 것이다.

(보나 마나 소스케 짓이야!)

〈내가 말한 다음 날 바로 설치할 정도로 바보는 아니야.〉

(그럼 누군데? 아, 알겠다! 마부치구나!)


# 7


마카베는 밤까지 기다렸다 가리야 서 관사를 찾아갔다.

히사코의 자전거는 오아시스랜드의 주차장에 두고 왔다. 핸들 안에 숨겨진 발신기는 떼지 않았다. 눈속임 작전에 이용하기 위해서였다.

5층 높이의 관사에는 대부분 불이 켜져 있었다. 마카베는 계단을 따라 2층으로 올라가 '요시카와' 문패가 붙은 문의 초인종을 눌렀다. 신경질적인 얼굴의 여자가 문을 열고 나왔다. 부인과는 초면이었다. 마카베라고 하면 알 거라고 말하자, 목소리를 들었는지 안에서 잠옷 차림의 요시카와가 나왔다. 딱히 경계하는 기색 없이 수건으로 머리를 털며 나왔지만, 이틀 연속으로 찾아온 걸 보고 의아해하는 눈치였다.

"집까지 찾아오다니, 대체 무슨 꿍꿍이야?"

"마침 근처에 볼일이 있어서."

"빨리 들어와. 다른 사람들 보기 전에."

거실에는 사방에 아이의 상장과 서툰 그림이 다닥다닥 붙어 있었다. 달력도 아이가 직접 만든 듯, 누구 생일, 학원 가는 날 등이

색색의 매직으로 적혀 있었다. 요시카와의 당직날인 3, 9, 16, 23, 29일에도 빨갛게 동그라미를 쳐놓았다. 탁자에는 B5 크기의 공문이 펼쳐져 있었다. '가족 여러분께'로 시작되는 공문은 잔뜩 에둘러 써놓기는 했지만, 요컨대 남편이 불상사를 일으키지 않도록 가정에서 잘 감시하고, 이상한 낌새가 보이면 바로 상사에게 연락하라는 내용이었다. 다음 달은 '절도 사범 집중 단속의 달'인 동시에 '신상 파악 등 개별지도 강화의 달'이기도 했다.

요시카와는 주방에서 아내와 뭐라고 수군거리더니, 쯧 혀를 차며 공문을 구겨서 쓰레기통에 던졌다.

"기자인 줄 알았네. 어쩐지 일찍 왔다 싶더니……. 요새 그것들이 아주 시끄러워 죽겠어."

불만스레 투덜거리며 요시카와는 책상다리를 한 마카베를 향해 방석을 밀었다. 그 '시끄러운' 기자를 이 자리에 앉혀놓고 마카베의 범행 수법부터 과거사까지 죄다 유출한 장본인이 바로 시치미뚝 떼고 얼굴에 연고를 바르고 있는 요시카와였다.

"좋은 일이라도 있나 보네."

마카베의 말에 요시카와는 영문을 모르겠다는 표정을 지었다.

"이 시간에 집에 있는 걸 보니."

요시카와는 자조하듯 웃었다.

"별거 아냐. 자명종하고 밥통까지 싹 쓸어서 전당포를 찾아간 좀도둑 영감탱이인데……."

"사토 영감이군."

"맞아. 변태 속옷 도둑에 좀도둑보다 조금 더 나은 주유소 털이범들……. 잡범들이지만 대충 머릿수는 맞췄어. 으름장 좀 놓아서 집어넣으면 할당량은 채우겠지."

"월말까지 비축해두려는 거군."

"잘 아는군. 큰 놈은 필요 없어. 그런 놈들은 너처럼 시간만 잡아먹기나 하지. 서장이나 과장한테 한 소리 듣겠지만 상관없어. 일은 성실하게 하는 게 최고고니까."

요시카와의 아내는 두려움과 동정심이 섞인 얼굴로 차를 내려놓더니, 발소리를 죽이고 사라졌다. 대신 오른쪽 미닫이문 사이로 호기심으로 똘똘 뭉친 여섯 개의 눈동자가 두 개씩 나란히 나타났다. 요시카와가 손을 흔들어 아이들을 쫓았다.

"오늘은 무슨 일인데?"

"이거 애들 먹으라고 줘."

마카베는 오늘 길에 산 붕어빵을 내밀었다.

"고맙긴 한데, 이런 거에 안 넘어가."

"소스케, 하나만 묻자."

"여기선 그렇게 불러도 되는데……."

요시카와는 손톱깎이를 집으려고 손을 뻗으며 차가운 얼굴로 말했다.

"밖에선 요시카와 씨라고 불러라."

"그래, 알았어."

"뭐가 궁금한데?"

"시노키라고 알지?"

손톱을 깎던 요시카와가 놀란 표정으로 고개를 들었다.

를 남겨줄 것을 부탁했다. 삐 소리가 들렸다. 몇 초간의 침묵 끝에 전화는 끊어졌다.

히사코의 전화이리라.

마카베는 자리에서 일어났다. 벽에 걸린 달력이 눈에 들어왔다.

'25'. 어제 날짜에 빨간 동그라미가 쳐져 있었다. 보호관찰관에게 정보를 얻은 건가. 어찌 되었든 히사코는 마카베의 출소일을 알고 있었다.

마카베는 집을 나서 계단을 내려갔다. 역 앞에서 가져온 회색 자전거에 올라탔다.

빨간 동그라미가 망막에 남아 있었다. 그것이 깜빡이기 시작했다. 두 번…… 세 번……. 그때였다. 뇌에 흩어져 있던 각각의 정보가 단번에 한 곳에 모여 번뜩였다.

야쿠자를 막을 수 있는 건…….

〈게이지, 그 여자 낯짝을 구경할 수 있겠어.〉

(뭐라고?)

〈여자가 남편을 죽이지 않은 이유도 알 것 같고.〉

(정말?)

〈사흘만 기다려. 29일에 모든 게 밝혀질 거다.〉

9

3월 29일 밤. 비가 내렸다. 삼한사온으로 따지자면 '온'에 속하는 날이었다.

가리야혼마치 역 남쪽, 다부진 체구의 남자가 어두운 모퉁이를 돌아 강변길을 빠른 걸음으로 걸어갔다. 우산 때문에 얼굴은 보이지 않았다. 한참을 걷던 남자는 걸음을 멈추고 털북숭이 손으로 맨션의 유리문을 열었다. '301호' 우편함에서 광고지 뭉치를 꺼낸 순간, 등 뒤에서 목소리가 들렸다.

"소스케."

남자는 움찔하며 허리를 곧추세웠지만, 이내 힘을 뺐다.

"바깥에선 그렇게 부르지 말랬지."

파마머리의 남자는 험악한 목소리로 말하더니 천천히 뒤돌았다. 사정을 파악한 얼굴과 얼굴이 서로 마주 보았다.

"따라와."

턱을 까닥해 바깥을 가리키며 마카베는 발길을 돌렸다.

"형사를 미행하다니, 무슨 똥배짱이야?"

요시카와는 접었던 우산을 짜증스레 다시 펼치고 공원으로 들어서는 마카베의 뒤를 따랐다.

쭉 뻗은 가지가 비를 피하기에는 제격인 벚나무 아래에서 두 남자는 다시 마주 보았다.

마카베는 한두 걸음 거리를 좁힌 뒤에 말했다.

"언제부터 301호가 오사카가 됐지?"

"잘 맞췄군."

요시카와는 쓴웃음을 지었다. 시선은 마카베의 어깨 너머, 맨션 3층을 올려다보고 있었다. 모퉁이 집이었다. 창문에 불은 꺼져 있었다.

"나만 아는 줄 알았는데."

마카베의 말에 요시카와는 고개를 돌렸다.

"뭘?"

"그날 밤, 여자는 남편을 죽이려고 했어. 털러 들어간 나만 그 사실을 아는 줄 알았어."

"그랬군. 실제로는 아니었지만. 나도 그걸 알 수 있는 입장이었지. 네 범행을 입증하려고 애 좀 썼거든. 집 안팎부터 자동차까지 쥐 잡듯이 뒤졌지."

"라이터와 화장품……. 다른 형사라면 분명히 놓쳤을 거야."

"칭찬이야? 너무 과대평가하진 마. 그 여자, 겁먹은 눈이더라고. 내가 뭘 물어도 눈을 마주치지 않았어. 이 바닥에서 오래 구르다 보니 절로 감이 와. 뭔가 켕기는 구석이 있는 거지. 그래서 진득하게 조사하기로 했지."

"하얀 여자를 안고 싶었던 게 아니고?"

"하하, 정답이야. 조사하다 보니 시노키가 뒤에 있다는 걸 알게 됐지. 여자를 경찰서로 불러다 추궁했어. 혹시 딴 남자와 짜고 남편을 죽이려 했던 게 아니냐고."

"여자가 형사한테 찍힌 걸 알고 시노키는 발을 뺐고."

"그렇지, 칭찬하려면 그 점을 칭찬해. 2과 녀석들을 부추겨서 시노키를 오사카로 쫓아냈고, 살인도 미연에 방지했지. 표창감 아냐?"

야쿠자를 막을 수 있는 건 야쿠자 조직. 하지만 하나 더 있었다.

야쿠자를 마음대로 주무를 수 있는 강력한 조직이.

"시노키가 떠난 자리를 네가 차지했군. 머리 잘 굴렸어."

"그렇지? 멋진 계획이었어."

요시카와는 남 일처럼 말하더니, 이내 감정을 죽인 눈빛으로 마카베를 보았다.

"그러면 어쩔 건데? 감찰관한테 찌르려고?"

"경찰 내부 일은 관심 없어."

"그렇겠지. 그럼……."

요시카와는 한동안 생각에 잠긴 표정을 짓더니 속내를 털어놨다.

"이런 건 어때? 앞으로 널 모른 척해주지. 다른 과 정보도 흘려줄 거고. 대신 이번 일은 잊어. 어때?"

"관심 없다고 했잖아."

"좋아. 그럼 거래 끝난 거다."

3층 모퉁이 집의 불이 켜졌다. 그 모습을 올려다보는 요시카와의 입가에 미소가 번졌다.

"부모님도 마누라도 자식새끼들도 모두 죽은 사람이 됐군."

"비꼬지 마. 너도 마음껏 즐기면서 살잖아. 난 그에 비하면 약과지. 달에 한 번뿐인 일탈이니까."

그제야 깨달았는지 요시카와는 마카베를 빤히 바라보았다.

"용케도 오늘인 줄 알았네."

"달력에 빨간 동그라미가 하나 더 있더군."

"뭐?"

"과에 붙어 있던 당직 일정표에 29일은 비어 있었어."

"하, 정말 방심할 수 없는 놈이군. 좀도둑으로 썩히기 아까울 정도야."

모퉁이 집 창문에 걸린 커튼이 흔들렸다. 여자의 실루엣이 비쳤다.

요시카와는 혀를 날름거렸다.

"그럼 난 간다."

"소스케, 여자한테 빠져 정신 못 차리다 마부치한테 뒤통수 맞는 수가 있다."

말이 끝나기가 무섭게 요시카와는 악마 같은 얼굴로 돌아보며 마카베의 멱살을 움켜쥐었다.

"이름으로 부르지 말랬지, 이 도둑놈의 새끼야! 나하고 네가 대등하다고 착각하는 건 아니겠지! 남들 앞에서 낯짝도 못 드는 새끼가! 평생 썩은 내 나는 시궁창 속에서 뒹굴어!"

고함 소리를 들었는지 여자가 베란다 밖으로 몸을 내밀었다. 수은등이 그 얼굴을 비추었다. 불과 몇 초였지만 여자의 얼굴이 똑똑히 보였다.

새하얀 얼굴이었다. 눈도, 코도, 입도, 전혀 인상에 남지 않는. 표정도 없고 나이조차 알 수 없는 밋밋한, 그저 하얗기만 한 여자였다.

마카베는 요시카와의 멱살을 맞잡았다.

"외출용 넥타이가 삐뚤어졌잖아, 소스케."

"이, 이 새끼가……."

서로 한계까지 힘을 짜내던 두 사내는 서로의 몸을 밀쳤다.

"꺼져. 다시는 그 면상 내 앞에 들이밀지 마라."

요시카와는 그렇게 말하고 맨션 안으로 사라졌다.

마카베는 벚나무를 등진 채 팔짱을 꼈다. 빗줄기는 약해졌지만 그는 한동안 자리를 떠나지 않았다. 10분쯤 지났을까, 남색 승용차가 맨션 옆 골목에 멈췄다. 조수석에 굶주린 도깨비의 얼굴이 보였다. 컴퓨터 화면을 연상시키는 푸르스름한 빛이 그 무릎가를 비추었다.

마카베는 공원 뒤에 세워놓은 자전거에 조용히 올라탔다. 어두운 골목을 가로질러 달렸다.

가운데귀에서 들뜬 목소리가 울려 퍼졌다.

(어떻게 될까?)

〈뭐가?〉

(시치미 떼긴. 내가 못 본 줄 알아? 서로 멱살잡이했을 때, 소스케의 주머니에 발신기를 슬쩍 넣었잖아.)

〈눈속임 작전이야.〉

(그렇게 볼 수도 있지만 일석이조를 노린 거지? 큰일이네, 소스케도. 라이벌인 마부치에게 불륜 현장을 들킬 판국이니 말이야.)

〈협박해서 자기 여자로 만들었으니, 그 정도 위험은 감수해야지.〉

(하지만 이나무라 요코 입장에서는 마부치에게 들키는 게 차라리 잘된 일일지도 몰라.)

〈그게 무슨 소리야?〉

(그렇잖아, 첫 남편은 주정뱅이에 노름꾼, 그다음 남자는 야쿠자, 세 번째 남자는 부패 경찰이잖아. 남자 운이 없어도 너무 없

어.)

〈이다음도 마찬가지야. 또 나쁜 남자한테 걸리겠지.〉

(그럴까. 아까 언뜻 봤을 때 무척 슬픈 표정을 짓고 있던
데…….)

〈슬퍼 보였다고?〉

(그걸 보니까 혹시 다른 남자를 만났으면 그 여자도 다른 인생
을 살았을지도 모른다는 생각이 들더라고.)

〈…….〉

문득 히사코의 얼굴이 떠올랐다. 웃으면 보조개가 생기는 그 얼굴
이. 다른 인생이 있다면, 그녀는 다시 그 미소를 되찾을 수 있을까.

눈앞의 어둠이 옅어졌다. 주택가가 가까워졌다. 마카베는 페달
을 밟았다. 비는 어느샌가 그쳤다. 바퀴가 가르는 공기 사이로 봄
의 입자가 느껴졌다.

각인刻印

# 1

5월 10일 오후 7시.

평일인데도 시모산고 역 뒤편의 레저 사우나 새도는 인산인해를 이루었다. 회사원들이 가장 많았다. 대충 사우나를 마치고 맥주를 마시며 벌러덩 드러누웠다. 다다미 바닥의 휴게실은 발 디딜곳도 없을 정도로 붐벼서, 흡사 어느 나라의 사이비 종교 집단이 저지른 집단 자살 현장을 방불케 했다. 지난 며칠 동안 이런 광경이 계속되는 걸 보면, 올해 연휴 역시 가족에게 봉사다 뭐다 해서남자들의 피로도만 높이고 끝난 모양이었다.

마카베는 음료수 코너 옆의 구석 자리에서 위스키 잔을 기울였다. 석간을 훑어보고 난 뒤에는 잠깐 눈을 붙였다가 오후 11시에 일어난다. 생활하는 데 필요한 최소한의 일만 했다. 한 달 보름 전에출소한 뒤로 마카베의 생활은 야생동물에 가까웠다. 머릿속에는낮에 둘러본 집의 지도가 들어 있었다. 공원 옆길의 모퉁이에서

네 번째 집, 차양이 있는 2층집을 오늘 밤 먹잇감으로 점찍었다.

마카베는 빈 잔을 카운터에 내려놓고 옆자리를 힐끗 보았다. 은테 안경을 쓴 오십 줄 남자가 일본주를 홀짝거리며 신문을 읽고 있었다.

아까부터 가운데귀 언저리가 술렁거렸다. 게이지가 안절부절못하는 게 느껴졌다. 이내 짜증스러운 목소리가 머릿속에 울려 퍼졌다.

(형, 빨리 읽으라고 해.)

은테 안경은 신문을 접어 카운터 아래 놓더니 대신 주간지를 꺼내 들었다. 마카베도 손을 내밀어 신문을 집었다. 사회면을 펼쳤다. 찾는 기사는 지면 중단에 실려 있었다. 제목은 '경찰관 변사 사건'이었다.

(오늘도 크게 실렸네.)

(응.)

무뚝뚝하게 대답하고 나서 마카베는 기사를 눈으로 읽어 내려갔다.

나흘 전 야심한 시각. 가리야 서 형사1과 절도계장 요시카와 소스케가 가리야혼마치의 환락가를 가로지르는 하천에서 숨진 채 발견됐다. 사인은 익사. 머리에서 외상이 발견됐고, 사망 추정 시각은 오전 0시부터 2시 사이라고 했다. 속보 기사에는 새로 밝혀진 사실이 추가되어 있었다. '요시카와 경위의 혈중 알코올 농도는 만취 상태였던 것으로 밝혀졌다.'

게이지는 신음을 흘렸다.

(만취라……. 이제 자살 가능성은 사라졌네.)

〈자살 가능성은 애초부터 없었어.〉

(그렇지. 딴 사람은 몰라도 소스케가 자살이라니. 자살이 아니면 누군가에게 살해됐다는 건데…….)

〈사고일 수도 있지.〉

(수심 30센티미터 개천에서? 그런 얕은 물에 빠져 죽었다는 게 말이 돼?)

〈만취 상태였다면 가능하지.〉

(상처는 뭔데? 머리에 상처가 있었다면서.)

〈개천에 떨어졌을 때 돌에 머리를 찧었을 수도 있지. 아침 신문에서는 그렇게 말했잖아.〉

(떠밀렸을지도 몰라.)

〈그럴 수도 있고.〉

(형은 어떻게 생각해?)

〈어느 쪽이든 상관없어. 우리하곤 상관없는 일이야.〉

(그건 그런데…… 그딴 자식이라도 죽었다는 얘길 들으니까…….)

〈그럼 가서 명복이나 빌어줘.〉

옆자리의 은테 안경이 힐끗 마카베를 보았다. 그에게 일행이 없는 걸 보고 의아해하는 표정으로 연신 눈을 깜빡였다. 흔치는 않지만 '대화'의 기척을 느끼는 이들이 존재했다. 아까 보던 신문을 갑자기 덮은 것도 우연이 아니었을지 모른다.

마카베는 자리에서 일어났다. 안쪽에 있는 수면실 소파 베드에서 한 사람이 나온 걸 보았기 때문이었다. 눈을 붙일 거라면 여기보다 침대가 낫다. 다다미 바닥은 감방이 연상돼서 잠을 푹 잘 수가 없었다.

걸음을 옮기려던 찰나였다.

"마카베 슈이치?"

돌아보자 험상궂은 표정의 사내 둘이 통로를 가로막고 서 있었다. 올백머리와 빡빡머리. 형사가 분명했지만 둘 다 모르는 얼굴이었다.

마카베는 그들과 함께 인적 없는 안뜰로 나왔다.

이노세라는 이름의 올백머리는 괜히 뜸을 들이며 담배에 불을 붙이더니, 눈을 가늘게 뜨고 연기 너머로 마카베를 보았다.

"찾느라 얼마나 애를 먹었는지 알아? 그 어린이집 선생 집에 있다고 들었는데…… 혹시 차였나?"

"날 왜 찾는데?"

"어쭈, 도둑놈 주제에 경찰한테 반말을 지껄여? 옷 갈아입고 와. 같이 갈 데가 있으니까."

"영장 가져와."

마카베가 그렇게 대꾸하자 이노세는 코웃음을 쳤다.

"유감이지만 임의동행이다."

"무슨 일인데?"

"몰라서 물어? 요시카와 건이다."

"헛다리 짚었군. 난 아무것도 몰라."

"허튼소리는 집어치우고. 요시카와와 불알친구였다면서."

이노세는 흡족한 표정으로 담배를 피웠다.

"초등학교 중학교 동창이었다면서. 같이 어울려 다닌 거 다 알아."

"의무교육이었으니까."

이노세는 다시 코웃음을 쳤다.

"재미있군. 서른 넘은 지금까지도 연락하고 지냈다고 하던데? 형사와 도둑을 뛰어넘어 진한 우정을 나눴다면서. 듣고 있어? 이런 정보를 입수했어. 2년 전에 네놈이 오이시 단지의 이나무라 씨 집에 침입했을 때 요시카와한테 붙잡혔다. 그리고 그 이나무라의 예쁜 부인을 두고 요즘 요시카와와 다툼을 벌였다는 이야기도 들었지."

마카베는 이노세의 눈을 바라보았다. 이 남자는 어디까지 아는 거지.

이나무라 요코는 요시카와를 미행해 그녀의 거주지를 알아냈을 때, 베란다로 얼굴을 내민 걸 잠깐 본 게 전부였다. 그 뒤로는 아무 접점도 없었다. 풋내기 경매꾼 오무로 마코토에게 요코가 물장사를 하는 것 같다는 이야기를 듣고 어느 가게인지 알아봐달라고 부탁한 적은 있지만, 오무로는 아직 소식이 없었다.

"여자 때문에 녀석하고 다툰 기억은 없어."

마카베의 말에 이노세는 불쾌한 표정을 지었다.

"그럼 왜 2년이 지난 지금 와서 그 여자 맨션 앞에서 요시카와와 멱살잡이를 한 건데?"

마부치가 찔러준 정보인가. 마카베와 요시카와를 모두 아는 사람은 얼마 없었다.

"불알친구끼리 좀 다툰 거야. 여자는 상관없어."

"하! 저 좋을 때만 불알친구 타령이로군. 긴말할 거 없고 빨리 옷이나 갈아입어."

이노세는 마카베의 팔을 붙잡았다. 마카베는 바로 그 손을 뿌리치며 물었다.

"왜 여자한테 집착하지? 요시카와를 죽이고 싶어 하는 놈들은 널리고 깔렸잖아."

"그야 그렇지."

이노세는 웃음을 참으며 말했지만, 담배를 밟아 끄며 올려다보는 눈빛은 날카로웠다.

"하지만 집착을 안 할 수가 없단 말이야. 기자들한테는 말 안 했지만, 요시카와는 죽기 직전에 그 여자 가게에 갔었어."

"가게에……."

"구린 냄새가 나지? 분명 사건하고 관계가 있는 거라고."

승부사의 냄새를 풍기며 이노세는 두 번째 담배에 불을 붙였다.

"옷 갈아입을 생각 없으면 여기서 대답해. 5월 6일 오전 0시부터 2시 사이에 어디에 있었지?"

게이지가 뇌보다 빨리 답을 내놓았다.

마쓰세초 3초메에서 '작업' 중이었다.

마카베는 입을 다물었다.

그 얼굴을 향해 이노세가 연기를 내뿜으며 말했다.

"자리를 옮기면 퍼뜩 생각이 날지 누가 알아?"

# 2

마카베는 사우나와 가까운 '시모산고 지구대' 대기실에서 참고 인 사정 청취를 받았다.

"잠입 전문…… 별명은 철벽의 마카베……. 도둑들 사이에서 는 꽤 유명한 밤털이라면서?"

이노세는 철제 의자에 거꾸로 앉아 눈앞의 의자를 향해 턱을 까 닥했다. 마카베가 자리에 앉자, 빡빡머리가 일부러 큰 소리를 내 며 등 뒤의 문을 닫았다. 강력계의 조사를 받는 건 처음이었지만, 형사들의 눈이 굶주려 있다는 점은 절도계나 강력계나 다를 것이 없었다.

"아까 하던 얘길 계속하지."

"그 전에 궁금한 게 있어."

마카베는 이노세의 말을 끊으며 물었다.

"살해당한 게 틀림없나?"

"그건 몰라. 신문에 나왔잖아. 외상은 머리에 하나밖에 없었어. 사고사일 수도 있어. 그 개천가의 산책로는 원체 난간이 낮고, 요 시카와는 만취 상태였어. 그렇지만 경찰이 죽었어. 가능성은 모두 열어놔야지."

사실이겠지. 살인으로 판명됐다면 이런 긴장감 없는 분위기에 서 조사하지는 않을 것이다.

마카베는 그 점을 놓치지 않았다.

"소스케가 여자의 가게에 들렀다는 게 사실이야?"

"그런 걸 거짓말해서 뭐하려고. 11시 반쯤에 갔어. 그때도 취해 있었는데, 가게에서 진탕 퍼마시고 나간 게 오전 0시였어. 그때부터 두 시간 안에 죽은 거지."

"혼자 나갔나?"

"그래. 잠깐, 어디서 기자 흉내야? 적당히 해."

"소스케의 죽음이 여자와 관련되었다면……."

마카베는 선수를 쳤다.

"간사이 야쿠자와도 관련이 있겠지."

이노세는 놀란 듯 눈을 떴다.

"여자를 가로챈 요시카와에게 앙심을 품고 보복했다고……? 괜찮은 추리야. 하지만 안타깝게도 시노키 다쓰요시는 마약 사범으로 석 달 전에 빵에 들어갔어. 그놈이 마음대로 부릴 수 있는 똘마니도 없고."

'간사이'라는 말만 꺼냈을 뿐인데 이런 대답이 돌아오는 걸 보면 조사는 꽤 진척된 것 같았다.

"그럼 여자가 죽였겠지."

"치정 싸움 끝에 죽였다고? 그 가능성도 생각 안 해본 건 아닌데……."

이번에는 반응이 무뎠다. 두 사람의 관계를 단순한 불륜으로 보는 건가. 한때 불을 질러 남편을 죽이려 했던 요코와 그 일을 빌미로 관계를 요구했던 요시카와. 내막을 안다면 강력계는 유력 용의자로 요코를 잡아들였을 것이다.

하지만 이노세가 요코에게 관심을 보이지 않는 이유는 따로 있었다.

"네놈과 달리 이나무라 요코에게는 알리바이가 있어."

"알리바이……."

"이나무라 요코의 가게는 새벽 2시에 문을 닫는데, 그때까지 붙어 있던 손님이 있었어."

마카베는 고개를 갸웃했다.

"그걸 알리바이로 칠 수 있나?"

"뭐?"

"여자와 손님이 입을 맞췄을 가능성도 있잖아."

"의심 많은 놈이군. 그냥 손님이 아니야. 높으신 영감님이라고."

영감님. 고위 공무원이나 사회적 지위가 있는 사람을 뜻하는 은어였다. 주로 법관이나 기관장을 그렇게 불렀다.

높으신 영감님…….

"지역 유지인 현의원쯤 되나 보지?"

"하! 그건 말 못 하지. 뭐, 우리한텐 신이나 다름없는 영감님이라 해두지."

신…….

"만족한 모양이군. 그럼 이제 내가 물을 차롄가?"

이노세는 거꾸로 앉은 의자를 목마처럼 흔들며 마카베와의 거리를 좁혔다.

"시노키 다쓰요시를 지우고, 이나무라 요코도 지웠어. 그럼 남은 건 누굴까?"

"......."

"네놈이 요시카와 요코 주변을 어슬렁거렸던 건 알고 있어. 혹시 너도 그 여자한테 마음이 있었나?"

"아까도 말했을 텐데."

"그럼 나도 아까 질문을 다시 하지. 6일 오전 0시부터 2시까지 어디서 뭘 했나?"

마카베는 눈앞의 도끼눈에 초점을 맞췄다.

"후쿠쥬장에서 자고 있었는데."

"어린이집 선생하고?"

"나 혼자."

"혼자? 그럼 누가 알리바이를 증명해줄 건데?"

"나도 모르지."

그렇게 말하며 마카베는 자리에서 일어났다.

"거기 서."

이노세는 눈을 부라리며 으름장을 놓았다. 벽에 기대 있던 빡빡머리가 잽싸게 몸을 움직여 문을 막았다.

마카베는 빡빡머리를 곁눈질로 노려보고 나서 이노세를 향해 말했다.

"참고인 조사라고 하지 않았나?"

"아는 척하긴."

이노세는 분통을 터뜨렸지만, 금세 엷은 웃음을 지었다.

"아, 그랬지. 누가 그러더라고. 네놈이 법대 출신이라고. 사법 고시를 준비했다지? 검사 지망이었다면서. 일이 잘 풀렸으면 우

다. 하지만 고리로 유명한 토미네답게 열흘 치 선이자로 3할을 떼서 마카베가 실제로 손에 쥔 지폐는 일곱 장뿐이었다.

계단을 내려가 1층 커피숍에 들어갔다. 오후 9시. 밤에는 술도 팔지만, 보풀이 일어난 소파가 늘어선 가게 안에는 손님이 없었다.

마카베는 창가 자리에 앉아 바깥을 살폈다. 서 있는 사람은 없었다. 주차 차량을 보았다. 두 대. 모두 빈 차였다.

커피와 스파게티를 주문했다. 뭔가 불만이라도 있는 듯 부루퉁한 표정을 한 젊은 여종업원은 말없이 받아 적더니, 이마가 훤한 마스터에게 전표를 내던지듯 카운터에 놓았다. 분위기가 그렇다 보니 식후에 달라고 했던 커피도 먼저 나와버렸다.

마카베는 게이지를 불렀다.

기척은 느껴졌지만 대답이 없었다.

마카베는 작게 한숨을 쉬며 주머니에서 만 엔짜리 지폐를 꺼냈다. 부채 모양으로 펼쳐 일곱 장의 지폐 번호를 나열했다.

NN842334D, NN695695F…….

〈게이지, 외워둬.〉

(…….)

주특기인 암기에도 응하지 않는 걸 보면 꽤 의기소침해진 모양이었다.

마카베 역시 아직도 오른손이 뜨거웠다.

불타버린 집, 석유 냄새……. 모든 것이 불타 사라졌고, 추억을 불러일으킬 것조차 없었다. 아버지는 1층 복도, 어머니와 게이지는 거실 안쪽에서 함께 발견되었다. 어머니는 게이지를 붙잡고 놓지 않았고, 두 사람은 산 채로…….

마카베는 물을 들이켰다.

〈게이지.〉

(알았어……. 외울게.)

카운터 안에서 짓죽인 여자 목소리가 들렸다. 거짓말쟁이. 책
임. 약속……. 마스터는 말이 없었다. 여자가 본처 자리를 꿰차기
는 요원해 보였다.

(다 외웠어.)

〈잘했어.〉

마카베는 지폐를 도로 넣었다. 그때 귓속에서 쿡쿡 웃는 소리가
들렸다.

〈왜?〉

(형은 옛날부터 약았었어.)

방금 전과 달리 유쾌한 목소리였다.

(많이 했잖아. 세뱃돈으로 받은 지폐 번호 끝까지 외우는 놀
이.)

〈그랬지.〉

(형이 먼저 말을 꺼냈지. 진지한 표정으로. 이 돈은 전국을 돌아
분명 나한테 돌아올 거라고. 그때 못 알아보면 안 되니까 번호를
외우자고.)

〈그래, 그랬지.〉

(하지만 형은…… 쿡, 잘 못 외웠잖아. 몰래 번호를 적어서 가
지고 다녔지.)

〈너만큼 기억력이 좋지 않았으니까.〉

(돈이 다시 돌아올 확률도 계산했었지? 엉터리 계산이었지만 3억5천만 분의 1이었어.)

〈그랬나.〉

(응. 난 중학교, 고등학교 올라가서도 지폐를 볼 때마다 번호를 살펴봤어. 형은 까맣게 잊어버렸지?)

〈잊고 있었지.〉

(하지만 한 번도 같은 번호를 못 봤어. 세상은 넓어. 한번 자기 손을 떠난 건 다시 돌아오지 않아.)

잠시 침묵이 흘렀다.

(히사코도 그래.)

〈…….〉

(분명 그런 거야. 떠나보내면 다시는 돌아오지 않을 거야.)

셋이서 자주 어울렸다. 영화. 볼링. 차를 빌려 바다에 간 적도 있었다. 그해 여름이 끝날 무렵, 히사코는 마카베를 선택했다. 그로부터 얼마 지나지 않아서였다. 게이지가 집에 들어오지 않게 된 것은.

(형, 왜 히사코네 집에 안 가? 출소한 날에 한 번 들른 게 다잖아. 매일 사우나나 캡슐호텔에서 자고. 전화도 한 번도 안 하고.)

〈…….〉

(히사코가 불쌍하지도 않아?)

〈…….〉

(히사코도 이제 서른넷이야. 앞으로의 일을 진지하게 생각해야

지.)

마카베는 자리에서 일어났다.

가게 안쪽에서는 아직도 두 사람의 신경전이 이어지고 있었다. 주문한 스파게티는 아직 만들지도 않은 모양이었다. 취소하겠다고 말하자 주인은 정중히 고개를 숙였다. 여종업원은 눈물이 그렁그렁한 눈으로 그 머리를 노려보았다. 돌아가는 상황을 보아하니 지폐가 그의 주머니로 다시 돌아올 확률보다 이들이 와이드쇼를 떠들썩하게 만들 확률이 훨씬 클 것 같았다.

가게를 나선 마카베는 역으로 향했다.

(어디 가려고?)

〈…….〉

(히사코네?)

〈가리야혼마치.〉

(어? 그럼 소스케 사건을…….)

목소리가 도중에 끊겼다. 게이지도 알아챈 모양이었다.

길 저쪽에서 젊은 커플이 걸어오고 있었다. 5대 5 가르마의 남자와 단발머리 여자. 팔짱은 끼고 있었지만 남녀의 정이 전혀 느껴지지 않았다.

게이지가 거친 숨을 내쉬었다.

(소스케 건이 정리될 때까지 히사코네는 못 가겠네. 대체 몇 명이 미행하는 거야…….)

〈그래.〉

(일이 복잡하게 됐어. 진짜 그 시간에 뭐 하고 있었는지 말할 수

도 없는 노릇이고.)

〈가만히 있어봐.〉

마카베는 걸음을 재촉했다. 경보기 소리가 들렸다. 열차 건널목이 가까워졌다. 커플이 길을 건넜다. 교과서대로 15미터쯤 거리를 두고 뒤를 밟고 있었다.

건널목 차단기가 내려온 순간, 마카베는 냅다 뛰었다. 차단기를 넘어 선로를 가로질러 저쪽 차단기를 지났을 즈음 돌아보았다. 커플은 머리를 위아래로 흔들며 열심히 달렸지만, 건널목 직전에서 속도를 줄이고 무섭게 다가오는 열차의 전조등을 얄미운 듯 곁눈으로 노려보았다.


# 4


마카베는 시모산고 역 서쪽 길로 돌아갔다.

개인택시를 찾았다. 전철로 이동하면 앞질러서 역에서 기다리고 있을 가능성이 있었다. 회사택시도 마찬가지였다. 경찰에서 택시 회사에 협조 요청을 하면 무선 교신을 통해 승객은 알아듣지 못하는 말로 저희끼리 주고받기 때문이었다.

다행히 손님을 기다리는 택시가 있었다.

"가리야혼마치로 갑시다."

운전기사에게 목적지를 말하자 기다렸다는 듯 게이지의 목소리가 들렸다.

(형, 살인이라면 역시 이나무라 요코와 관련된 걸까?)

〈모르지.〉

마카베는 고개를 돌려 백미러로 후방을 살폈다. 트럭과 빨간 스포츠카……. 뒤따라오는 승용차 한 대가 신경 쓰였지만, 자세히 보니 조수석에 백발의 노파가 앉아 있었다.

마카베는 다시 고개를 돌렸다.

(새벽까지 있었다는 손님이 뭔가 수상해. 이노세가 말한 영감이 대체 누굴까?)

〈신……이라고 했지.〉

(의원이 아니라면 현청 같은 공기관의 고위 공무원인가?)

〈그런 영감은 부정부패로 잡아넣기 딱 좋지. 사냥감이면 몰라도 신은 아니야.〉

(혹시 현경의 높으신 분 아냐? 도쿄에서 내려온 캐리어들 있잖아.)

〈사무직 직원들에게는 그럴 수도 있겠지만, 일선 형사들이 캐리어를 신이라 부르진 않지.〉

(그럼 검사? 현경 수사를 지휘하잖아.)

〈형사에게 검사는 그냥 좀 신경 쓰이는 정도의 존재야.〉

(그럼 뭔데? 알면 가르쳐주든지.)

〈아마 판사일 거야.〉

게이지가 놀란 듯 소리쳤다.

(판사?)

〈형사가 용의자를 유죄라고 주장하며 법정에 세우면, 그 말을 믿고 유죄 판결을 내리는 게 판사야. 판사가 때린 형량이 곧 자기 실적인 셈이니, 형사들 입장에선 판사가 신이나 마찬가지지.〉

(그러네. 판사라면 거짓말을 할 리도 없을 테니 이나무라 요코의 알리바이가 성립된 거구나.)

마카베는 다시 뒤를 돌아봤다. 대형 트럭…… 택시…….

〈하나 마음에 걸리는 건…….〉

(어? 뭔데?)

〈왜 판사가 이나무라 요코의 가게에 있었지?〉

(그게 무슨 뜻이야?)

〈직책상 판사는 민간인과의 접촉을 극도로 꺼리기 마련이야. 가는 가게도 정해져 있어서, 선배들 단골집을 물려받아 비밀 보장이 확실한 곳에만 다닌다고 들었어.〉

(유흥가 술집 같은 데 함부로 드나들지 않는다는 소리야?)

〈애초에 그런 가게를 알 턱이 없지.〉

(그럼 누가 판사를 그리로 데려간 건가?)

〈그렇지. 아마 일행이 있었을 거야.〉

게이지가 숨을 삼켰다.

(그놈이 소스케를 죽인 거야……?)

〈…….〉

(그게 누구야? 형은 알아?)

〈이나무라 요코와 판사……. 생각할 수 있는 접점은 하나뿐이야.〉

택시는 가리야혼마치의 번화가로 들어섰다.

마카베는 오아시스랜드 뒤에서 내려 근처를 살폈다. 이 4층짜리 오락 센터 건물도 마카베가 다니는 곳 중 하나로 형사가 잠복해 있을 가능성이 컸다.

마카베는 직원 전용 출입구를 통해 건물 안으로 들어갔다. 계단을 올라가 2층 철문을 열자 파친코 가게 화장실 옆이었다. 10시 5분 전. 가게 안에는 영업 종료를 알리는 〈석별의 정〉이 울려 퍼지고 있었다.

마카베는 형사와 자신이 만나려는 남자를 동시에 찾았다.

형사는 없었다. 오무로 마코토는 아직 미련을 버리지 못하고 파친코 기계에 달라붙어 있었다. 꽤 잃었는지 눈에 핏발이 서 있었다.

"마코토⋯⋯."

말을 걸자 생쥐 같은 얼굴이 그를 돌아봤다.

"아, 형님."

"잘 안 터져?"

오무로는 손바닥으로 기계를 쳤다.

"벌써 닷새째 꽝이에요. 이런 적은 처음인데."

"내일은 따겠지."

마카베가 그렇게 말하며 걸음을 옮기자, 그제야 체념했는지 오무로는 얼마 남지 않은 코인을 주머니에 넣으며 따라왔다.

계단을 내려가 건물 뒤의 주차장으로 나온 두 사람은 컴컴한 근처 공원으로 자리를 옮겼다.

"여태까지 어디 있던 겁니까?"

"여기저기 옮겨 다녔어."

"산고의 그 어린이집 선생 집에 몇 번이나 전화를 했는데요. 오히려 그쪽에서 묻더라고요. 형님이 어디 있는지 알려달라고."

마카베는 그 말에는 대답하지 않고 본론을 꺼냈다.

"전에 부탁했던 건 말인데, 이나무라 요코의 가게가 어딘지 알아봤어?"

순간 오무로는 동작을 멈췄다.

"아, 그거요. 알아봤어요. 혼자서 '뭉크'라는 작은 술집을 하더라고요."

"어딘데?"

"웨스트 거리요. 닭꼬치 집 모퉁이를 지나 조금 더 가면 사보텐 빌딩이라는 데가 있는데, 알아요?"

"아니."

"아, 형님이 빵에 가 있는 동안에 생긴 데였지. 그 건물 2층이에요. 쉽게 찾을 수 있을 겁니다. 그런데…….'

오무로는 미간을 찌푸렸다.

"전에도 말했지만, 시노키라는 야쿠자가 그 여자 뒷배를 봐주고 있으니까 얽히지 않는 게 좋아요."

"시노키는 이미 간사이로 떠났어. 지금은 빵에 들어갔고."

"네? 정말요?"

"그보다 하나만 더 묻자."

마카베는 주변을 둘러보더니 낮은 목소리를 더욱 낮추며 물었다.

"그 경매 건 말인데."

2년 전, 빚으로 이나무라의 집 유체동산은 압류 처분을 받아 집행관 입회하에 경매에 부쳐졌다. 그때 요코가 데려온 사람이 시노키였다. 채무자 본인은 경매에 참가할 수 없기 때문에 요코 대신 시노키가 나섰다. 제값을 주고 사면 백만 엔은 나가는 살림살이를 단돈 8만 엔에 되사들였다고 들었다. 하지만······.

"여자 후리는 재주밖에 없는 야쿠자가 그런 데까지 머리가 돌아갈까?"

마카베의 말에 풋내기 경매사는 자신만만하게 대답했다.

"그럴 리 없죠."

"집행관은 도도로키였나?"

"아님 누구겠어요."

오무로는 과장을 떨며 대답했다.

가리야 지법에는 집행관이 세 명 있는데, 그중 가장 고참인 도도로키 하쓰오는 자기 직권의 무게와 그 맛을 잘 아는 사내였다. 재산을 압류하러 간 도도로키가 이나무라 요코에게 귀띔을 해준 것이다. 그런 게 틀림없었다.

"그놈은 상습범이에요."

오무로는 짜증스레 말했다.

"울며 매달리는 사람들한테 그런 방법을 알려주고 뒤로 돈과 물건을 빼돌린다니까요. 벼룩의 간을 빼먹지. 파산한 사람들을 벗겨먹으려는 걸 보면 하이에나보다 못한 놈이에요."

마카베는 고개를 끄덕였다.

"도도로키의 집이 후나도지?"

"아뇨, 이 근처로 이사했어요. 작년에 나왔던 농협 센터 옆 부동산 물건으로요. 그때 분명 스도라는 경매꾼이 낙찰받은 걸로 아는데, 어느샌가 도도로키가 차지했더라고요. 그 인간은 집행관이 아니라 사기꾼이라니까."

오무로의 분노는 가라앉을 줄을 몰랐다. 들어보니 오무로의 사장이 류머티즘으로 거동하지 못하는 틈을 타서 도쿄에서 온 경매꾼들이 활개 치고 다닌다고 했다. 수법도 거칠었다. 토박이 경매꾼들을 내몰고 구역을 빼앗기 위해, 손해를 감수하고 경매 물건을 비싸게 사들인다고 했다. 가구나 B급 골동품을 헐값으로 낙찰받아 유통업자에게 팔아넘기는 오무로에게는 사활이 걸린 문제였다. 도도로키가 중개료를 잘 쳐주는 그 패거리들 편을 드는 바람에 오무로는 지난 보름 동안 한 건도 낙찰을 받지 못했다며 분통을 터뜨렸다.

"형님이 좀 도와주세요."

결국 오무로는 끝까지 여느 때의 싹싹한 미소를 보이지 않았다.


# 5


오후 11시 반. 마카베는 뒷길을 지나 웨스트 거리의 한 모퉁이에 들어섰다.

어둠에 기름을 끼얹은 듯 끈적거리는 불빛과 벽에 얼룩처럼 붙은 노점상, 늙은 매춘부……. 취객은 얼마 없었다. 호객 행위가 심해질수록 손님들도 마음 놓고 마시지 못했고, 그러한 악순환이

저변에서 불황을 더욱 부채질했다.

(드디어 연결 고리를 찾았네. 도도로키가 이나무라 요코의 가게에 판사를 데려간 거야.)

〈아마도.〉

(그때 도와준 대가로 공짜 술을 마셨겠지.)

〈응.〉

(그때 소스케가 나타났고. 내가 생각해봤는데, 혹시 사건이 일어난 날이 한 달에 한 번 만나기로 한 날이 아니었을까?)

〈뭐라고?〉

(아까 그 이노세라는 형사가 소스케는 가게에 왔을 때부터 이미 취해 있었다고 했잖아.)

〈그랬지.〉

(내 말이 맞다니까. 소스케는 요코의 집에서 술을 마시며 기다렸어. 그날은 일찍 오기로 했는데, 아무리 기다려도 안 오는 거야. 참다 못해 가게에 갔더니 남자 둘하고 술을 마시고 있었어······. 어때?)

마카베는 잠시 생각하다 대답했다.

〈그럴싸하네. 더 말해봐.〉

마카베의 칭찬에 게이지는 신이 나 말했다.

(뻔하지. 열불이 나서 술을 퍼마셨겠지. 진탕 취해선 그 두 사람에게 시비를 걸었고, 도도로키와 싸움이 붙어서 둘이서 밖으로 나왔어. 몸싸움을 벌이던 중에······ 그렇게 된 일 아니겠어?)

사보텐 빌딩은 5분 전쯤에 이미 찾았다. 안전한 거리에서 관찰했지만, 변장한 형사들이 드나드는 것 같지는 않았다.

(들어가도 될 것 같아?)

〈문제없어.〉

마카베는 빌딩으로 걸음을 옮겼다.

(드디어 이나무라 요코와 만나는구나.)

〈……〉

(기뻐?)

〈그게 무슨 소리야?〉

(별 뜻 없어. 왠지 좀 위험한 느낌이 들어. 형하고 요코라는 여자, 왠지 비슷한 구석이 있는 것 같아서.)

〈시끄러.〉

마카베는 사방을 살피며 조용히 빌딩 입구로 들어갔다. 위층을 경계하며 계단을 올라갔다.

(마코토가 그랬지. 히사코가 형이 어디 있는지 물었다고.)

〈……〉

(형, 약속해줘. 이 일이 수습되면 히사코를 찾아가겠다고.)

마카베는 뭉크의 문을 열었다.

사람도, 노랫소리도 없이 조용했다. 설거지하는 소리만 들렸다. 카운터 자리와 테이블 두 개뿐인 소박한 가게지만 어두운 간접조명과 거울 벽 덕에 그나마 넓어 보였다.

"죄송합니다, 영업 끝났어요."

마카베를 본 카운터 안쪽의 하얀 얼굴이 고개를 내밀며 말했다.

머리카락을 올린 까닭에 둥근 얼굴 윤곽이 고스란히 드러났다.

까맣고 커다란 눈동자 위아래로 새도를 짙게 칠한 탓에 작은 코와 입이 더더욱 묻혔다. 미인의 범주에 든다고 할 수 있었지만, 밤과 남자에게 시달릴 대로 시달린 얼굴이었다. 여자가 등을 돌리고 그 눈처럼 하얀 목덜미를 보이지 않았다면, 이나무라 요코라고 확신하지 못했을지도 모른다.

마카베는 카운터 구석에 앉았다. 술병을 선반에 올려놓던 요코가 기척을 느끼고 휙 돌아봤다.

"영업 끝났다니까요."

"2시에 닫는다고 알고 있는데."

"오늘은 일찍 접을 거예요."

요코는 노골적으로 싫은 표정을 지으며 도전하듯 마카베를 보았다.

"당신 가게야?"

"당치도 않죠."

요코는 성가신 손님을 쫓아낼 좋은 구실이 생긴 듯 말했다.

"그냥 직원이에요."

마카베는 고개를 들어 요코의 눈동자를 바라보았다.

"내가 누군지 모르겠나?"

"……네?"

2년 전, 신문에 실린 마카베의 사진은 요코도 보았을 터였다. 기억의 실마리를 잊어버렸어도 기억 그 자체는 사라지지 않을 것이다. 요코의 눈동자에 미세한 변화가 나타났지만, 입 밖으로 나온 건 영업용 문구였다.

"저희 손님하고 같이 오셨던가요?"

"마카베."

이름은 똑똑히 기억하고 있었는지, 요코는 커다란 눈동자가 툭 굴러떨어질 정도로 눈을 부릅떴다. 그 눈이 금세 공포로 물들었다.

"여, 여긴 뭣 하러……."

"요시카와 소스케 일로 경찰이 날 쫓고 있어."

"당신이…… 죽였어요?"

"당신이 아니고?"

"내가 왜……."

"요시카와에게 약점을 잡혔으니까. 아닌가?"

"약점……? 무슨 소리죠?"

"불을 질러 남편을 죽이려 했잖아."

유리 깨지는 소리가 들렸다. 요코가 들고 있던 술병이 카운터 안쪽 바닥에 떨어진 것이다.

요코는 황급히 주저앉아 유리 조각을 줍기 시작했다. 조각을 주우며 놀란 가슴을 간신히 진정시키는 것 같았다. 늘어진 검은 블라우스 안으로 목덜미에서 이어진 가녀린 어깨선이 보였다. 상처……? 새하얀 피부에 검붉은 실선 같은 게 보였다.

일어난 요코는 애써 태연한 척 말했다.

"뭐가 궁금한데요?"

"그날 밤에 여기서 무슨 일이 일어났는지."

"경찰에 전부 말했어요."

"전부는 아닐 텐데. 판사 말고도 집행관인 도도로키가 같이 있었잖아."

요코는 몸을 움찔했다.

"그런 사람 몰라요……."

마카베는 카운터에 있던 성냥갑을 집어 들고 성냥 하나를 꺼내 긁었다. 작은 불꽃이 막대를 따라 손끝에 다가왔다.

"뭐, 뭐예요……."

요코의 목소리는 겁에 질려 있었다.

불꽃이 마카베의 손끝에 닿았다. 지직……. 불쾌한 소리와 냄새가 났다.

"산 채로 불에 타 죽는 게 어떤 건지 알아?"

"말하면 될 거 아니에요. 왔었어요, 도도로키도."

요코가 비명처럼 외쳤다. 온몸을 부들부들 떨고 있었다.

"무슨 일이 있었지?"

"요시카와가 난동을 부렸어요."

"당신이 약속을 어겨서 그런 거 아닌가?"

"끝내고 싶었어요!"

요코는 손바닥으로 카운터를 내리쳤다.

"그만 정리하고 싶었다고요. 정말 최악이었어요. 더럽고 교활한 놈이었다고요. 그래서……."

눈물이 그렁그렁한 눈가에 불현듯 드센 웃음기가 번졌다.

"판사한텐 꼼짝 못 할 테니까, 요시카와도 순순히 떨어질 줄 알았죠. 그래서 도도로키에게 부탁해 데려온 거예요. 일부러 그놈이 찾아오는 날에."

"하지만 요시카와는 가게까지 쳐들어왔지."

"인사불성으로 취해서 두 사람한테 달려들었어요. 그래서 도도로키가 밖으로 데리고 나갔고요."

"……."

"거기서부터는 몰라요."

"……."

"정말 모른다고!"

마카베는 요코를 보았다.

"판사가 용케 거짓말을 해줬군."

"네……?"

"경찰엔 손님은 자기밖에 없었다고 했어. 도도로키를 생각해 그런 건가? 아니면……."

마카베는 팔을 뻗어 요코의 멱살을 잡았다. 단숨에 블라우스를 찢었다.

"아!"

요코는 두 팔로 몸을 감싸고 가슴을 가리며 등을 돌렸다.

분명히 있었다. 오른쪽 어깨 뒤, 등과 이어지는 곳에 빨간 멍 자국이 보였다. 잇자국이었다. 앞니 자국 두 개와 아랫니 자국 네 개가 새하얀 살갗에 또렷이 각인되어 있었다.

2년 전까지는 지극히 평범한 주부였다. 알코올 중독에 노름꾼 남편, 여자 등쳐먹는 야쿠자. 악덕 형사. 그리고 이번에는 이상 성벽을 가진 판사…….

요코는 고개를 돌린 채 말했다.

"하나도 싫지 않아요. 날 소중히 여겨주는 사람이 그런 거니까."

마카베의 머릿속에서 뭔가가 번득였다.

잇자국을 뚫어져라 보았다.

주머니에서 만 엔짜리 지폐를 세 장 꺼내 카운터에 올려놓았다.

"옷값이다."

마카베는 발길을 돌렸다. 순간 교차한 요코의 눈빛은 밝은 태양 아래에서 살아가는 여자의 그것이었다.


# 6


두 시간 뒤, 마카베는 어둠 속에 있었다.

낮에 미리 봐둔 가리야혼마치의 집에 숨어들었다. 두툼한 카펫의 감촉을 느끼며, 자신이 부순 창문 옆에서 귀를 기울였다. 하나, 둘, 셋……. 여느 때처럼 머릿속에서 서른까지 셌다. 사람이 일어난 기척은 없었다. 잠입 직후의 정적이 이어졌다. 드라이버 두 개를 겉옷 안감 사이로 집어넣고, 대신 펜라이트를 꺼내 입에 물었다. 다시 서른까지 센 뒤 어둠에 눈이 익자, 마카베는 대담하게 행동을 개시했다.

대형 텔레비전 앞을 가로질러 전화대 앞에 섰다. 무릎을 꿇고 서랍을 열었다. 불을 켜자 지름 10센티미터쯤 되는 동그란 빛이 마카베의 고개를 따라 미끄러지듯 움직였다. 악어가죽 지갑이 동그란 빛 안에 들어왔다. 안에는 5만7천 엔이 들어 있었다. 만 엔짜리만 빼서 주머니에 넣은 뒤 지갑 안을 뒤졌다. 아멕스 골드 카드, 도시은행과 지방은행 현금카드, 가정의 안전을 비는 부적, 지갑 주인의 명함도 몇 장 들어 있었다.

가리야 지방법원 집행관 도도로키 하쓰오

마카베는 전화대에서 떨어졌다. 널찍한 거실에서는 통일성이라고는 찾아볼 수 없었다. 천장에는 거대한 샹들리에가 달려 있었고, 사람 머리가 족히 들어감 직한 청자 항아리와 산수화 족자, 나신의 여자를 그린 그림, 시계추가 어마어마하게 긴 괘종시계, 날개를 펼친 독수리 박제 등 졸부 취향을 집대성해놓은 듯한 물건들이 여기저기 널려 있었다. 다른 물건들은 어디까지나 심증일 뿐이었지만, 나란히 늘어선 묵직한 서랍장은 색과 크기가 제각각인 걸로 보아 강제집행 과정에서 빼돌린 물건이 분명해 보였다.

서랍장을 열었다. 마카베의 손은 물건들을 날카롭게 선별하며 아랫단에서 윗단으로 올라갔다. 머릿속 절반은 '물건'을 찾고 있었다. 불과 몇 분 만에 아홉 개의 서랍을 모두 뒤진 마카베는 서가와 도자기, 괘종시계 안까지 살펴보고 나서 거실 문을 열고 복도로 나왔다.

다시 귀를 기울였다. 정적. 게이지의 기척도 느껴지지 않았다. 게이지도 일단 작업에 들어가면 청각이 생사를 좌우한다는 사실을 알고 있었다.

91

마카베는 복도 안쪽으로 걸어갔다. 응접실은 지나쳤다. 다른 사람이 드나드는 곳에 남이 봐선 안 될 물건을 두는 사람은 없기 때문이었다. 복도 끝 화장실에 들어갔다. 변기 탱크의 뚜껑을 열고 안에 불빛을 비췄다. 아무것도 없었다. 화장지 심에 손을 넣어봤다. 만져지는 게 없었다. 뒷걸음질로 화장실을 나와 부엌으로 향했다. 배전반, 쌀통, 가스 밸브 안쪽······. 역시 아무것도 없었다.

마카베는 냉장고 전원 코드를 살펴봤다. 콘센트를 뽑아 전원을 끈 뒤에 냉동실 문을 열고 펜라이트를 비췄다. 셔벗 컵 세 개와 안쪽에 냉동식품 박스가 2단으로 쌓여 있었다. 그 안쪽을 헤치던 손끝이 꽁꽁 언 아이스팩에 닿았다. 그걸 치우자 그 밑으로 납작한 꾸러미가 보였다. 반투명한 비닐봉지를 열자 다시 비닐이 나왔다. 두 겹, 세 겹, 네 겹······. 마지막 랩을 벗기고 마카베는 통장 하나를 손에 넣었다.

죠사이 신용금고 가미야마 신스케

가공의 명의거나, 아니면 차명계좌이리라. 통장을 넘겼다. 7만, 3만, 5만 등 부정기적으로 입금된 내역이 늘어서 있었고, 보름마다 한꺼번에 출금한 기록도 남아 있었다. 입금자 이름은 제각각이었는데, 개중에 가명인 듯한 이름도 있었다.

마카베는 통장을 품에 넣고 부엌에서 나왔다.

거실을 지나 현관 쪽으로 가서 오른쪽에 있는 계단을 올라갔다. 소리를 죽이고 열 계단쯤 올라가다 걸음을 멈추고 2층의 기척을 살폈다. 오른쪽에 미닫이문이 하나 있었다. 북향인 걸 봐서는 창고 같았다. 문은 모두 세 개였다. 왼쪽 끝에 있는 문에 '지금은 수면 중!'이란 팻말이 걸려 있었다. 아들 방인가. 마카베는 나머지 두 개의 문을 뚫어져라 바라보며 고막에 신경을 집중했다. 숨소리…….

오른쪽 방의 문손잡이를 잡고 돌렸다.

살며시 문을 열자마자 숨소리가 또렷이 들렸다. 눈앞에 보이는 두 침대 중 마카베의 앞에 있는 세미더블 침대에 이불을 걷어찬 유카타 차림의 남자가 누워 있었다. 번들번들한 이마는 탁하게 빛났고, 산소 결핍으로 죽은 망둑어처럼 입을 헤벌리고 있었다. 싱글 침대에는 머리에 파마 롤을 만 여자가 누워 있었다. 늘어진 목과 턱살에 보기 싫은 주름이 잡혀 있었다.

마카베는 발가락에 신경을 집중했다. 잠입…….

거실과는 딴판으로 안방에는 물건이 없었다. 침대 옆 협탁 위에 밝기를 줄인 스탠드와 시계. 그 외에는 구석에 화장대가 덩그러니 놓여 있을 뿐이었다. 수납은 한쪽 벽면을 차지한 옷장을 이용하는 듯했다. 미닫이식의 평범한 붙박이장이었다.

시야 한구석에 침대를 두고 옷장으로 다가갔다. 양문형 장과 단문형 장이 붙어 있었다. 양문형은 분명 부인의 옷장이다. 마카베는 무릎을 꿇고 단문형 장에 손을 댔다. 힘이 너무 들어가지 않도록 마지막에 반대 방향으로 살짝 밀면서 문을 열었다. 문은 거의 소리 없이 열렸다.

침대를 돌아봤다. 규칙적인 숨소리가 들렸다.

다시 옷장을 보았다. 열 벌쯤 되는 양복이 걸려 있었다. 밑에는 3단 서랍이 있었다. 아래부터 차례대로 열었다. 아래 칸은 비어 있었고, 가운데 칸에는 속옷이, 위 칸에는 와이셔츠, 양말, 손수건이 들어 있었다. 그 안쪽에 가마쿠라 칠기 서류함이 숨겨져 있었다. 뚜껑을 열자 각종 서류 밑에서 두툼한 갈색 봉투가 나왔다. 손으로 집어보니, 대충 20만 엔은 될 것 같았다. 현금이 새 주인을 맞이한 순간, 1층에서 땡 하는 소리가 들렸다.

몇 가지 정보가 동시에 뇌를 찔렀다. 거실의 괘종시계. 오전 2시 반. 멎은 숨소리.

마카베의 오감이 침대에 누워 있는 도도로키에게 집중됐다. 무호흡 상태인 것이다. 눈꺼풀 아래의 안구가 움직였다. 뺨이 씰룩거렸다. 손가락이 구부러졌다. 얼굴이 붉어지더니 미간의 주름이 깊어지며 목울대가 솟아올랐다. 마카베가 문으로 걸음을 옮긴 그 순간, 망둑어의 입에서 휘우우우우, 새 소리 같은 숨이 새어 나오더니 다시 규칙적인 숨소리가 나기 시작했다.

얼어 있던 마카베의 눈이 움직였다. 옷장에 걸린 양복들을 올려다보았다. 회색 양복과 그 양옆에 걸린 양복 사이에 팔이 하나 들어갈 만한 틈이 있었다. 회색 양복 주머니를 뒤졌다. 낮에 입었음을 말해주는 명함 지갑과 수첩, 볼펜 등이 나왔다. 수첩을 넘겼다. 이니셜과 숫자가 빼곡히 적혀 있었다. 그중 몇몇은 아까 보았던 통장의 입금액과 맞아떨어졌다.

마카베는 수첩을 품에 넣고 철수했다. 활짝 열린 문과 서랍은 거들떠보지 않고 침실을 빠져나와 계단을 내려갔다. 현관 잠금장

치를 풀고 밖으로 나갔다. 북쪽 담을 넘어 도로에 발을 디디자마자 미리 계획했던 대로 옆 골목으로 꺾어 어둠 속으로 사라졌다.


# 7


이튿날 아침, 오전 9시.

가리야 지법을 찾은 건 2년 만이었다. 전에는 오늘처럼 현관으로 들어간 게 아니었다. 포승줄로 묶인 채 교도관을 따라 뒷문으로 들어가 법정에 섰다.

마카베는 경비실 옆에서 오른쪽으로 꺾어 복도 안쪽으로 향했다. '집행관실'의 문이 보였다.

문을 열자 여직원이 일어나며 물었다.

"어떻게 오셨습니까?"

"도도로키 집행관을 불러줘."

"성함이 어떻게 되시죠?"

"가미야마 신스케라 하면 알 거야."

채 30초도 지나지 않아 파랗게 질린 얼굴이 튀어나왔다. 기름진 이마는 어젯밤 본 그대로였지만, 망둑어 같은 입은 굳게 닫혀 있었고, 입가도 가늘게 떨리고 있었다.

입구에 '청소 중' 팻말을 붙이고 직원용 화장실로 들어갔다.

마카베는 도도로키의 어깨를 밀며 안쪽으로 밀어 넣고, 문을 등지고 섰다.

"자, 자넨 누군가……?"

"알면서 뭘 묻나?"

"그럼 역시 어젯밤 도둑…….'"

"경찰에 신고했나?"

도도로키는 고개를 세차게 저었다.

도둑맞은 수첩과 통장은 꼼수를 귀띔해준 상대에게 금품을 제공받은 증거였다. 경찰이 알면 뛸 듯이 좋아하리라.

"도, 돌려주게!"

"말해."

"뭘 말인가?"

"죽은 요시카와에 대해서. 그날 밤 뭉크에서 당신하고 시비가 붙었다면서."

도도로키는 현기증이 나는 듯 비틀거렸다.

"당신이 죽였나?"

"아, 아니야……. 아니라고!"

"그럼 그 판사 짓인가?"

도도로키의 눈꺼풀이 들려 올라갔다.

"어, 어떻게 그걸…….'"

"가게에는 마담과 당신, 판사가 있었어. 거기에 요시카와가 끼어들었고."

"아…….'"

"판사를 두고 당신과 요시카와는 가게 밖으로 나왔지. 요시카와는 그로부터 얼마 안 있어 죽었어."

"몰라. 난 아냐. 그건 사고잖아? 좌우지간 난 상관없어."

"그럼 더 할 얘기 없겠군."

마카베의 말에 도도로키는 손을 모으며 애원했다.

"사실이야. 믿어줘. 그래, 분명 그날 거기 있었어. 그 남자하고 밖으로 나왔고. 끈덕지게 시비를 걸더라고. 그래서 떼어내려고 밖으로 데리고 나온 거야."

"계속해."

"그 남자는 제대로 걷지도 못할 만큼 취한 상태였어. 개천 옆 산책로를 휘청거리며 걷다가 벤치에 털썩 앉더군. 말을 걸어도 대답도 없었어. 취해서 잠이 들었나 보다 싶어서 얼른 빠져나왔지. 난 아무 짓도 안 했어. 믿어줘."

"경찰에게 왜 그런 얘기를 안 했지?"

도도로키는 무너지듯 바닥에 무릎을 꿇고 청소도 하지 않은 지 저분한 바닥에 머리를 조아렸다.

"그걸 어떻게 말해……. 말하면 날 의심할 텐데. 우리 일은 경찰과 엮이는 순간 모가지야. 부탁이니 비밀을 지켜줘. 돈 줄게. 어젯밤에 가져갔지? 그 돈에 더 얹어줄게. 액수를 말해봐."

"요시카와가 왜 시비를 걸었지?"

"뭐……?"

"넌 경매 입찰에서 도움을 주고 여자와 잤어. 그리고 판사에게 여자를 넘겼지. 요시카와도 여자와 관계를 가지고 있었지. 누가 누굴 죽여도 이상하지 않은 그림 아냐?"

"오해야, 난 아냐……. 판사님도……."

"판사는 여자와 자서 약점을 잡혔으니까 알리바이를 증명해준 거 아냐."

"그, 그건……."

도도로키는 말문이 막힌 듯했다.

"판사 이름을 말해."

"제발 그것만은……. 원래는 무척 모범적인 분이야. 그날 딱 한 번뿐이었어. 평생 부인이 아닌 다른 여자한테 한눈판 적이 없다고 해서, 그냥 장난으로 권한 거야. 마담도 좋다고 했고. 싫어하는데 억지로 시킨 게 아냐."

"남 걱정보다 자기 걱정이나 하는 게 어때?"

도도로키가 고개를 들었다. 핏발 선 눈에 기대의 빛이 어른거렸다.

"말하면 그걸 돌려줄 텐가?"

"……."

"그럴 거야?"

마카베는 무릎을 꿇고 도도로키의 턱을 움켜쥐었다. 입가에 손가락을 넣어 억지로 벌렸다. 잇몸이 훤히 드러났다. 치열이 삐뚤빼뚤했다.

"이, 이러지 마……!"

"지금 당신이 딜을 할 수 있는 입장이라고 생각해? 판사 이름을 말해."

"……구리모토 판사님이야."

마카베는 손을 놓고 일어나 발길을 돌렸다.

"자, 잠깐만."

"뭔데?"

"돌려줘……. 제발 돌려줘……. 그걸."

마카베가 상대하지 않고 걸음을 옮기자, 등 뒤에서 도도로키가 안간힘을 다해 매달렸다. 마카베는 그 손을 뿌리치며 도도로키의 눈가를 팔꿈치로 찍었다.

"으악!"

주저앉는 도도로키를 두고 마카베는 화장실에서 나왔다.

게이지가 환성을 질렀다.

(꼴좋다! 속이 다 시원하네!)

〈…….〉

(그나저나 도도로키 말이 사실일까? 역시 저놈 짓인 거 아냐? 왜 더 추궁하지 않았어? 형은 저놈 말을 믿어?)

마카베는 복도를 따라 현관으로 가다 매점 앞에서 걸음을 멈췄다. 품에서 수첩과 통장을 꺼내 쓰레기통에 넣었다.

(아! 왜 버려? 도도로키를 혼쭐내줄 증거잖아. 어차피 버릴 거면 가리야 서에다 던져버리지 그랬어.)

〈저런 놈들한텐 이런 게 더 잘 먹혀.〉

(무슨 소리야?)

〈실제로 붙잡히는 것보다 매일같이 경찰이 들이닥치는 게 아닐까 불안에 떠는 게 더 무섭지.〉

(아…… 이해했어. 듣고 보니 그러네.)

마카베는 다시 걸음을 멈췄다. 현관 근처 경비실 앞이었다. 벽에 걸린 칠판에 오늘 공판 일정이 적혀 있었다. 구리모토라는 이름은 금방 눈에 들어왔다.

부장판사 구리모토 미키오

마카베는 손목시계를 보았다. 현재 제3호 법정에서 상해치사
사건을 담당하고 있었다.
(부인이 아닌 다른 여자와 처음 자본 판사네?)
〈응.〉
마카베는 계단으로 갔다. 3호 법정은 2층이었다.
(어디 가게?)
〈재판 구경하려고.〉
(구리모토가 있는?)
〈그래.〉
(형은 구리모토를 의심하는 거야?)
〈확인할 게 있어.〉
(소스케 일과는 상관없을 것 같은데. 이나무라 요코와의 관계
도 딱 한 번이었다고 하고.)
〈그게 걸려.〉
(어? 그게 무슨 소리야?)
그사이에 3호 법정에 도착했다. 마카베는 문에 달린 작은 창문
을 열었다. 예정대로 공판 중이었다. 조용히 문을 열었다. 방청석
은 텅 비어 있었다. 앞자리에 앉았다. 정면의 판사석에 검은 법복
차림의 판사 셋이 앉아 있었다. 구리모토 미키오의 자리는 한가운

〈쉿!〉

형사의 것과는 판이하게 다른, 사념의 덩어리 같은 것이 뒤로 바싹 따라붙어 있었다. 그것이 지금 또렷한 발소리로 바뀌었다.

마카베는 돌아보지 않았다.

(형! 뒤에!)

공원 한가운데, 그 어둠 속에서 시커먼 남자가 화살처럼 튀어나와 마카베의 등 뒤에 칼을 꽂으려 했다. 아니, 칼을 든 남자의 손은 몸을 틀어 피한 마카베의 옆구리 사이에 끼었고, 균형을 잃은 남자는 그대로 고꾸라졌다. 둔탁한 소리가 들렸다. 팔이 꺾였다. 칼은 바닥에 떨어졌고, 다음 순간 체중을 실은 마카베의 무릎이 남자의 목을 직격했다. 꿱. 개구리 울음소리가 났다.

남자는 고통으로 얼굴을 일그러뜨리며 바닥을 굴렀다.

오무로 마코토.

(헉!)

게이지가 절규했다.

(마, 마코토가 왜!)

〈사주를 받았겠지.〉

(도도로키하고 한패였던 거야?)

〈아니.〉

마카베는 오무로의 바지에서 지갑을 꺼냈다. 만 엔짜리 지폐가 세 장 들어 있었다. 한 장씩 일련번호를 확인했다.

〈3억5천만 분의 1의 확률이군.〉

NN842334D…….

놀란 게이지의 외침이 마카베의 귀를 몇 초간 먹먹하게 했다.

전당포 토미네에서 빌린 7만 엔 중 세 장은 옷값으로 뭉크에 놓고 왔다. 그 세 장의 지폐를 오무로가 가지고 있었다.

(이나무라 요코가 사주한 건가……!)

마카베는 바닥에 한쪽 무릎을 꿇고 오무로의 머리채를 잡았다.

"혹 떼려다 혹 붙인 꼴이군."

"……."

마카베는 오무로에게 요코의 가게가 어딘지 찾아달라고 했다. 두 사람은 그 일을 계기로 만났음이 틀림없었다.

"형님……, 알고 있었어요……?"

"여기서 지키고 있으면 언젠가 내가 나타날 것이다. 그런 생각을 하는 놈은 형사 아니면 너밖에 없지."

"어떻게…… 우리 사이를 알아챈 겁니까?"

"보름 동안 한 건도 낙찰을 못 받았는데, 닷새 연속으로 파친코에서 돈을 잃었다고 했지. 누구라도 이상하게 여기지 않겠어?"

"나한테도 그 정도 돈은……."

"네 얼굴을 볼 때마다 생쥐가 떠올라. 그 여자 등에 난 자국을 보고 감이 왔지. 앞니 두 개가 또렷하게 흔적을 남겼더군."

"하……."

"가리야 지법의 도도로키도, 구리모토도 탈락했어. 너처럼 근사한 앞니를 가진 사람은 흔치 않지."

마카베가 머리채를 잡은 손을 놓자 오무로는 고개를 떨궜다.

"네가 이나무라 요코의 사주로 소스케를 죽였어. 그렇지?"

"사주한 게 아냐……."

오무로는 고개를 들어 마카베를 노려봤다.

"그래, 처음에는 기둥서방이었어. 전에 경매에서 꼼수를 쓴 걸 알고 있었으니까, 그걸 빌미로 돈을 뜯어냈지. 그런데……."

오무로는 허공을 올려다보았다.

"그런 여자가 없어. 울어주더라고. 딱히 불행할 것도 없는 내 과거사를 듣고 눈물을 뚝뚝 흘리더라고. 처음에 얼마나 떨었는지 몰라. 몇 번을 안아도 처음 같아. 그런 여자는 지금까지 처음이었어. 나쁜 새끼들한테 걸리지만 않았어도……. 이놈이고 저놈이고 모두 다 그 여자를 노리개 취급했어."

"……."

"그래. 내가 죽였어. 그날 밤은 요시카와가 다녀가는 날이었어. 계속 요시카와를 따라다녔지. 도도로키와 가게에서 나와 벤치에 쓰러져 잠이 들더군. 잠시 후에 일어나서 비틀비틀 걸어갔어. 근처에는 아무도 없었지. 해치워야겠다고 생각했어. 그 사람을 위해."

"……."

오무로는 자기의 두 손을 내려다보았다.

"뒤에서 밀쳤어. 식은 죽 먹기였지……."

"여자는 그 사실을 알아?"

"말 안 했어. 하지만 어렴풋이 눈치는 챘을 거야."

"결국엔 여자의 꾐에 넘어간 거 아냐?"

"아냐!"

오무로는 다시 마카베를 노려보았다. 눈가에 눈물이 맺혀 있었다.

"당신은 몰라. 당신 같은 사람은…… 이것도!"

오무로는 마카베의 손에서 지갑을 낚아채 만 엔짜리 지폐 세 장을 움켜쥐었다.

"돌려주라고 부탁하더군. 당신하고 다시는 엮이고 싶지 않으니까, 다시는 만나고 싶지 않으니까 돌려주고 오라고……."

"……."

"그 사람, 떨고 있어. 지금까지 계속 그렇게 살았어. 당신은 너무 많이 알아. 당신이 살아 있으면 그 사람이 다시 괴로워진다고. 난 뭐든 할 거야. 그 사람을 위해서라면 당신도, 도도로키도, 누구든 상관없이 죽여버릴 거라고."

잇자국이 뇌리를 스쳐 지나갔다.

요시카와에게도, 이제 다른 누구의 품에도 안기지 않기를. 그 간절한 마음을 요코의 흰 살갗에 새겨 넣은 것이다.

순간 정신이 다른 데 쏠렸다.

오무로는 바닥을 굴러 칼을 집었다.

부러진 오른손 대신 왼손으로 칼을 쥐고 조금씩 거리를 좁혔다.

"죽어! 제발 죽어달라고!"

"큰 소리 내지 마."

마카베의 시선은 골목 안쪽을 바라보고 있었다

"날 쫓는 건 너 혼자가 아냐."

"닥쳐!"

달려든 오무로를 피했다.

우려했던 대로 소리를 들었는지 이쪽을 향해 달려오는 몇몇이 보였다. 올백머리, 빡빡머리, 5대 5 가르마도 있었다.

그 너머로 후쿠쥬장의 불빛이 보였다. 2층 끝 집 창문……

"젠장!"

옆에서 다시 달려든 오무로의 배를 걷어찼다.

신발 끝에 묵직한 감촉이 느껴졌다.

들어갔다. 완벽하게. 쓰러진 얼굴을 내려다보았다. 여전히 생쥐를 연상시키는, 사람 좋은 얼굴이었다.

발소리가 가까워졌다.

(형, 얼른!)

마카베는 몸을 돌렸다.

작은 불빛이 망막에 비쳤다. 그 따스한 빛깔의 불빛은 아무리 달려도 사라지지 않았다.

포옹 抱擁

# 1

7월 20일 오전 3시 반.

밤하늘을 수놓은 별들이 착시 현상처럼 눈을 채웠다가 이내 부예졌다. 밤은 간신히 그 어둠을 유지하고 있는 것 같았다.

마카베는 여름의 어둠을 믿지 않았다. 발소리를 죽이고 들어왔던 창문을 통해 밖으로 나가자마자 민첩하게 움직여 담장을 넘었다. 뒷골목에 세워둔 자전거에 번개처럼 올라타 속도를 냈다. 단번에 주택가를 빠져나왔다.

(어? 한 집 더 턴다면서?)

게이지가 이상하다는 듯 귓속에서 말했다.

〈오늘은 그만 접어야겠어.〉

무뚝뚝하게 대답한 뒤, 마카베는 페달을 밟는 발에 힘을 주었다.

(아직 2만 엔밖에 못 벌었잖아.)

〈너무 욕심을 부리면 어둠에 뒤통수를 맞는 수가 있어.〉

가리야혼마치 역 뒤를 지나 '가리야긴자'를 가로지른 자전거는 예전부터 이곳에서 장사하는 상점과 주택이 나란히 늘어선 좁은 골목으로 들어섰다. 조금 더 가면, 큰 도로와 합류하기 직전에 있는 모퉁이에 지난 며칠 동안 신세 지고 있는 '이타미 여관'이 있다.

안전지대에 들어섰다. 마카베가 그렇게 확신했을 때였다. 전방 사거리가 갑자기 환해졌다. 자동차 전조등이었다. 왼쪽 길에서 이쪽으로 우회전하는 차였다. 가로등 불빛에 흰색과 검은색의 차체가 모습을 드러냈다.

마카베는 이미 재킷 주머니에 손을 넣고 있었다. 펜라이트와 드라이버를 꺼내 손목의 스냅을 살려 최소한의 동작으로 도로 옆 주택의 산울타리를 향해 던졌다.

그와 동시에 우회전을 마친 경찰차의 강렬한 전조등이 자전거에 올라탄 마른 체구의 30대 남자를 비추었다. 대략 15미터 거리였다.

마카베는 천천히 페달을 밟으며 귓속에 말을 걸었다.

〈번호 보여?〉

(어. 가리야 서 차는 아니야.)

그럼 현경 본부의 순찰차이리라.

(불심검문 할까?)

〈하겠지.〉

(버리는 건 못 봤겠지?)

〈봤으면 바로 차에서 내려 달려왔겠지.〉

(돈은 안 버려도 돼?)

〈이미 늦었어.〉

(위험한 거 아냐?)

〈그나마 벌이가 시원치 않아서 다행이야.〉

(아…….)

〈왜?〉

(자전거는 어떡해? 이거 히사코 거잖아.)

〈가만히 있어. 온다.〉

자동차의 움직임에는 운전자의 심리가 그대로 드러난다. 모퉁이를 돌아 다가오는 경찰차는 자전거를 탄 남자를 수상쩍게 여기고 불심검문을 할 마음을 굳힌 듯 멈춰 섰다. 운전석 문이 열렸다.

"잠시 실례하겠습니다."

주먹코의 젊은 남자가 조심스러운 말투와는 달리 팔을 벌려 마카베의 진로를 막아섰다. 제복 어깨에 순찰대 견장이 보였다.

"어디 가십니까?"

"편의점 갑니다."

마카베는 핸들에서 손을 떼지 않고 대답했다.

순찰차 조수석에서 그보다 다소 나이 든, 찐빵 같은 얼굴의 제복 경찰이 무표정한 얼굴로 내렸다. 마카베의 얼굴을 보고도 별 표정 변화가 없는 걸 보니 둘 다 과거에 절도 사건을 담당했던 경험은 없는 듯했다.

"댁은 이 근처십니까?"

"그런데요."

"선생님 성함과 생년월일을 알려주시겠습니까?"

"마카베 게이지. 쇼와 42년(1967년) 1월 18일."

쌍둥이 형제니 생년월일은 진짜였다.

"뭔가 신분을 증명할 만한 게 있습니까?"

"없습니다."

"면허증은요?"

"없습니다."

"그러시군요……. 음, 직업이 어떻게 되십니까?"

"도로 보수공사를 합니다."

주먹코가 판에 박힌 질문을 하는 동안 파트너가 자전거 옆으로 다가가 손전등으로 차체를 비췄다. 방범 등록 스티커를 찾는 것이다. 마카베가 고개를 돌리려 하자 주먹코가 부드러운 목소리로 주의를 끌었다.

"죄송합니다만 본적과 현재 거주지를 말씀해주시겠습니까?"

마카베는 예전에 살았던 집의 주소를 댔다. 15년 전에 화재로 사라진 집이었다.

"42년생이면 원숭이띠죠?"

주먹코가 뜬금없는 질문을 던졌다. 함정이었다.

"아뇨, 양띠인데요."

"본적과 주소를 다시 말씀해주시겠습니까."

마카베는 눈도 깜빡이지 않고 술술 대답했다.

두 경찰은 서로 눈빛을 주고받았다. 마카베의 말을 믿는 눈치였지만, 물론 이대로 끝날 리가 없었다. 찐빵 얼굴의 경찰이 주먹코의 손에서 메모를 낚아채 순찰차로 돌아갔다. 실내등을 켜고 무선 마이크를 집는 게 보였다.

"그나저나 올해 여름은 예년보다 덜 덥네요."

주먹코가 날씨 이야기를 건넸지만, 마카베는 온 신경을 순찰차에 집중했다. 문은 닫혀 있었지만 살짝 열린 창문 사이로 무선 대화가 들렸다.

"여기는 순찰18, 조회 센터 응답하라."

"여기는 조회 센터, 말씀하세요."

"S와 H 조회 부탁합니다. 성명, 마카베 게이지. 42년 1월 18일생. 본적은……."

마카베가 신고한 내용이 무선을 타고 전달됐다. S는 지명수배 여부를, H는 전과 유무를 경찰 데이터베이스에 조회하는 작업이었다. 게이지는 빈집털이 전과가 있었지만, 죽은 지 15년이 지난 사람의 전과를 삭제하지 않고 남겨둘 정도로 요즘 경찰은 허술하지 않았다.

이내 대답이 돌아왔다.

"S, H 모두 해당 사항 없습니다."

하지만 경찰은 마이크를 내려놓지 않았다.

"알겠습니다. 그럼 이어서 자전거 소유자 및 Z 조회 부탁합니다. 등록번호 04007095……."

Z는 장물 조회, 한마디로 도난 신고가 들어왔는지 확인하는 작업이었다.

귓속의 게이지는 숨을 죽이고 있었다. 마카베의 뇌리에 보름 전쯤에 보았던 짧은 메시지가 떠올랐다. 신문 구석에 실렸던, 사람을 찾는 작은 광고였다.

　슈이치, 연락 줘. 히사코

　무선이 다시 들렸다.

　"소유자 안자이 히사코. 주소는 산고 시 시모산고 8-3. 후쿠쥬
장 204호. Z에 해당 없음."

　찐빵 경찰은 그제야 마이크를 내려놓고 낙담과 의심이 뒤섞인
얼굴로 경찰차에서 내렸다. 세세하게 표정을 알아볼 수 있었던 건
조금씩 동이 트기 시작했기 때문이었다. 동틀 녘 하늘에서는 금성
을 제외하고는 별빛을 찾아볼 수 없었다.

　찐빵 얼굴이 주먹코에게 뭐라고 속삭였다. 도난 신고는 되어 있
지 않지만, 그렇다고 도난품이 아니라는 보장은 없다. 자전거 주
인은 여자고, 여기서 10킬로미터는 더 떨어진 곳의 아파트에 산
다. 대충 그런 내용이리라.

　"하나만 더 여쭙겠습니다."

　주먹코가 말문을 열었다. 더는 부드러운 목소리가 아니었다.

　"안자이 히사코라는 여자 분을 아십니까?"

　"압니다."

　"선생님과는 어떤 관계입니까?"

　"집사람 됩니다."

　"부인이라고요? 성이 다른데……."

　"사실혼 관계요."

경찰들은 다시 눈빛을 주고받았다. 더 이상 추궁할 거리가 없다. 하지만 아무리 봐도 이 남자는 수상쩍다. 그들의 눈빛이 그렇게 말하고 있었다.

주먹코는 다소 고압적으로 나왔다.

"주머니 안에 뭐가 들었는지 좀 보여주시겠습니까."

마카베는 잠자코 응했다. 두 손으로 재킷 주머니를 꺼내 보였다. 오른쪽은 비어 있었고, 왼쪽에는 지폐 몇 장이 들어 있었다.

"실례하겠습니다."

주먹코가 손을 내밀어 지폐를 셌다. 만 엔짜리 두 장과 천 엔짜리 세 장. 생각에 잠긴 표정이었다. 서른네 살 남자가 가지고 있어도 부자연스러울 것은 없는 금액이었지만, 이런 꼭두새벽에 지갑도 없이 달랑 2만3천 엔만 들고 편의점에 간다는 건······.

"지갑은 없습니까?"

"원래 안 씁니다."

마카베의 대답을 들은 찐빵 얼굴이 갑작스레 결단을 내렸다.

"지구대까지 같이 좀 가주시겠습니까."

"무슨 이유로?"

마카베가 반말로 노려보자 찐빵 얼굴도 이에 질세라 같이 노려봤다.

"차분히 이야기를 들어봐야 할 것 같아서요. 뭔가 할 말이 있을 것 같은데요."

"그게 뭐요?"

"예를 들어 자전거라든지······. 정말 그쪽 부인 자전거가 맞는

지 확인해봐야 할 것 같군요."

"그럼 지금 전화해서 확인해보시든지."

"지금 몇 신 줄 압니까? 아직 4시밖에 안 됐어요."

지구대에서 아침을 맞이할 수는 없었다.

오늘 턴 곳은 여기서 불과 1킬로미터 떨어진 2층집이었다. 1층 서쪽 창문을 깨고 들어갔다. 집주인이 일어나 110에 신고하면 신고 내용은 무선을 통해 관할서로 전해질 테고, 이들이 그 무선을 들으면 끝장이다. 천 엔짜리 세 장은 마카베의 돈이었지만, 만 엔짜리 두 장에는 전 주인의 지문이 묻어 있었다.

"상관없으니 전화해보쇼."

마카베는 언성을 높이며 히사코의 집 전화번호를 알려줬다.

찐빵 얼굴은 쯧 하고 혀를 차더니 순찰차로 돌아갔다. 개인 소지품인 듯한 뒷좌석의 가방을 뒤져 휴대전화를 꺼냈다.

귓속에서 불안한 목소리가 들렸다.

(형…….)

〈걱정 마.〉

엉터리 가명을 대지 않은 건, 방범 등록을 통해 히사코에게 연락이 갈 것을 예상했기 때문이었다. 마카베 게이지란 이름을 들으면 히사코는 마카베가 궁지에 빠졌음을 알아챌 것이었다.

하지만…… 히사코와는 출소한 날 만난 뒤로 한 번도 보지 못했다. 그로부터 넉 달이 지났다. 히사코가 마카베를 찾는다는 이야기를 풍문으로 들었지만, 그는 한 번도 연락하지 않았고, 히사코가 낸 광고도 무시했다.

찐빵 얼굴은 휴대전화를 귀에 대고 있었다. 무선을 할 때와는 달리 작은 소리로 말하는 것 같았다. 소리 없이 입만 움직였다.

시간이 길게 느껴졌다. 주변에는 이미 아침 공기가 흐르기 시작했다. 새벽하늘의 금성도 자취를 감추고, 대신 지저귀는 새 소리가 들렸다. 이제 곧 신문 배달원들의 오토바이 소리가 들리기 시작할 것이다. 2층집 사람들은 아침에 빨리 일어나는 편일까.

찐빵이 휴대전화를 들고 순찰차 문을 열었다. 아까와 다르지 않은 직업적인 무표정한 얼굴로 다가왔지만, 마카베를 보고는 멋쩍은 미소를 지었다.

"죽고 못 사는 부부 맞네요."

찐빵 얼굴은 농을 던지더니, 휴대전화를 내밀었다.

"꼭 바꿔달라고 하는군요."

"……."

"얼른 받아요. 요금 많이 나오겠네."

마카베는 휴대전화를 받았다.

"나야."

"……잘 지내?"

히사코의 탁한 목소리가 귓가에 울렸다.

"어디 있어?"

"……."

"신문 광고…… 봤어?"

"아니."

"할 얘기가 있어. 집에 좀 들러."

"……."

"중요한 얘기야. 지금 좀 곤란하게 됐어. 부탁이니까 집으로
와."

"……."

"늦어도 돼. 불 계속 켜놓을게."

"조만간 들를게."

두 경찰이 들으라는 듯 말하고 마카베는 전화를 끊었다.

머릿속에 달력이 떠올랐다. '25'에 쳐놓은 빨간 동그라미…….

하나가 되지 못했던 그날 밤…….

자전거 페달을 밟으며 마카베는 경찰차와의 거리를 벌리는 데
에만 집중하려 했다.


# 2


이타미 여관의 주인 할멈은 손님을 가리지 않았다. 주름과 기미
로 쪼그라든 손에 날마다 천 엔짜리 세 장만 쥐여주면, 설령 지명
수배 전단에 실린 범죄자라도 오랫동안 묵을 수 있었다. '방세로
두 장, 나머지 한 장은 못 본 척, 못 들은 척, 입 다무는 대가'라는
게 그 옛날 엘리트 경찰의 노리개로 살다 끝내 버림받은, 한때는
잘나갔던 게이샤의 입버릇이었다.

마카베는 하룻밤 2천 엔짜리 한 평 반 남짓한 방에 누워서 눈을
감고 있었다. 오전 시간은 끝났다. 거리를 오가던 회사원들의 발

소리가 사라지자 들리는 것은 회전 기능이 망가진 선풍기 소리와 게이지의 짜증스러운 목소리뿐이었다.

(조만간 들른다며. 그게 언젠데?)

불심검문을 받은 날부터 게이지는 나타날 때마다 같은 말을 반복했다.

(대답하라니까. 조만간이 언젠데?)

〈히사코에게 한 말이 아냐.〉

(웃기지 마. 누가 모를 줄 알아? 형도 히사코가 보고 싶잖아.)

〈…….〉

(히사코 자전거, 저번에 버려놓고 왜 다시 타고 다니는 건데?)

〈돌려주려고.〉

(그럼 빨리 돌려주면 되잖아.)

〈…….〉

(만나러 가. 뭔가 곤란한 일이 있다잖아.)

마카베는 거친 숨을 내쉬며 몸을 일으켰다.

〈넌 어떤데?〉

(뭐가?)

〈넌 히사코와 만나고 싶은 거냐?〉

게이지는 대답하지 않고 침묵을 지켰다.

히사코를 두고 쟁탈전을 벌였다. 열일곱 살 때부터 2년 동안, 서로 입 밖으로 내지는 않았지만 마카베와 게이지는 서로 반목을 거듭했다. 같은 얼굴, 같은 목소리. 같은 사고방식. 그래서 더욱더 양보할 수 없었다. 자아의 존망이 걸린 중대사였다. 히사코를 둘러싼 경쟁은 자신이 쌍둥이 형제 중 하나가 아니라, 이 세상에서 유일무이한 존재임을 증명하려는 투쟁이었는지도 모른다.

그래서 집에 들어오지 않게 된 게이지의 마음을 절절히 헤아릴 수 있었다. 한동안은 아르바이트를 하며 생계를 유지했다고 들었다. 다른 지역에서 빈집털이를 계속하다, 끝내 양손에 수갑을 찬 비참한 모습을 만천하에 드러냈다.

(형.)

게이지의 목소리가 다시 들렸다. 뭔가 눈치를 보는 듯한 투였다.

(혹시 나 때문에 그래?)

〈뭐가?〉

(내가 걸려서…… 그래서 그러는 거야? 그래서 히사코하고 안 만나는 거야? 나한테 미안해서 히사코와 같이 안 사는 거야? 그러지 마. 형이 그러면 난 언제든…….)

〈그만해.〉

(그래도…….)

〈그런 거 아냐. 히사코는 어린이집에서 아이들을 돌보며 자기 밥벌이를 하고 있어. 건실한 여자야.〉

(그럼 형이 손 털면 되잖아. 그러면 같이 살 수 있잖아.)

〈모르겠어? 히사코도 갈등하고 있어.〉

(그렇게 만든 게 누군데?)

〈…….〉

(손 털 생각도 없으면서 왜 그랬는데?)

〈뭘?〉

(출소하자마자 히사코를 찾아갔잖아.)

〈…….〉

(날 시험해본 거야?)

〈시험……?〉

(형이 히사코과 자는 걸 보고도 내가 괜찮을지 시험하려던 게 아니냐고.)

〈그만 소리 집어치워.〉

(난 괜찮아. 이제는…….)

그때 노크 소리가 났다. 마카베는 고개를 돌렸다.

"안에 있어?"

주인 할멈의 목소리였다. 마카베가 대답하자 미라 같은 손이 살며시 문을 열었다. 주름투성이 얼굴에 박힌 작은 눈동자가 빈틈없이 번득였다.

"밖에 이상한 놈이 찾아왔어."

"이상한 놈……?"

"대답하기 싫으면 하지 마. 당신 이름이 마카베랬지?"

고개를 끄덕이자 할멈은 흡족한 표정을 지었다.

"턱수염을 기른 마흔 줄 남자야. 당신 사진을 보여주면서 여기 있는지 묻더군. 이름도 알고 있었어. 눈을 보면 알아. 경찰이야, 틀림없어."

"혼자 왔습니까?"

"혼자였어."

마카베는 일어나 복도로 나갔다. 오늘 치 방세에 두 장을 더 얹어 할멈의 손에 쥐여준 뒤에 뒷문으로 나갔다.

게이지가 황급히 귓뼈를 두드렸다.

(지금 나가면 위험한 거 아냐?)

〈신경 쓰이는 일은 빨리 처리하는 게 좋아.〉

마카베는 역의 반대 방향으로 걸음을 옮겼다. 이 근처에도 싸구려 여인숙이 몇 있었다.

(할머니가 형사일지도 모른다고 했잖아.)

〈경찰 조직 안에서 수염을 기르는 게 쉬운 일인 줄 알아?〉

(무슨 소리야?)

〈그런 건 윗선에서 가만 안 둬. 그리고 요즘 형사들이 혼자 움직이는 거 봤어?〉

(그렇구나. 그럼 그 남자는 누구지?)

〈전직 경찰이겠지.〉

그렇게 대답했을 때, 전직 형사였던 탐정의 모습이 눈에 들어왔다. 두부 가게에서 한 블록 떨어진, 금방이라도 무너질 것 같은 허름한 여관에서 턱수염을 기른 남자가 나오고 있었다. 땅딸막한 체형의 남자는 손에 작은 사진을 들고 있었다.

바로 눈이 맞았다. 힛. 천박한 웃음소리가 남자의 입에서 흘러나왔다.

서로 상관없는 사람처럼 거리를 유지하며, 누가 먼저랄 것도 없이 폐업한 전병 가게의 주차장으로 들어갔다.

마카베가 먼저 말문을 열었다.

"누구 부탁으로 날 미행하는 거지?"

"힛."

"뭐가 우스운데?"

"나도 참 꼬락서니가 말이 아니다 싶어서. 벌레 같은 놈이 맞먹으려고 하네?"

"……."

"워워, 인상 쓰지 마. 옛날에 도둑놈들은 벌레보다 못한 새끼들이란 소리를 귀에 딱지가 앉을 정도로 들어서 말이야. 뭐, 그런 소리를 들어도 할 말은 없지. 세상엔 쩨쩨한 범죄를 저지르는 잔챙이 악당들이 널렸지만, 그걸 직업으로 삼은 건 너희 도둑 새끼들밖에 없잖아."

자기는 단순한 탐정이 아니라 전직 형사라고 으름장을 놓는 것이었다.

"넌 밤털이라면서? 빈집털이들 말로는 밤에 털러 들어가는 놈들 머릿속이 궁금하다더군. 아무리 한밤중이라고 해도, 사람이 있는 집에 들어가다니 제정신이냐고. 하지만 너희도 빈집털이들이 이해가 안 가지? 대낮에 남의 집에 들어가는 멍청이가 어디 있냐고 생각하겠지. 힛."

"쓸데없는 소리는 그쯤 해두지. 누가 시켜서 날 미행하는 거지?"

"미행하는 게 아니라 말 전하러 온 거다."

"무슨 말?"

"여자야. 나이는 좀 먹었지만 꽤 괜찮은 여자였지. 만나고 싶으니까 연락 달라더군."

지금 좀 곤란하게 됐어.

순간 히사코의 말이 떠올랐지만, 남자가 입에 담은 이름은 마카베의 예상을 뒤엎었다.

"산고에 사는 미사와 레이코라는 여자야."

남자는 연락처를 적은 쪽지를 내밀었다.

예상은 빗나갔지만 대충 어찌 된 일인지 짐작이 갔다. 미사와 레이코는 히사코의 어릴 적 친구였다. 히사코의 부탁을 받아 레이코가 탐정을 고용한 건가. 아니, 고용하지 않아도…….

"그 여자 아버지에게 진 빚 때문에 공짜로 일하게 된 건가?"

레이코의 아버지는 경찰이었다. 기억으로는 꽤 고위직이었다.

남자는 낄낄대며 웃었다.

"내가 그런 얼간이로 보이나? 여자한테 선금을 받았어. 어쨌든 말은 전했어. 그럼 다음에 또 보자고, 벌레 친구."

마카베는 남자의 팔을 잡아 비틀었다.

"무슨 짓거리야!"

남자의 손에 들린 사진을 낚아챘다.

"이제 볼일은 끝났을 텐데."

예전에 경찰서에서 찍힌 피의자 사진이었다. 경찰 연줄을 이용해 입수한 것이리라.

마카베는 사진을 잘게 찢어 남자의 얼굴을 향해 뿌렸다.

"꺼져. 다시는 그 더러운 면상 보이지 마."

"이 새끼가……!"

남자는 눈을 부라리며 주먹을 쥐었다. 하지만 뒷배도, 그럴싸한 간판도 없는 사내들끼리 부딪쳤을 때 승부를 결정짓는 건 타고난 깡다구였다.

서로 노려본 것은 몇 초에 불과했다.

남자는 바닥에 침을 뱉더니 팔을 문지르며 빠른 걸음으로 주차장을 빠져나갔다.


# 3


미사와 레이코와는 시모산고 역 근처의 커피숍에서 만났다.

동창이라고는 해도 경찰관의 딸이다. 일단 경계를 늦추지 않고 길가에 자리한, 전면 유리로 된 가게를 골랐다. 먼발치에서 15분쯤 가게 안과 주변을 관찰하다 가게로 들어갔다.

"어머, 정말 오랜만이다. 하나도 안 변했네."

"꼭 그렇게 요란을 떨며 사람을 찾아야겠어?"

"미안. 하지만 그렇게라도 안 하면 못 찾을 것 같았단 말이야. 정말 넌 하나도 안 변했다. 여전히 말랐어."

마카베의 어깨에도 닿지 않는 작은 키의 레이코는 전보다 살집이 붙어 통통했다. 드센 눈빛이 인상적인 기다란 얼굴도 이제는 둥글어졌다. 이렇게 만난 건 5년 만이었다. 5년 전 거리에서 우연히 마주쳤을 때는 잠깐 서서 이야기를 나눴다. 10분밖에 안 되는 시간이었지만 누군가에게 속내를 털어놓고 싶었던 것인지, 어머니가 암으로 세상을 떠났다는 이야기와 조리사인 남편과 갈라선

속사정을 쉴 새 없이 떠들었다.

오늘도 그랬다. 레이코는 마카베를 찾은 이유 같은 건 잊은 듯, 정신없이 자기 이야기만 했다. 전남편이 건강을 해친 탓에 반년 전부터 딸아이의 양육비를 지급하지 않고 있다는 이야기, 그 때문에 하는 수 없이 삼촌이 경영하는 우유 가게에서 배달 일을 한다는 이야기. 히사코가 일하는 어린이집에도 배달을 나가서 매일같이 히사코의 얼굴을 본다는 이야기 등……

"그래서 말인데."

레이코는 장황한 이야기 끝에 겨우 본론을 꺼냈다.

"히사코가 지금 아주 난처하게 됐어."

"왜?"

"그게, 너한테 말하기는 좀 그런데……"

"상관없으니까 말해."

"저기, 지난주에 히사코네 어린이집에서 돈이 없어졌어."

마카베는 말없이 고개를 끄덕였다.

"사무실에서, 경리가 책상에 넣어두었던 돈이 사라졌대. 직원 여행 적립금인데 25만 엔쯤 되나 봐. 그게 봉투째 사라졌대. 참 조심성도 없지. 그 큰돈을 은행에 안 맡기고 서랍에 그냥 넣어두다니. 따지고 보면 간수 못한 사람 책임이지, 그런데……"

레이코는 거기까지 말하고 우물거렸다.

"계속해."

"사람들 참 너무해. 히사코가 훔친 게 아니냐고 의심하는 모양이야."

지금 좀 곤란하게 됐어.

히사코의 힘없는 목소리가 귓가에 되살아났다.

"아, 오해하지 마. 경찰이 히사코를 의심하는 건 아니니까. 액수가 크니까 원장이 피해 신고를 했고, 산고 서에서 나온 형사가 어린이집에 와서 조사를 했는데…… 왜 그런지 알겠지?"

마카베는 말없이 고개를 끄덕였다.

산고 서 형사 중에 마카베와 히사코의 관계를 모르는 이는 없었다. 히사코 자신에게 혐의는 없어도, 이때가 기회다 싶어서 마카베에 관한 정보를 알아내려 끈질기게 달라붙었으리라.

"히사코만 몇 번이나 조사를 받았나 봐. 그래서 어린이집 사람들은 경찰이 히사코를 의심한다고 생각하는 거고. 지금 완전 바늘방석일 거야. 히사코가 불쌍해."

"너희 아버지에게 사정을 좀 말해보지."

레이코의 아버지가 지금 산고 서의 서장이라는 사실은 어젯밤에 알아냈다. 탐정이 건넨 쪽지에 적힌 주소를 바탕으로 레이코의 집을 찾아갔더니, 서장 관사였다. 이혼한 레이코는 딸과 함께 관사로 들어간 모양이었다. 이혼한 딸이 관사로 다시 들어오는 게 그리 모양새가 좋은 일은 아니었지만, 듣자 하니 서장도 홀아비라 홀로 된 친정아버지를 돌본다는 명분은 섰으리라.

"당연히 말했지."

레이코는 성난 표정으로 말했다.

"하지만 어쩔 수 없대. 형사에게는 형사의 생각이 있는 거라면서. 우리 아버지는 교통과 출신이잖아. 형사들한테 강하게 나갈

수 있는 입장이 아냐. 내가 그 얘길 하면 위신이 안 서니까 괜히 본
인이 발끈해서 도둑인 줄 알면서도 사귀는 여자니까 히사코가 공
범일 가능성도 배제할 수 없다며…….”

“…….”

“미안해.”

“신경 쓰지 마. 그래서 용건이 뭔데? 날 욕하려고 부른 건 아닐
거 아냐.”

“그건 아냐.”

“그럼 어릴 때 하던 탐정 놀이의 연장이야?”

마카베와 게이지는 5학년 때 가리야 초등학교로 전학을 가기
전까지 산고 초등학교에서 레이코, 히사코와 같은 반이었다. 레이
코는 활발했다. 소년 탐정단 같은 것을 결성해 마카베와 게이지를
끌어들였다. 아버지가 경찰이라는 이유도 있어서, 아이들은 레이
코의 말은 모두 옳다고 믿고 따랐기도 했다.

얌전한 히사코는 남자아이들에게 인기가 많았다. 그만큼 집적
대는 애들도 많아서 자주 눈물을 보였다. 언젠가 히사코의 손수건
이며 지우개, 실내화가 하나씩 사라졌던 일이 있었다. 그때 레이
코가 나섰다. 히사코를 괴롭혔던 남자아이들을 하나씩 옥상으로
불러내 똘똘한 머리와 말발로 추궁했다. 결국 범인은 잡지 못했지
만, 얼마 지나지 않아 사라졌던 히사코의 물건들이 다시 책상 속
으로 되돌아왔다. 내가 몰아붙이니까 무서워서 도로 갖다 놓은 거
야. 레이코는 가슴을 펴며 우쭐댔다.

“어머, 그 일을 아직도 기억하고 있어?”

"돈은 언제 없어졌는데?"

"지난주 수요일이나 목요일 사이인 것 같대. 경리가 금요일 아침에 알아챘거든."

"외부에서 침입했을 가능성은?"

"아버지 말로는 반반이래. 화장실 창문 걸쇠 하나가 전부터 망가져 있었는데, 거기로 들어왔을 가능성도 있대."

"용의 선상에 오른 인물 중에 전문 털이범이 있어?"

"그쪽은 아직 이렇다 할 용의자가 없대. 그게 목요일이었던가…… . 나이 많은 할아버지가 밤중에 어린이집 근처에 있다가 불심검문을 받은 적은 있다고 하던데, 그 밖에는 아무 정보도 없대."

역시 경찰의 딸이라 그런지 불심검문이라는 말도 자연스레 입에서 튀어나왔다.

마카베는 팔짱을 꼈다.

"그 영감, 스쿠터를 타고 있었지?"

레이코의 눈이 휘둥그레졌다.

"어머, 그걸 어떻게 알았어?"

마카베는 대답 대신 영수증을 들고 자리에서 일어났다.

"자, 잠깐만."

레이코는 황급히 몸을 내밀어 마카베의 옷을 잡아당겨 다시 앉히려 했다.

"아직 내 얘기 안 끝났어. 탐정 놀이 하려고 널 찾은 게 아니란 말이야."

"그럼 뭔데?"

레이코의 표정이 진지해졌다. 주변을 둘러보더니 목소리를 낮췄다.

"왜 계속 도둑질을 하는 거야?"

"……."

"집에 그런 일이 생겨서…… 게이지도 그렇게 되고……. 힘들었겠지만 이제 다 옛일이잖아. 넌 머리가 좋으니까 일이 잘만 풀렸으면 지금쯤 고시도 패스했을 거야. 이제 그만 손 털고 다시 시작하는 게 어때? 출소했을 때 교도소에서 일을 구해줬을 거 아냐."

"……."

"주제넘은 소리 해서 미안해. 하지만 이대로는 히사코가 너무 가엾잖아."

"너하고 상관없는 일이야."

레이코는 주눅 들지 않고 마카베를 똑바로 보았다.

"책임지고 결혼해. 제대로 된 일 구해서 가정 꾸려. 평생 히사코를 붙잡고 살라고."


# 4


올해 여름은 기록적인 저온이었지만, 그래도 여름은 여름이었다. 자전거 페달을 밟으며 언덕길을 올라가다 보니 얼굴과 팔이 땀범벅이 되었다. 시모산고 역 뒤에서 방범 등록을 하지 않은 싸구려 자전거를 슬쩍했다. 히사코의 자전거는 가리야혼마치 역에 방치된 자전거들 사이에 두고 왔다.

(형, 여기 산길 아냐? 어디 가려고?)

〈조금만 기다리면 알아.〉

(히사코네는 안 가? 히사코는 안 볼 거야?)

〈낮인데 집에 있겠어?〉

(어? 그럼 갈 마음은 있는 거네.)

〈⋯⋯.〉

귓속에 한숨이 퍼졌다.

(있잖아, 형.)

〈왜?〉

(레이코가 한 말 있잖아. 실은 나도 궁금했어. 형은 왜 도둑질을 하는 거야?)

〈⋯⋯.〉

(나 따라서?)

〈아니.〉

(나한테 미안해서?)

〈그게 무슨 소리야.〉

(말 그대로야. 그런 거지? 형하고 히사코를 두고 경쟁하다 결국 그렇게 됐으니까⋯⋯. 그래서 히사코와 결혼하면 나한테 미안하다든지, 내가 불쌍하다고 생각해서⋯⋯.)

〈쓸데없는 소리 마.〉

(그래도⋯⋯.)

〈내 문제야. 너하고 상관없어.〉

경사가 가팔라졌다. 페달을 밟는 마카베의 발은 금방이라도 멈출 것 같았다.

땀으로 흐려진 눈앞에 15년 전 기억의 조각이 떠올랐다.

날로 험악해지던 게이지의 들개 같은 눈……. 텅 빈 침대……. 경찰에서 날아온 체포 소식……. 울다 쓰러진 어머니의 자그마한 뒷모습……. 말없이 담배만 태우던 아버지……. 하지만 가족을 덮친 불행한 사건들은 마카베에게 큰 타격을 주지 않았다. 히사코는 오직 하나뿐이었다. 마카베나 게이지 둘 중 하나는 버림받을 수밖에 없었다. 때문에 재판에 넘겨졌던 게이지가 초범이라는 이유로 집행유예를 선고받고 집으로 돌아왔을 때, 마카베는 속이 타 들어가는 것 같았다. 게이지가 또다시 히사코에게 접근하면 어쩌지. 단순한 불안과는 차원이 달랐다. 쌍둥이란 서로가 서로의 그림자를 밟으려 하며 살아가는 존재였다. 마카베가 나라면 이렇게 할 것이라고 생각한다는 것은 곧 게이지 역시 그럴 가능성이 크다는 것을 뜻했다. 가슴이 시커멓게 타 들어갔다. 생김새는 물론 자신과 마음속까지 똑같은, 복사판이나 다름없는 인간이 이 세상에 존재한다는 사실을 저주했다. 차라리 사라져버려. 그렇게 빌었다.

소원은 이루어졌다.

게이지는 다시 도둑질에 손을 댔다가 어머니의 손에 타 죽었다.

숯덩이가 된 게이지의 시신은 너무 작아서 더는 그의 쌍둥이가 아니었다.

마카베는 쌍둥이라는 굴레에서 벗어났다. 그가 바랐던 대로 쌍둥이 형제 중 하나가 아닌, 세상에서 유일무이한 존재가 되었다. 하지만.

혼자가 되었다는 건 외톨이가 되었다는 것이었다. 자신의 그림자를 잃는 일이나 마찬가지였다.

이승에 미련이 남은 게이지가 마카베의 마음에서 떠나지 못하는 게 아니었다. 마카베가 불러들인 것이다. 동생을 아무 데도 보내고 싶지 않아서, 그림자가 없는 어둠에서 도망치고 싶어서, 그래서 게이지의 영혼을 불러들여 자기 안에 붙잡아둔 것이다. 그날부터 지금까지……

언덕 위에 찾는 집이 보였다.

마카베는 자전거에서 내려 이마의 땀을 닦으며 주변을 둘러보았다. 버블 전성기에 '산고 교외에 작은 별장을 마련하세요!'란 전략으로 판매한 통나무집들은 지금은 사는 이도, 찾는 이도 없이 쓸쓸히 버려져 있었고, 주말농장용이었던 땅에는 180센티미터인 마카베의 키를 훌쩍 뛰어넘는 나무와 잡초들이 제 세상을 만난 듯 무성했다.

(아.)

침묵을 지키던 게이지가 작게 외쳤다.

마카베의 눈에도 보였다. 잡목림에 반쯤 가려진 오두막 밖에 지저분한 스쿠터가 세워져 있었다.

(혹시 저 스쿠터……)

〈맞아.〉

마카베는 오두막으로 다가가 경첩이 망가져 삐뚤어진 현관문을 열었다.

집 안은 어둡고 서늘했다. 음식물 쓰레기 냄새가 코를 찔렀다.

"오랜만이군."

마카베가 말을 걸자 방 한가운데에 누워 있던 남자가 몸을 일으켰다. 상체는 맨몸이었다. 칙칙하게 늘어진 거죽 아래로 앙상한 갈비뼈가 보였다.

'열고 들어가는 세이타로'. 유리창을 깨지 않고, 창문을 잠그지 않은 집만 노려 범행을 저지르는 수법 때문에 붙은 별명이었다. 다이쇼 시대에 태어난 일흔여섯 고령이었지만 아직도 현역이었다.

"누군가 했더니 철벽의 마카베로군……."

세이타로는 졸린 눈으로 뚫어지게 쳐다보더니, 앞니 없는 입으로 우물거렸다. 교도소에서 1년 동안 같은 방을 썼다. 형사들이 붙여준 '철벽'이라는 별명은 감방에도 널리 퍼져 있었다.

"뭔 일로 찾아왔나?"

세이타로는 의아스레 마카베를 보았다. 감방 동기라 해도 결코 무리 지어 다니는 법이 없던 마카베였다. 그런 그가 무슨 일로 찾아왔는지 속내를 파악하려는 눈치였다.

"영감 짓이야?"

"뭐가?"

"지난주 목요일 밤에 산고의 꾀꼬리 어린이집을 털었나?"

세이타로는 젊은 시절부터 '학교'를 범행 대상으로 삼았던 도둑이었다. 하지만 학교의 보안화가 급속히 진행되어 작업이 어려워지자, 요즘은 비교적 보안이 허술한 어린이집이나 유치원을 범행 대상으로 삼았다고 했다. 같은 방에 있을 때 그런 볼멘소리를 하는 걸 자주 들었다.

"그게 뭐?"

세이타로는 도발하듯 대꾸했다.

"털었나?"

"지난주엔 꽤 짭짤했어."

"정말 영감 짓이야?"

마카베는 늙고 쇠약한 몸을 훑어보며 물었다.

"어디서 시건방이야. 이래봬도 젊은 놈들보다 솜씨는 좋다고."

마카베는 먼지가 쌓인 바닥을 둘러보았다. 편의점 도시락의 잔해, 빵 봉지, 재떨이로 쓴 빈 깡통.

"차라리 빵에 있는 게 더 오래 살 것 같군."

"뭐야……?"

"안에서 3, 4년 차려주는 밥 먹고 나오지그래?"

"이 새끼, 너 제정신이야?"

"여기서 죽으려고? 죽어도 아무도 모르겠지. 그러다 몇 년 지나서 쓰레기 더미 안에서 발견될 테고."

"꺼져!"

세이타로는 분을 이기지 못하고 씩씩거렸다.

"언제부터 경찰 앞잡이가 된 거냐? 그래, 거기 내가 털었다. 하지만 다시 빵에 들어갈 생각은 없어! 날 잡아넣고 싶으면 증거 가져오라고 해!"

# 5

거리는 10시가 지나서야 밤에 물들었다.

마카베는 시모산고 역 근처의 중화요릿집에서 볶음밥을 먹고 있었다. 아까부터 게이지의 이야기는 멈출 줄을 몰랐다. 전에 없이 기분이 좋은 듯했다.

(아니, 진짜 계속 말하는 거지만, 형 정말 다시 봤어. 역시 히사코에 대해 진지하게 생각하는 거구나. 세이타로가 범인이라는 게 밝혀지면 히사코의 혐의도 풀리겠지.)

〈그 영감이 진짜 범인이라면 그렇겠지.〉

(어? 아니야?)

〈몰라.〉

(자기가 했다고 불었잖아.)

〈괜히 허세 부리는 건지도 몰라. 그 영감 짓이라는 증거가 없잖아.)

(그야 그런데…… 그게 문제네.)

게이지는 한동안 생각에 잠긴 듯하더니, 아, 하고 소리쳤다.

(형, 세이타로가 범인이 아닐지도 몰라.)

〈이유는?〉

(그 영감, 어린이집 근처에서 불심검문을 당했다면서. 스쿠터를 타고 있었으니 차적 조회를 하면 이름은 속일 수 없고, 범죄 이력 조회를 했으면 빠져나갈 구멍이 없었을 거 아냐. 그런데 왜 그런 데서 태평하게 낮잠이나 자고 있던 거지?)

마카베는 물을 한 모금 마시고 나서 대답했다.

〈기억 안 나?〉

(뭐가?)

〈저번에 불심검문을 당했던 거. 경찰이 우리 생년월일을 무선으로 조회 요청할 때 뭐라고 했지?〉

(아, 그거. 42년 1월 18일생이라고 했잖아.)

〈그래. '쇼와'를 안 붙이고 그냥 42년생이라고만 했어.〉

(그게 왜?)

〈조회 센터의 데이터베이스에는 다이쇼 출생자가 등록되어 있지 않은 거야. 75세를 넘긴 노인이 강력 사건을 일으킬 리 없다고 본 거겠지.〉

(그렇구나. 그 영감탱이가 그걸 노렸구만!)

〈그랬겠지.〉

마카베는 자리에서 일어났다.

계산을 마치고 받은 잔돈을 공중전화에 넣고 번호를 눌렀다.

(아······.)

수화기 너머에서 들려오는 목소리에 게이지의 목소리가 묻혔다.

"여보세요."

연락이 올 줄 알았던 듯, 히사코의 목소리에서는 어떠한 예감이 묻어났다.

"나야······."

"아, 응."

"하나만 묻자."

"어? 뭔데?"

"돈이 사라지기 전 며칠 동안, 어떤 영감이 스쿠터를 타고 어린이집 주변을 돌아다니지 않았어?"

'설계사 세이타로'. 그것이 세이타로의 또 다른 별명이었다. 먹잇감을 찾으면 두세 번씩 꼼꼼히 그 주변을 탐색했다.

"어린이집 얘기 들었어?"

"봤어, 못 봤어?"

"못 봤어……."

"거기 사람 중에 짐작 가는 사람은 없고?"

"모르겠어. 그보다 우리 얘기 좀 해. 집에 들를 수 있어?"

"이야기는 미사와 레이코에게 들었어."

"레이코한테? 뭐래?"

"형사가 널 귀찮게 하고, 어린이집 사람들한테도 의심받는다고."

"아냐."

"아니라고……?"

"그런 건 상관없어. 하루 이틀 일도 아니고. 전부터 형사들이 집으로 찾아오기도 했고……."

"직장까지 찾아가는 건 얘기가 다르잖아."

"그건 그렇지만…… 정말 괜찮아. 다른 사람이 어떻게 생각하든…… 누구 덕에 이제 웬만한 일에는 꿈쩍도 안 해."

히사코는 어색하게 웃으며 말을 이었다.

"그러니까 아무렇지도 않아. 할 얘기란 건 그게 아니라……."

마카베는 그제야 깨달았다. 어린이집에서 돈이 없어진 건 지난 주. 히사코가 신문 광고를 낸 건 보름 전이었다.

"말해."

"안 올 거야……?"

"말하라니까."

몇 초간 침묵이 흘렀다.

"프러포즈 받았어."

"누구한테?"

"어린이집 사무장…… 원장님 아들이야."

긴 침묵이 이어졌다.

"괜찮은 놈이야?"

"……모르겠어."

"이번 사건에 대해선 뭐래?"

"날 믿는다고……."

"내 얘긴 했어?"

"했어."

"……."

"너하고 헤어지래."

"괜찮은 놈인 것 같네."

"그게 다야……?"

삐, 통화 시간이 다 되었음을 알리는 소리가 귀를 찔렀다.

"결혼하려고?"

"그러면 좋겠어……?"

켜 유리창을 비스듬히 비췄다. 시선을 내려 가슴 언저리 부분을 꼼꼼히 관찰했다.

마카베는 불을 끄고 거친 숨을 내쉬었다.

화장실로 갔다. 안에는 창문이 세 개 있었다. 모두 마카베의 목까지 오는 높이였다. 가운데 창문의 걸쇠는 철사로 둘둘 감겨 있었다. 응급처치로 감아놓은 것이리라.

오른쪽 창문의 걸쇠를 풀어 창문을 반쯤 열었다. 목과 손을 밖으로 내밀어 펜라이트로 바닥을 비췄다. 감식반에서 석고로 발자국을 뜬 흔적이 보였다. 고개를 들어 가운데 창문 아래의 외벽을 찬찬히 보았다. 최근에 다시 칠을 한 것 같았다. 옅은 핑크색 벽에서 얼룩이나 흠집은 찾아볼 수 없었다.

그것을 보고 마카베는 조기 철수를 결정했다.

복도를 빠져나와 들어왔던 '루리반' 창문을 통해 밖으로 나간 뒤 곧바로 담을 넘어 소리 없이 뒷길에 착지했다. 골목으로 들어가 두세 번 모퉁이를 돌아 공원 화장실 그늘에 숨겨뒀던 자전거에 올라타 어린이집과 반대 방향으로 달렸다.

얼굴에 바람이 느껴질 때까지 속도를 올렸다.

휙, 귓속에서도 바람이 불었다.

(정말 스릴 넘쳤어.)

경찰이 수사하고 있는 어린이집에 침입한다. 히사코 일이 아니었다면 게이지는 분명 반대했으리라.

(어때? 세이타로 짓이라는 증거는 찾았어?)

〈찾았어.〉

(정말? 뭔데?)

〈그 영감 짓이 아니라는 증거를.〉

(정말?)

화장실 창문은 너무 높았다. 일흔여섯. 세이타로가 아무리 민첩하더라도 나이 앞에 장사 없다. 벽에 발자국을 전혀 남기지 않고 팔심만으로 그 창문을 넘기란 불가능에 가까웠다.

(그래도 절대로 불가능한 일은 아니잖아. 혹시 모르지⋯⋯.)

〈진범을 찾았어.〉

(누군데?)

게이지는 마카베의 혼잣말을 놓치지 않았다.

〈들를 곳이 한 군데 더 있어.〉

(헉. 어딘데? 미리 가보지도 않았는데 괜찮아?)

(이미 봤어.)

자전거가 멈췄다. 정면에 하늘을 찌를 듯 높다란 담에 에워싸인 2층집이 보였다.

게이지가 비명을 지르듯 외쳤다.

(서, 설마 여길 털려고?)


# 7

오전 6시. 마카베는 손목시계의 초침이 12를 지나기를 기다렸다 공중전화 부스에 들어갔다. 겉옷 주머니에서 탐정이 건넨 메모를 찾으려다, 게이지가 번호를 불러줘서 그대로 버튼을 눌렀다.

누르자마자 연결음 없이 곧바로 수화기를 드는 소리가 들렸다.

"여보세요?"

숨죽인 목소리가 들렸다. 산고 서의 미사와 무쓰오 서장이었다.

"……네놈 짓이지?"

"맞아."

"간이 배 밖으로 나온 모양이지? 이번에는 못 빠져나가. 지금 통화 내용도 다 녹음되고 있어."

"내가 봤을 땐 그런 기능이 없는 전화던데."

쳇, 하고 혀를 차는 소리가 들렸다.

"시건방 떨지 마. 레이코한테 네놈 이름을 들었어. 당장 잡아 처넣을 줄 알아."

"서장 관사가 도둑한테 털렸다고 본부에 보고할 작정인가?"

미사와는 잠시 말을 잇지 못하더니, 끙, 신음을 토했다.

"너, 너 이놈! 대체 뭘 훔친 거냐!"

"정보."

"뭐라고……?"

"미사와 레이코의 수첩, 앨범, 화장품, 그리고 예금통장을 슬쩍했지."

"통장이 정보라고? 도둑놈 주제에 허세는. 돈을 노린 거잖아."

"탐정을 고용하는 데 얼마나 드는지 아나?"

"뭐라고……?"

"레이코는 탐정을 써서 날 찾았어. 하지만 예금통장에는 지난

146

한 달 동안 한 번에 3만 엔 이상 돈이 인출된 기록이 없었지. 이게 뭘 뜻하는지 아나? 당신 딸은 어린이집 사무실에서 훔친 돈으로 탐정에게 사례비를 낸 거야."

"헛소리 집어치워! 무슨 근거로 그딴 소리를 하는 거냐!"

"감식반에 물어보지그래? 사무실 창문에 묻은 파운데이션과 레이코의 화장품을 비교해보라고."

우유를 배달하러 매일 어린이집을 드나들었던 레이코는 경리가 책상 서랍에 큰돈을 넣어둔 사실을 알고 있었다. 각 반에 우유를 배달하러 돌아다니며 사무실이 빌 때를 기다렸다. 몇 번이나 안을 들여다봤으리라. 그 기다란 유리창에 얼굴을 대고⋯⋯.

"허튼소리! 다른 사람은 몰라도 레이코는⋯⋯."

"옛날에 이런 일이 있었던 거 기억하지?"

마카베는 천천히 말을 이었다.

"딸의 방에서 못 보던 물건을 발견했지. 백설공주 손수건, 향기 나는 지우개, 새 실내화⋯⋯. 딸에게 그 물건을 몰래 주인에게 돌려주라고 하지 않았나?"

"아⋯⋯."

미사와의 목소리가 떨렸다.

"딸을 보호하고 싶으면 어린이집에 이렇게 말해. 사건은 외부 범행으로 밝혀졌다고. 형사들에게도 단단히 일러둬. 다시는 안자이 히사코를 건드리지 말라고. 알았나?"

수화기 너머에서 한 아버지가 힘없이 바닥에 무너져 내리는 모습이 똑똑히 보였다.

이내 신경질적인 여자 목소리가 들렸다.

"그러고도 네가 사람이야?"

"그 말 그대로 돌려주지."

수첩과 앨범은 샅샅이 훑어봤다.

"구마가와 미쓰히코. 원장 아들이더군."

"그게 뭐!"

"온천 여관에서 껴안고 찍은 사진도 있었고."

"쓰레기 같은 놈! 다 너 때문이야! 히사코를 혼자 두니까 그렇지! 걔도 참 문제야, 그 사람한테 살살 꼬리 친 거잖아. 홀랑 넘어갔길래 네 얘기까지 했어. 그랬더니 히사코가 불쌍하다면서 정신 못 차리더군. 그래서 널 찾은 거야. 히사코 단속 좀 하라고. 제발 네 여자 좀 붙잡아. 우리 사이는 히사코 때문에 엉망이 됐다고."

"옛날부터 그랬지. 넌 자기가 주목받고 싶을 때만 히사코를 앞세웠어."

"정말 이해가 안 돼. 다들 그딴 애가 뭐가 좋은 거냐고. 얼굴 좀 반반한 거 빼고는 별 매력도 없잖아. 항상 입 꼭 다물고 제가 원하는 것도 마음대로 말 못 하는 애가 뭐가 좋아. 보고 있으면 짜증이나, 그딴 음침한 계집애!"

"……"

"내 얘기 듣고 있어? 여보세요, 여보세요?"

전화를 끊으려던 순간, 수화기 너머에서 훌쩍이는 소리가 들렸다.

"난 그 사람 절대 포기 못 해. 히사코한테 전해. 배 속에 애가 있다고. 아직 병원엔 안 갔지만 난 알아. 그 사람 아이야."

# 8

새벽 2시. 올해 처음 찾아온 열대야였다.

마카베는 천천히 페달을 밟았다. 게이지는 기척을 지우고 있었다. 어둠과 하나가 된 골목 안쪽, 후쿠쥬장 2층에 오렌지색 불빛이 오롯이 빛나고 있었다. 통화했던 날부터 계속 켜져 있었으리라.

문을 두드리자, 거울을 보고 얼굴과 머리 모양을 확인할 만큼의 시간이 흐른 뒤 히사코가 문을 열고 나왔다.

"들어와."

히사코는 잠긴 목소리로 그렇게 말하더니, 도망치듯 등을 돌렸다. 마카베가 신발을 벗고 좁은 부엌을 지나자 세 평 넓이의 안쪽 방에 히사코의 얼굴이 보였다. 낮게 드리운 전등이 딱딱하게 굳은 그녀의 얼굴을 반쯤 가리고 있었다. 히사코는 촉촉한 눈동자로 눈부신 듯 마카베를 바라보았다.

"왜 아무 말도 안 해."

마카베의 말에 히사코는 작게 숨을 들이마셨다.

"무서워. 네가 뭐라고 할지……."

"원장 아들 건은 거절해."

"정말……?"

"미사와 레이코와도 연락 끊어."

"무슨 소리야?"

마카베는 책상다리를 하고 바닥에 앉았다. 히사코도 마카베를 따라 앉았다. 레이코의 이름을 듣고 순간 어두워졌던 표정이 마카베의 그 전 말에 매달리듯 보조개를 만들고 있었다.

"전화해줘서 고마워. 기뻤어, 두 번이나……. 그리고 경찰한테
한 얘기도……."

"내가 경찰에 뭐라고 했는데?"

"날 아내라고 말했잖아."

"사실혼 관계라고 했어."

"사실이잖아……. 아냐?"

"……."

"그래서 원장 아들 건을 거절하라고 한 거 아냐? 그렇지? 그렇
게 생각해도 되지?"

그렇게 말하는 히사코의 얼굴에 실망의 빛이 번졌다. 무표정한
마카베의 반응 때문이었다.

"엄마는 선을 보래."

"그래."

"한 번쯤 나가볼까 생각 중이야."

마카베는 시선을 돌렸다.

여자 혼자 히사코와 두 동생을 키운 어머니가 그렇게 말해보라
고 시킨 것이리라. 그런데도 반응이 없으면 포기하라고.

"나도 이제 서른넷이잖아……. 이대로는 안 될 것 같아."

너도 나하고 어떻게 해볼 마음도 없는 것 같고. 눈동자는 그렇
게 말하고 있었지만, 말로 하지는 않았다. 마카베를 탓해도 될 텐
데, 히사코는 항상 그럴 줄 모르는 여자였다.

마카베는 눈을 감았다.

무의식적으로 게이지를 부르고 있었다.

두 사람은 하나가 될 수 있다. 하지만 셋은······.

"그러고 싶으면 그렇게 해."

마카베의 말에 히사코의 눈빛이 흔들렸다.

"이럴 거면 왜 그랬어?"

"······뭐가?"

"왜 출소해서 여기로 왔냐고? 그냥 여자가 그리웠어? 여자라면 누구라도 상관없었어?"

"······."

"차라리 계속 교도소에 있지그랬어."

자기가 한 말을 견디지 못하고 히사코는 손으로 얼굴을 가렸다.

"부탁이야. 이제 도둑질은 그만해."

"······."

"평범하게 일해서 평범하게 살자······. 다른 사람들처럼 평범하게, 그럼 안 돼?"

정적이 귓속을 아프게 찔렀다.

"평범하게 사는 건 세상 사람들이 말하는 것처럼 대단한 일이 아냐."

히사코는 입을 벌리더니 다시 입을 다물고 바닥을 내려다보았다.

"게이지가 살아 있다면 분명 널 가만두지 않았을 거야."

마카베는 자리에서 일어나 문으로 걸어갔다.

불덩이 같은 몸이 등 뒤에 달라붙었다. 가녀린 두 팔이 허리를 꼭 끌어안았다.

"가르쳐줘."

히사코는 마카베의 등에 얼굴을 묻고 물었다.

"둘 다 사랑했어야 했어? 너도, 게이지도, 둘 다?"

"⋯⋯."

"난 못 해. 마음을 둘로 쪼개라니."

"⋯⋯."

"부탁이야. 게이지 일은 잊어. 제발⋯⋯."

마카베는 천장을 올려다보았다.

게이지의 시신이 보였다.

그날 밤의 목소리가 귓가에 되살아났다.

뜨거워! 뜨거워 죽겠어!

마카베는 히사코의 손목을 붙잡았다. 몸을 감싸 안은 그 가녀린 손을 천천히 떼어냈다. 저항하던 히사코는 힘이 빠진 듯 스르륵 팔을 떨궜다.

마카베는 집을 나왔다.

계단을 내려갔다.

자전거에 올라탔다.

귓속에서 게이지가 울부짖고 있었다.

바닥에 드러누워 떼를 쓰는 어린아이처럼.

(형, 돌아가! 부탁이니까 다시 들어가라고! 내가 사라질게. 내가 떠나면 되잖아. 부모님한테 갈게. 형! 형! 내 말 들려? 이 바보 멍청아!)

업화業火

# 1

9월 28일. 이슬비.

주말인 탓에 길가에 자리한 패밀리 레스토랑에는 새벽 1시가 지나서도 손님이 끊이지 않았다. 자리는 대부분 차 있었다. 샐러드 바 옆에 벌레라도 발견한 듯 비명을 질러대는 갈색 머리 패거리가 있었고, 그 맞은편 자리에는 필리핀 여자 세 명을 대동하고 레어스테이크를 써는 '사장님'이 보였다. 창가 자리에는 분홍색 정장을 입은, 보험 설계사처럼 보이는 '30대 여자'가 안절부절못하는 표정으로 홀로 앉아 있었다. 테이블 위에는 표식처럼 보이는 여성지가 놓여 있었다. 채팅 사이트에 빠졌는지 휴대전화 메시지를 계속 확인하며, 마스카라 아래로 보이는 가느다란 눈으로 들어오는 남자들을 훔쳐보고 있었다.

마카베는 주방 옆 카운터에 앉아 있었다.

머리는 젖어 있었고, 호흡도 살짝 가빴다. 이타미 여관에서 도망쳐 나온 지 아직 30분밖에 지나지 않았다. 경찰이 '숙박업소 점검'차 불시에 들이닥쳤기 때문이었다. 여관이나 싸구려 단칸방에 대한 일제 점검이었다. 신문 기사를 보니 다음 주 초에 황족이 방문할 예정이라고 했다. 그걸 빌미로 대청소를 실시하려는 것이리라.

마카베 말고도 이런 가게에 어울리지 않는 분위기를 풍기는 남자들이 몇몇 더 있었다. 경찰들은 어둠에서 살아가던 사냥감들은 더욱 짙은 어둠으로 도망친다고 믿기 때문에, 오늘 밤만큼은 휘황찬란한 불빛이 빛나는 이 패밀리 레스토랑이 세상 밑바닥에서 살아가는 이들에게 가장 안전한 장소였다.

마카베는 식은 커피를 마셨다.

〈게이지…….〉

이곳에 도착한 뒤로 몇 번이나 게이지를 불렀지만 대답은 없었다. 귓속은 쥐 죽은 듯 조용했다. 벌써 두 달 가까이 게이지의 목소리를 듣지 못했다.

"모리타 씨 아니세요?"

목소리를 듣고 알았다. 돌아본 마카베는 분홍색 정장을 입고 여성지를 품에 안은 '30대 남자'의 얼굴을 보았다.

"아닌데."

마카베가 매몰차게 말하자, 남자는 마스카라를 바른 눈을 까뒤집었다. 그럼 모리타는 대체 어디 있는 거야, 라는 듯 마카베를 노려보더니 금방이라도 울음을 터뜨릴 것 같은 얼굴로 가게 안을 돌아봤다. 창문 밖에서 분위기를 살피던 '모리타'가 남자의 정체를 알아채고 몰래 내뺐을 가능성은 전혀 머릿속에 없는 것 같았다.

남자의 키가 170센티미터는 훌쩍 넘었던 까닭에, 그 뒤에 있던 자그만 사내를 본 것은 신경질적인 구두 소리가 계산대로 사라지고 나서였다.

"그래도 가슴 수술은 한 모양이군."

남자는 히죽거리며 핑크색 정장의 뒷모습을 바라보더니, 마카베에게 친근한 눈빛을 던졌다. 빡빡머리에 벌건 얼굴. 나이는 40대 중반일까. 아까 안쪽 자리에 있던 걸 보기는 했다. 그 역시 이런 가게에 어울리지 않는 부류라 생각한 까닭이었다.

남자는 마카베 옆자리에 앉더니 짓죽인 목소리로 말했다.

"자네가 철벽의 마카베지?"

교도소에 널리고 깔린 게 마흔 줄 빡빡머리 사내였다. 찬찬히 뜯어봤지만 기억에 없는 얼굴이었다.

"어디서 만난 적 있나?"

"미사키라고 하네. 자네 발끝에도 못 미치지만 일단 동업자야."

미사키……. 기억이 나는 이름이 있었다. '날다람쥐'. 천창이나 다락방을 통해 침입하는 수법으로 한때 이 바닥을 떠들썩하게 했던 인물이었다.

"간이 안 좋아져서 은퇴했다고 들었는데."

마카베의 말에 미사키는 쑥스러운 듯 머리를 긁적였다.

"그럴 작정이었는데 마누라 배 속에 또 애가 서서……."

오늘 밤 일제 점검은 처자식이 있는 도둑까지 거리로 내몬 모양이었다. 경찰의 목적은 테러 방지였지만, 실상은 도둑이든 불법체류자든 수상한 인물은 발견 즉시 경범죄로 붙잡아 유치장에 처넣었다. 윤락업소 간판이나 포르노 영화 포스터와 같은 취급이었다. 거슬리는 것을 죄다 없애버린 '정화'된 도시에 황족을 맞이하려는 것이다.

"할 얘기는 그뿐이야?"

이야기 끝났으면 사라지라는 소리였지만, 미사키는 알아듣지 못한 듯했다.

"전부터 자네를 꼭 만나보고 싶었어."

마카베는 대답하지 않고 커피 잔을 들었다.

"이 바닥에 들어오기 전에는 잘나가는 엘리트였다면서."

미사키는 조심스레 말하더니, 탐색하듯 마카베의 눈을 보았다.

마카베는 자리에서 일어났다.

미사키는 황급히 마카베의 소맷자락을 붙잡았다.

"아, 잠깐만. 기분 상했으면 내 사과함세."

마카베는 거칠게 미사키를 뿌리쳤다.

"계속 여기 있을 건가?"

"미안하다고 하잖나. 일단 앉아봐. 실은 자네한테 귀띔해주고 싶은 정보가 있어서 그래."

정보⋯⋯?

마카베는 날 선 시선으로 미사키를 보았다.

"꽤나 친절하시군. 어쩌다 우연히 마주친 사람에게."

"그래서 알려주고 싶은 거야. 동업자끼리 이렇게 딱 마주치기가 어디 쉽나? 자네하고도 관련이 있는 얘기니까 일단 들어봐."

미사키의 진지한 표정은 점호를 받는 수감자를 연상시켰다.

마카베는 다시 의자에 앉았다.

"3분 안에 끝내."

미사키는 고개를 끄덕이더니 숨죽여 말했다.

"누군가가 도둑 사냥을 벌인다는 얘기 들었나?"

보아하니 오늘 밤 경찰의 일제 점검을 말하는 건 아닌 듯했다.

"처음 듣는 얘긴데."

"보름 전부터 동업자들을 덮치는 놈들이 있어. 벌써 세 명이나 당했어."

"덮친다고……?"

"양아치 여러 명이 몰려와서 다구리를 놓는대. 후나도 사는 마유즈미라는 젊은 친구 아냐?"

삐딱한 태도의 남자가 뇌리를 스쳐 지나갔다. 마유즈미 아키오. 요즘 잘나가는 초저녁털이였다. 출소한 직후에 작은 거래를 했던 적이 있었다.

"그 녀석이 당했나?"

미사키는 낯빛을 바꾸며 대답했다.

"당한 정도가 아냐. 머리통이 깨져서 의식불명이야. 가망이 없는 것 같아."

"……."

"다른 두 놈도 흠씬 두들겨 맞고 입원했어. 아무튼 여기서부터가 중요한데."

이야기하는 미사키의 눈에 겁먹은 빛이 어른거렸다.

"다구리를 당한 녀석들은 다들 이 일대에서 벌어먹고 사는 놈들이야."

"……."

"듣고 있나? 다음은 자네 차례일지도 모른다는 소리야."

"경찰은?"

"꿈쩍이나 하겠나. 우리 같은 놈들이 몇 명 죽어나가든 상관도 안 하겠지."

마카베는 고개를 끄덕였다.

"어디 양아치들인지 아나?"

"그걸 모르겠어. 하지만 우릴 노릴 이유가 뭐겠어. 무엇 때문에 그러는지는 대충 짐작이 가지."

미사키는 에둘러 말하더니 답을 기다리는 표정을 지었다.

"훔쳐선 안 될 물건을 훔친 놈이 있는 거로군."

"그렇지. 당한 세 명은 가방을 빼앗기거나 집이 털렸어. 놈들은 물건을 되찾으려는 거야."

물건……. 미사키의 머릿속에는 '비밀 장부'나 '약' 같은 단어가 떠오른 모양이었다.

마카베는 앞을 보며 말했다.

"얘기 다 끝났나?"

"그래. 좌우지간 조심해. 가리야에선 자네만 한 기술자가 없잖아. 틀림없이 녀석들의 표적이 되었을 거야."

마카베는 남은 커피를 들이켰다. 테이블 위의 전표를 집은 뒤, 미사키가 들고 있던 전표도 낚아챘다. 실컷 먹고 마신 듯 액수가 꽤 컸다.

"아이고, 이러지 마. 그럴 작정으로 한 소리가 아니라니까. 옷깃만 스쳐도 인연이라 하지 않나."

입으로는 그렇게 말했지만, 마카베가 검은색 가방을 들고 자리를 떠날 때까지 미사키는 전표에 손끝 하나 대지 않았다.

# 2

가게를 세 군데쯤 옮겨 다니다 보니 어느샌가 날이 밝았다.

마카베는 가리야혼마치 역으로 걸음을 옮겼다. 비가 그치고 일제 점검이 끝난 거리에는 까마귀밖에 없었다. 오늘도 더울 것 같았다. 초여름의 이상 저온 현상을 원상 복구시키려는 듯 늦더위가 기승을 부리고 있었다.

지구대가 있는 북쪽 출구를 피해 마카베는 남쪽 출구로 역에 들어가 물품 보관함에 가방을 넣었다. 미사키가 말한 '물건'이 들어 있는 건 아니었다. 내용물은 검은 운동복 한 벌과 속옷, 현금 10만 엔이 전부였다. 펜라이트와 드라이버, 검 테이프 같은 작업 도구는 어젯밤 이타미 여관에서 튀어나온 직후 길에 버렸다.

오전 내내 커피숍과 서점에서 시간을 때우던 마카베는 오후가 되자 자전거를 타고 북쪽으로 달렸다. 당분간 일을 할 생각은 없었다. 황족의 방문 일정이 끝날 때까지 경찰의 특별 경계는 계속될 터였다.

목덜미를 찌르는 강한 햇살을 느끼며 마카베는 '일묘사'를 향해

페달을 밟았다. 오래된 주택가를 가로질렀다. 마카베와 게이지가
안방처럼 뛰어놀던 동네였다.

〈게이지…….〉

불러봐도 여전히 대답은 없었다.

떠났을지도 모른다. 조금씩 그런 생각이 머리를 쳐들기 시작했다.

자전거가 옛집 근처에 들어섰다. 당시의 흔적은 찾아볼 수 없었
다. 옛 집터에 들어선 작은 빌딩 1층에는 깔끔한 빵집이 문을 열었
다. 같은 미니스커트를 차려입은 여자들이 발랄하게 빵을 계산하
고 있었다. 15년 전, 이곳에 불에 탄 시체 세 구가 널려 있었다는
사실은 꿈에도 모르겠지.

절은 정적에 휩싸여 있었다.

마카베는 뒤쪽에 있는 묘지로 갔다. 가족묘는 거들떠보지도 않
고 안쪽에 우뚝 서 있는 커다란 삼나무로 걸어갔다. 그 나무 아래
에서 걸음을 멈추고 무릎을 꿇었다. 둥그런 모양의 푸르스름한
돌. 기억 속 표식이 있던 자리는 무성한 잡초로 뒤덮여 있었다. 어
젯밤 내린 비로 축축해진 풀을 두 손으로 헤쳤다. 오랜 시간 비바
람에 시달려 흙을 뒤집어쓴 건지, 아니면 누가 잡초를 베다 치워
버린 건지, 비슷한 돌은 찾을 수 없었다. 하지만 이곳에 있는 게
분명했다. 게이지는 이 아래 잠들어 있다.

사십구재 날 밤, 무덤을 파헤쳐 안치한 지 얼마 되지 않은 유골
함을 꺼내 삼나무 밑에 묻었다. 게이지를 죽인 어머니를 용서할
수 없었다. 그런 어머니와 게이지를 도저히 한곳에 둘 수 없었다.

마카베는 그때보다 더욱 울창해진 삼나무를 올려다보다, 다시

집을 털었냐?"

시계하라…… 마사오…….

지금까지보다 더 강력한 일격이 등을 내리쳤다.

"기억해내. 이번 달 10일. 쓰마야마 단지 끝에 있는 기와지붕 2층 집이야. 그 집에 들어갔냐고!"

# 3

(형…….)

게이지의 목소리가 들렸다.

(형, 괜찮아?)

걱정스러운 목소리였다.

마카베는 번쩍 눈을 떴다.

높은 천장이 보였다. 침대에 누워 있었다. 일렬로 늘어선 침대 중 하나였다. 팔에는 링거 바늘이 꽂혀 있었다.

링거…… 병원…… 도둑 사냥…….

몸이 움직이지 않았다. 아니, 뇌가 움직여서는 안 된다고 명령하고 있었다. 눈을 돌려 창문을 보았다. 오전의 햇빛이었다. 꼬박 하루 가까이 정신을 잃었던 건가.

퍼뜩 정신이 들었다.

〈게이지…….〉

동생을 부르며 귀를 기울였다.

〈거기 있는 거냐?〉

분명한 기척이 느껴졌다.

〈게이지, 대답해.〉

(뭐가 잘났다고 큰소리야. 얼마나 걱정했는지 알아?)

그리운 목소리였다. 꿈이 아니었다. 게이지는 마카베의 귓속으로 다시 돌아온 것이다.

(그래도 다행이야. 살아 있어서.)

〈내 상태는 어때?〉

(다행히 머리는 무사해. 내출혈이 조금 있지만.)

옆 침대에 누운 스포츠머리가 의아해하는 표정으로 마카베를 바라보았다. 혼자가 아님을, 게이지의 기척을 느낀 건지도 모른다.

(갈비뼈에 금이 갔어. 오른쪽 팔과 왼손 손가락 두 개도. 그리고 온몸에 타박상. 이 정도로 얻어맞았으면 충격으로 죽었어도 이상할 게 없었대.)

〈됐어. 이제 알았어.〉

사내들이 남긴 말이 머리 한구석에 달라붙었다.

네가 시게하라 마사오의 집을 털었냐?

〈게이지, 내가 녀석들의 질문에 대답했냐?〉

(아니, 한 마디도 안 했어. 그게 화를 더 돋워서 장난이 아니었어. 주지 스님이 나와 보지 않으면 정말 죽었을지도 몰라.)

질문에 대답하지 않았다는 건 놈들이 다시 찾아올 가능성이 있다는 뜻이었다.

마카베는 몸을 일으켰다. 날카로운 통증과 묵직한 통증이 뒤섞여 온몸을 뒤흔들었다. 링거 바늘을 빼고 침대에서 내려왔다. 발치의 플라스틱 바구니에 셔츠와 바지가 들어 있었다. 주머니를 뒤졌다. 만 엔짜리 네 장은 그대로 있었지만, 물품 보관함 열쇠는 보이지 않았다.

서둘러 옷을 갈아입었다. 만신창이가 된 몸을 억지로 움직이려니 시간이 평소의 갑절은 걸렸다. 건너편 병상의 노인이 무리하지 말라고 연신 만류했다. 대꾸를 하지 않자 노인은 성이 났는지 호출 버튼을 눌렀다. 마카베는 만 엔짜리 지폐 한 장을 침대에 올려놓은 다음 병실로 달려온 간호사를 밀치고 복도로 나왔다.

병실은 5층이었다. 엘리베이터를 타고 1층으로 내려왔다. 로비는 넓었다. 소파에서 진찰을 기다리던 외래환자들이 일제히 마카베를 보았다. 화장실로 들어가 거울을 보았다. 말도 못할 정도로 퉁퉁 부어 있었다. 매점에서 마스크를 샀다. 화분증에 쓰는 큼지막한 마스크가 필요했다. 하지만 마스크로도 오른쪽 눈과 뺨의 멍은 감출 수가 없었다. 모자와 선글라스를 쓸까도 생각했지만, 거기에 마스크까지 더하면 불심검문의 대상을 찾아 헤매는 경찰들을 불러 모을 것이 틀림없었다.

마카베는 마스크를 쓰고 현관으로 향했다. 몇 걸음 남겨두지 않았을 때였다. 게이지의 목소리가 들렸다.

(형! 밖을 봐!)

현관 자동문 너머, 유리벽으로 에워싸인 흡연실에 딱 봐도 범상치 않은 파마머리 남자가 서 있었다. 그는 재떨이를 독차지하고 맛있게 담배를 피우고 있었다.

그 각진 얼굴을 어디선가 본 것 같았다. 어디서 봤지? 분명히…….

(블랙 빌딩 앞에 있던 놈이야!)

마카베는 고개를 끄덕였다.

그래, 언제였던가. '이스트 거리'에 있는 '블랙 빌딩' 앞에서 본 적이 있다. 검은 타일로 외벽을 마감한 그 5층 건물은 '하쿠지카이'의 활동 거점이었다. '십사연합'과 가리야 일대를 양분하는 유력 폭력 조직이었다.

(완전히 잘못 걸렸어…….)

게이지는 잔뜩 겁에 질려 있었다.

그럴 법도 했다. 파마머리가 마카베의 감시자라면 어제 그를 덮친 달걀귀신과 칼침도 하쿠지카이의 조직원일 것이었다.

파마머리가 감시자일 가능성은 컸다. 가족을 가장해 소방서나 병원에 전화를 돌리면 응급환자가 어느 병원으로 실려 갔는지는 쉽게 알 수 있다. 파마머리는 그런 수법으로 이곳을 알아냈을 것이다. 그리고 담당 의사에게 환자가 한동안 움직일 수 없다는 이야기를 듣고 1층 로비에서 잠깐 쉬는 중인 모양이었다. 물론 의사에게는 환자가 깨어나면 알려달라고 부탁했으리라.

니코틴 금단증상에 감사해야 하리라. 남자가 로비 소파에 있었다면 모든 게 끝났을 것이다. 아니, 5층에서 간호사에게 들켰으니, 마카베가 병실을 빠져나갔다는 소식이 녀석에게 전해지는 건 이제 시간문제였다.

마카베는 현관을 등지고 미로 같은 복도를 지나 의료기기 반출용 뒷문으로 나왔다. 강렬한 햇볕이 내리쬐고 있었다. 그 빛과 열기가 온몸의 상처에 소금을 뿌리는 것 같았다. 어금니를 악물며 걸음을 옮겨 뒷길로 나왔다. 자전거를 찾았다. 탈 수 있을지 자신은 없었지만, 이대로 걷다가 쓰러지는 것보다는 나았다.

(형, 어디로 가려고?)

마카베는 잠시 생각하다 대답했다.

〈일단 역으로 가서 물품 보관함을 확인한 뒤에 시게하라 마사오의 집을 찾아가야지.〉

(설마 이 건을 조사하려고?)

〈그래.〉

(대답이 쉽게 나와? 위험해. 이런 데서 어슬렁거리다 놈들한테 들키면 어쩌려고.)

〈들키기 전에 조사를 끝내야지.〉

(제정신이야? 대체 뭘 조사한다는 건데?)

〈그걸 몰라서 물어? 놈들이 날 덮친 이유를 찾아야지.〉

대답하며 마카베는 가드레일 옆에 방치된 자전거를 인도 쪽으로 끌어냈다.

(그야 형이 시게하라의 집에서 뭔가를 훔쳤다고 생각해서겠지.)

〈그 뭔가가 뭔데?〉

게이지가 짜증스레 대답했다.

(난들 알아? 상관없잖아. 안 훔쳤으니까.)

〈우릴 습격한 놈들은 누구지?〉

(정말 왜 이래! 하쿠지카이잖아. 이름만 들어도 벌벌 떠는 야쿠자. 그러니까 난 관둔다고.)

마카베는 자전거 페달을 밟았다. 고통이 분노로 변해 온몸에 퍼져나갔다.

적의 이름이 머릿속에 솟아올랐다.

〈지골로.〉

(뭐……?)

〈녀석들은 지골로라 불리는 녀석의 명령으로 날 덮쳤어.〉

마카베의 강한 어조에 게이지는 주눅이 든 듯했다.

(그, 그야 그럴지도 모르지만, 괜히 여기저기 쑤시고 다녔다가 정말 죽을 수도 있어. 모르는 게 좋은 일도 있는 법이야.)

〈무엇보다 위험한 건 아무것도 모르는 거야.〉

마카베는 자전거 페달을 밟았다. 일정한 속도를 낼 때까지 온몸의 뼈와 근육이 비명을 질렀다.

게이지가 타이르듯 말했다.

(그만두자. 응? 몸도 성치 않은데 한동안 가만히 있는 게 좋을 것 같아. 이 동네를 뜨자. 일이 잠잠해질 때까지 다른 데서 숨어 지내자.)

〈…….〉

(형, 그러자. 도치기나 군마 쪽은 어때? 온천에 몸을 담그면 상처도 빨리 아물 거야.)

〈한번 떠나면 다시 돌아올 수 없어.〉

(무슨 소리야?)

〈땅이란 그런 거야.〉

잠시 침묵이 흘렀다.

(여기가 그렇게 좋은 곳이야?)

〈……〉

히사코가 있으니까? 게이지는 그 말을 억지로 삼킨 것 같았다.

내가 사라졌는데 왜 히사코의 집에 가지 않았지? 당장에라도 터져 나올 것 같은 그 물음도 게이지는 입 밖에 내지 않았다.

귓속에서 한숨이 들렸다.

(그래. 우리가 태어나 자란 곳이니까.)

〈그러니까……〉

마카베는 가리야혼마치 남쪽 출구에 자전거를 세웠다. 역 안으로 들어가 멀찍이 보이는 물품 보관함 주변을 살폈다.

〈보여? 45번이야.〉

(아니, 46번이었어.)

기억력으로 게이지와 입씨름을 할 생각은 없었다.

(이상하네. 반쯤 열려 있어. 안에 가방이 들어 있는 것 같은데?)

병원에서 빠져나온 지 벌써 30분이 지났다. 파마머리가 마카베의 탈주를 알아챘어도 이상할 게 없었다. 어찌 되었든 물품 보관함 안의 가방은 '덫'이라 생각하는 게 좋을 것 같았다.

(포기할 거야?)

〈그래야지.〉

마카베는 몸을 돌려 길가의 공중전화 부스에 들어갔다. 전화번호부를 펼쳤다. 금이 간 손가락이 마음대로 움직이지 않아서 생각보다 시간을 잡아먹었다. '시게하라 마사오'란 이름을 발견했다. 게이지에게 주소를 기억하라고 한 뒤 전화기 위에 버려져 있던 볼펜과 구직 정보지를 들고 밖으로 나왔다.

게이지가 숨죽인 목소리로 말했다.

(형, 저기 봐.)

역 안의 물품 보관함. 반쯤 열려 있던 46번 보관함의 문이 닫혀 있었다. 아니, 완전히 닫힌 건 아니었지만 안에 가방이 있는지 아닌지는 알 수 없었다. 지나가던 행인이 가져간 걸까, 아니면 역무원이 발견한 것일까. 그것도 아니면 미끼를 더욱 그럴싸하게 포장하기 위해 뭔가 장치를 해놓은 것일까.

(위험해, 그만두는 게…….)

〈가자.〉

마카베는 자전거에 올라탔다.

폭력의 공포는 몸이 기억하고 있었다.

하지만 마카베는 이 땅을 떠나 살아가는 자신의 모습을 상상할 수 없었다.


# 4


신호를 기다리는 시간이 괴로웠다.

자전거 페달을 밟는 고통이 점차 커졌다.

서쪽으로 달리고 있었다. 역 로터리에서 상점가를 지났다. 잠시 언덕을 향해 달리자 구획정리가 잘 된 단독주택단지가 모습을 드러냈다.

쓰마야마 단지. 몇 년 전에 공사에서 분양한 주택단지였다. 이미 4백 가구 남짓한 세대가 들어서 있기에, 단지 안을 한 바퀴 둘러보면 건설사의 신형 주택들을 한눈에 볼 수 있었다. 주말에는 내 집 마련을 앞두고 집을 구경하려는 30대 부부들이 줄을 이었다. 경험이 얼마 없는 도둑의 눈에는 둘도 없는 사냥터처럼 비쳤으리라. 집 구경을 온 척 먹잇감을 물색하면 되고, 새로 생긴 지구라 주민들끼리도 잘 모르는 까닭에 외부인이 들어와도 그다지 신경 쓰지 않을 것이었다.

마카베는 단지 안 도로의 북쪽 끝에서 자전거를 세웠다. 금이라도 그어놓은 듯, 단지와 길 하나를 두고 자리한 '원주민 지구'에 열 채쯤 되는 집들이 늘어서 있었다. 번지수로 보아 시게하라 마사오의 집은 이 근처인 것 같았다. 모든 집이 과거 유행했던 동서양 스타일이 혼합된 구조였다. 세련된 신축 주택을 보고 난 뒤라 다소 초라해 보였지만, 전문 털이범이 단시간에 확실한 수확을 얻으려면 대출에 허덕이는 쓰마야마 단지는 뒤로 미루고 이쪽을 노리는 게 나을 것 같았다.

마카베는 눈과 귀로 주변 분위기를 살폈다. 인기척은 느껴지지 않았다. 조용히 자전거 페달을 밟으며 문기둥이 늘어선 남쪽 길을 달렸다. 곁눈질로 문패에 적힌 이름을 훑어봤다. '세리자와', '구도', '야마다'. 오른쪽에서 네 번째 집에 '시게하라'라는 문패가 붙어 있었다. 그대로 지나쳐 조금 떨어진 떡갈나무 뒤에 자전거를 세웠다.

손으로 머리를 매만지고 마스크를 고쳐 썼다. 역 앞 공중전화에서 주운 구인 정보지와 볼펜을 들고 걸음을 옮겼다. 마카베는 비명을 지르는 몸을 이끌고 도둑의 눈으로 오래된 주택을 한 집씩 관찰했다.

(이 집이 제일 털기 쉬울 것 같네.)

쭉 둘러본 뒤에 게이지가 그렇게 말했다.

마카베는 고개를 끄덕였다.

산울타리나 낮은 판자 울타리에 에워싸인 다른 집들과 달리 시게하라의 집은 벽돌담으로 에워싸여 있었다. 일단 침입만 하면 밖에서 보일 염려가 없고, 안채 구조도 밖으로 돌출된 곳이 많아서 그만큼 사각도 많았다. 전문 털이범들에게 타깃을 정하라고 하면, 열이면 열 모두 이 집을 택할 것이다.

반대로 말하면 모든 도둑들이 선호하는 구조이기 때문에 이 집을 즐겨 털 만한 도둑의 이름이나 수법을 특정하기 어렵다는 뜻이었다. 예를 들어 천창이 있다면 '날다람쥐 미사키' 등 몇몇을 추려낼 수 있을 테지만, 그저 침입이 용이하다는 점을 제외하고는 이 집에서 눈에 띄는 특징은 찾아볼 수 없었다.

하지만 누가 이 집을 털었는지 알아보려고 이곳을 찾은 건 아니었다.

시게하라 마사오가 어떤 인물인지 알아낸다. 이 집에서 도둑맞은 물건이 무엇인지 알아내, 그것을 되찾으려고 달걀귀신과 칼침을 보낸 '지골로'의 정체를 밝히는 것. 그것이 목적이었다.

마카베는 문기둥으로 다가갔다.

안뜰에는 차가 없었지만, 질척이는 바닥에 타이어 자국 네 개가 도로 쪽으로 나 있었다. 커튼이 반쯤 걷혀 있었다. 남향 방 안에 빨랫줄이 있는 걸로 보아 맞벌이인 것 같았다. 현관에 바퀴가 작은 자전거 두 대가 세워져 있었다. 빨간 자전거에는 보조 바퀴가 달려 있었고, 파란 자전거는 보조 바퀴를 뗀 지 얼마 되지 않은 듯 하얀 자국이 있었다. 초등학교 1학년 아들과 유치원생 딸이 있는 집.

습관적으로 꿈틀거리는 생각을 멈춘 건 여자의 모습이 보였기 때문이었다. 근처 집 대문에서 꽃무늬 원피스 자락이 나오는 게 보였다. 마카베는 마스크를 고쳐 쓴 뒤, 옆구리에 긴 구인 정보지를 펼치고 주머니에서 볼펜을 꺼내 뭔가를 조사하는 시늉을 했다.

시야 한가운데 들어온 건 일흔이 넘은 듯한 노파였다. 얼굴이며 손이 모두 쪼글쪼글했고, 세련된 원피스만이 여성미를 느끼게 했다.

노파는 마카베를 들여다보듯 몸을 내밀었다. 마카베는 노파를 보고 구인 정보지를 감추기 위해 둥글게 말았다.

아직 아무 말도 하지 않았는데 노파는 '자, 대답해주마' 하는 표정을 지었다.

"이 집은……."

낮에 아무도 없느냐고 묻자 노파는 자기만 아는 사실인 양 흡족한 표정으로 고개를 끄덕이더니, 홀쭉한 입을 열었다.

"아무도 안 살아."

이사라도 간 걸까.

마카베가 놀라지 않고 되묻자 노파는 살짝 실망한 기색을 보였다.

"아니. 이 집 남편이 천하의 개망나니라 여자를 하루가 멀다 하고 갈아치우다 집에까지 끌어들였어. 부인은 참다 못해 애들을 데리고 친정으로 가버렸고."

지골로는 흑막이 아니라 시게하라 마사오 자신이었나? 순간 그런 생각이 들었다.

시게하라의 직업을 묻자, 노파는 새된 소리로 침을 튀기며 말했다.

"꼴에 시인이라는구먼! 누가 속을 줄 알고. 부모가 죽자마자 다니던 회사 관두고 유산이나 탕진하며 살았던 주제에. 그게 마흔이나 나잇살을 처먹은 놈이 할 짓이야?"

"지금은 집에 없습니까?"

"아, 그게 말이지……."

노파는 엄청난 비밀이라도 말하듯 주변을 둘러봐놓고는 주변에다 들리게 굵은 목소리로 말했다.

"지난주, 아니 2주 전이었나. 어쨌든 우락부락한 놈들이 여럿 몰려와서……. 그런 걸 뭐라고 하지?"

"야쿠자……."

"그래! 그놈들이야. 분명 야쿠자의 여자한테 치근거리다 잡힌 거지. 어디로 데려가더라고."

"데려갔다고요……?"

"그렇다니까. 원, 무서워서……. 억지로 검은색 차에 태우더라고."

노파의 이야기는 멈출 줄을 몰랐다. 말투를 보아하니 벌써 여러

번 사람들에게 떠벌린 것 같았다.

(과격한 할머니네.)

〈그러게.〉

노파가 숨을 헐떡이는 걸 놓치지 않고 마카베는 도둑 이야기를 꺼냈다.

"그래, 어떻게 알았대. 보름쯤 전에 도둑이 들었어."

"밤에요?"

"그걸 모르겠어. 남편이 이틀쯤 집을 비우고 여자랑 희희덕거리는 사이에 털린 거래. 어디로 들어왔는지도 모른다나. 현관문도 열려 있었다고 하고."

범행 수법을 모르니, 가리야혼마치에서 활동하는 모든 도둑이 용의 선상에 오른 것이리라.

무얼 훔쳤느냐고 묻자 노파는 다시 침을 튀기며 말했다.

"난들 알아. 그 집 남자, 얼굴 좀 반반하다고 어찌나 거만을 떠는지, 오가다 마주쳐도 인사도 안 해. 웃기지 않아?"

노파는 마카베에게 동의를 구했지만, 대답이 없자 다시 말을 이었다.

"이미 이 세상 사람이 아닐 거야. 그날 분위기가 그랬다니까. 다 자업자득이지. 제가 죽을 짓을 했으니까 그런 거 아니겠어. 지금쯤 땅을 치고 후회할걸. 죽고 나서 후회한들 무슨 소용이겠냐마는."

위험한 추측까지 내보였는데도 눈 하나 깜짝하지 않는 마카베를 보고 흥이 깨졌는지 노파는 부루퉁하게 입을 내밀었다.

"당신은 누군데? 그놈이 당신 부인도 건드렸어?"

마카베는 주름진 손에 만 엔짜리 지폐를 쥐여준 뒤, 영문을 모르겠다는 표정으로 지폐를 햇빛에 비춰 보는 노파를 두고 발길을 돌렸다.

자전거로 온 길을 되돌아가는데 게이지가 말을 걸었다.

(어찌 된 일인지 도통 모르겠네.)

〈응…….〉

(집주인이 유명한 색마였다면……. 역시 약을 도둑맞은 건가? 그걸 맞고 하면 더 좋다고들 하잖아.)

〈그럴 수도 있지. 하지만…….〉

마카베는 옆구리를 감쌌다. 바닥을 타고 올라오는 진동이 상처를 쑤셔댔다. 상점가에 들어선 자전거는 조각이 새겨진 타일 위를 달리고 있었다.

(괜찮아?)

〈……응.〉

마카베는 자전거를 세웠다.

통증이 사고를 마비시켰지만, 도둑맞은 물건이 약물일 가능성은 거의 없다고 생각했다. 시계하라가 판매상이었다면 또 모르지만, 개인이 사용할 정도의 적은 양 때문에 도끼눈을 뜨고 이 사람 저 사람을 납치하거나 폭행할 한가한 야쿠자는 없으리라.

# 5

저녁 무렵, 마카베 슈이치는 '일벌'에 체크인했다. 가리야혼마치 역 동쪽에 새로 생긴 캡슐호텔이었다. 노골적인 가게 이름이 회사원들에게 인기를 끌었는지 로비며 좁은 통로를 양복 차림의 남자들이 쉴 새 없이 오갔다.

마카베는 캡슐 안에서 두 시간쯤 눈을 붙인 뒤, 호텔에서 제공하는 라면을 먹고 10시가 되기를 기다렸다가 밖으로 나왔다.

통증은 어느 정도 가라앉았지만, 역시 자전거를 타니 힘들었다.

(형, 이번엔 어디 가려고?)

〈유야를 만나려고.〉

(유야? 그 호스트?)

〈그래.〉

지골로가 누군지 물을 작정이었다.

(이제 그만하라니까. 애초에 웨스트 쪽은 하쿠지카이 구역이잖아. 이번에 잡히면 죽을지도 몰라. 돌아가자니까.)

웨스트 거리에는 여느 때처럼 삐끼들이 줄을 서 있었다. 그들에게 붙잡히지 않은 건 자전거를 타고 있었기 때문이기도 했지만, 그보다는 얼굴의 멍 때문이었으리라. 황족 방문이 내일로 다가와서인지 거리로 나온 경찰들도 평소보다 많았다. 그러한 특별 경계 조치가 오늘 밤에는 마카베를 위험에서 지켜줄지도 모른다.

윤락 업소가 있는 모퉁이를 돌자 '호스트클럽 슈퍼맨'의 화려한 간판이 보였다. 마카베는 자전거에서 내려 담뱃가게 앞 공중전화로 가게에 전화를 걸었다.

비좁은 빌딩 사이에 있는 가게 뒷문에서 유야를 기다렸다. 빈 양주 병과 쓰고 버린 물수건이 산더미처럼 쌓여 발 디딜 곳이 없었다. 마카베는 갑갑함을 느끼고 마스크를 벗었다.

15분쯤 지나 뒷문을 열고 유야가 나타났다.

"형님, 얼굴이 왜 그래요!"

"네 얼굴은 어떻고."

마카베는 코웃음 치며 대답했다.

태닝숍에서 태운 까만 얼굴. 어깨까지 오는 금발에 다듬은 눈썹. 눈은 쌍꺼풀 수술을 했고, 보라색 립스틱을 바른 입술에는 금색 피어스가 빛나고 있었다.

마카베는 물수건이 담긴 플라스틱 바구니를 옆으로 치우고 성인 둘이 마주 볼 수 있는 공간을 만들었다.

"아, 난 괜찮아요."

유야가 황급히 말했다. 비싼 영업용 정장에 먼지를 묻히기 싫은 것이리라.

"물어볼 게 뭔데요?"

마카베는 유야를 보며 물었다.

"지골로라는 남자 알아?"

"네에?"

유야는 손님을 대하듯 장난스레 대꾸했다.

"몰라?"

마카베가 쐐기를 박듯 다시 묻자, 유야의 표정에서 웃음기가 사

〈아마도.〉

(다행이다! 정말 잘됐다. 이제 당당하게 다닐 수 있겠어.)

〈응…….〉

(반응이 왜 그래? 안 기뻐?)

〈…….〉

낮에 병원에서 빠져나왔을 때까지만 해도 마카베는 여전히 용의자 중 하나였다. 병원에 감시자가 있었고, 물품 보관함에도 '덫'이 놓여 있었다. 한마디로 하쿠지카이는 오후가 되어서야 시계하라의 집을 턴 도둑을 붙잡은 것이다. 붙잡지는 못했지만 범행을 저지른 사람의 이름을 알아냈을 가능성도 있다. 어찌 되었든 하쿠지카이는 마카베의 범행이 아님을 알았고, 그래서 달걀귀신도 마카베를 그냥 지나친 것이다.

이렇게 생각하면 아귀는 맞았다. 하지만 마카베는 그 추측을 받아들일 수가 없었다.

'일벌'로 돌아와 관 같은 캡슐에 몸을 뉘였다. 게이지는 전에 없이 기분이 좋아 보였다.

위기는 지나갔다. 하지만 지골로의 정체는 여전히 수수께끼였다.

폭력의 공포는 골수까지 잠식해가고 있었다.

그 이상으로 뇌가 욱신거렸다.

자신의 무력함에.

숯덩이가 된 게이지를 업화 속으로 떠나보낸 그날처럼.

# 6

10월 4일 새벽.

마카베는 이스트 거리 인도에 서 있었다. 몇 분 전부터 그러고 있었다.

(가자니까!)

게이지의 절규가 들렸다. 여기 도착한 뒤로 계속 이랬다.

마카베는 눈앞의 5층 빌딩을 올려다보고 있었다. 블랙 빌딩. 검은 타일의 벽이 아침 해를 으스스하게 반사하고 있었다.

5층 창문이 하나 열려 있었다. 마카베는 그 창문을 뚫어져라 바라보았다.

소리를 듣고 고개를 돌렸다. 빌딩이 움직이고 있었다. 정면에 있는 두툼한 유리문이 활짝 열리더니 덩치 큰 대머리 남자가 어깨를 들썩이며 성큼성큼 걸어 나왔다. 병원에서 마카베를 감시하던 파마머리도 함께였다. 담배 때문에 마카베를 놓치고도 아직 정신을 못 차렸는지 오늘도 담배를 물고 있었다.

"거기, 여기서 뭐 하나?"

대머리가 으름장을 놓으며 마카베의 가슴을 쳤다.

"미카게와 만나고 싶은데."

마카베의 말이 끝나자마자 대머리는 길에 침을 뱉더니, 번개같이 마카베의 멱살을 잡았다.

"뭐야? 다시 한 번 말해봐."

발이 공중에 붕 떠 있었다. 마카베는 고개를 돌려 기도를 확보

한 뒤 빌딩 5층을 올려다보았다. 창문은 여전히 열려 있었다. 바닥에서 난 소리는 위로 잘 전달된다. 마카베는 그 조그마한 창문의 집음력에 희망을 걸었다.

미카게 세이치는 5층에 있었다. 빌딩 1층에서 3층까지는 '하쿠지홍행'이 썼고, 4층과 5층이 하쿠지카이의 사무실이었다. 이틀 연속으로 옆 빌딩에 숨어 쌍안경으로 관찰했다. 하쿠지홍행의 전무이기도 한 넘버2 미카게는 5층의 절반을 차지한 방 세 개짜리 집에서 생활하고 있었다.

대머리에게 내동댕이쳐진 마카베는 인도 가장자리까지 나뒹굴었다. 바로 일어났지만 파마머리가 다리를 걸었다. 관자놀이에 핏대를 세운 젊은 사내까지 가세해 무릎을 꿇은 마카베의 어깨를 가차 없이 짓밟았다.

"썩 꺼져."

대머리가 등을 돌렸다. 파마머리와 핏대도 뒤를 따랐다. 마카베는 눈을 부릅뜨고 그 뒷모습을 노려봤다. 배짱을 봐서 한번 만나주지. 본인의 입에서 그런 말이 나오게 해야 했다. 하쿠지카이 넘버2와 마주 보고 이야기할 기회를 얻으려면 그 수밖에 없었다.

마카베는 몸을 일으켰다. 무릎이 휘청거렸지만 억지로 힘을 줬다.

게이지가 부들부들 떨며 말했다.

(서, 설마 아니지……?)

마카베가 입을 열었다.

"거기 서."

세 사내는 걸음을 멈추고 한 명씩 천천히 돌아봤다. 관자놀이의 핏대가 아까보다 더 불끈 튀어나왔다. 파마머리가 어처구니없다는 듯 웃었고, 미간을 잔뜩 찌푸린 대머리가 마카베의 눈을 들여다보며 물었다.

"또 뭐야?"

"미카게를 불러줘."

이판사판이었다. 겨우 닷새간의 휴식으로는 만신창이가 된 몸을 회복할 수 없었다.

세 사내는 씩씩거리며 되돌아왔다.

고함을 질러. 마카베는 속으로 외쳤다.

"좀도둑 새끼가! 너 같은 쓰레기가 만날 수 있는 분이 아니라고."

핏대의 새된 고함이 공기를 가르며 울려 퍼졌다. 됐어. 마카베가 그렇게 생각한 순간, 대머리의 묵직한 주먹이 배를 강타했다. 무릎이 힘없이 바닥으로 떨어졌다.

"그만들 해라."

신물을 내뱉던 마카베는 위에서 들린 목소리를 똑똑히 들었다.

5층 창문 너머로 미카게가 고개를 내밀고 있었다. 흐트러진 목욕 가운 사이로 문신이 보였다. 그 가슴에 산발을 한 여자가 달라붙어 있었다.

1층 응접실에는 묵흔 선명한 '의리'라는 글씨가 걸려 있었다.

봉황 자수가 놓인 소파는 앉으면 다음에 뭘 해야 할지 생각이 나지 않을 정도로 푹신했다. 안내받았다기보다는 연행당했다는 표현이 적절하리라. 지금도 그랬다. 마카베가 앉은 소파 양옆에는 파마머리와 대머리가 무섭게 서 있었다.

미카게가 나타났다.

고대 그리스 조각상을 연상시키는 외모였다. 처음 쌍안경으로 보았을 때는 저도 모르게 숨을 삼켰다. 그런 그가 맞은편에 앉아 마카베의 멍든 얼굴을 훑어보고 있었다.

"그렇게 당하고도 여길 찾아올 마음이 들던가?"

"……."

"나한테 궁금한 게 뭔데?"

"당신이 지골로야?"

말이 끝나기가 무섭게 대머리가 손을 뻗어 마카베의 멱살을 잡았다.

"입조심해라!"

미카게가 손짓으로 그만하라고 명령했다. 그윽한 눈동자에 호기심이 어른거렸다.

"알아서 어쩌려고?"

"나한테 무슨 일이 일어난 건지 알고 싶을 뿐이야. 당신이 지골로인가?"

미카게는 딱히 긍정하지 않고 고개를 끄덕였다.

"내가 여자 킬러로 보이나?"

마카베는 입을 다물었다. 여자가 아니라 남자 여럿을 죽인 눈이었다. 화려한 외모와는 달리 미카게가 풍기는 냄새는 시체 썩는 내에 가까웠다.

"일부러 여기까지 왔으니 궁금증은 풀어줘야겠지."

조용히 말하며 미카게는 담배를 집으려 손을 뻗었다. 파마머리가 황급히 담뱃불을 붙였다. 연기를 뿜어내더니, 미카게는 다시 마카베를 보며 말했다.

"그나저나 도둑이면서 지골로를 모르나?"

무슨 말인지 알 수 없었다.

"옛날에 법 공부 좀 했다면서."

그걸 아는 걸 보니 하쿠지카이에 도둑 명부를 넘긴 형사가 있는 모양이었다.

"나도 어릴 적엔 똑똑하단 소리깨나 들었어. 하지만 집에 돈이 좀 없었지. 많이는 아니고, 아주 조금."

"……."

미카게는 허공에다 연기를 뿜었다.

"모르는 모양이니 알려주지. 지골로는 256이란 뜻이야."◆

"256……."

"아직도 모르겠나?"

순간적으로 뇌가 반응하며 옛 기억을 더듬었다.

형법 256조…….

"장물 취득, 알선……."

"이제야 알겠나? 맞아, 지골로는 장물을 처분하는 장물업계의 거물이야. 벌써 오래전에 은퇴했지만, 옛날에는 지역 장물아비들의 우두머리였어."

거기까지 이야기하고 나서, 미카게는 이해했다는 표정을 지었다.

"생각해보니 모르는 게 당연하군. 요즘 도둑들은 현금만 취급

하니까."

마카베는 이야기를 계속했다.

"그 장물아비의 보스는 누구지?"

미카게의 입가에 웃음이 번졌다.

"그건 묻지 마. 우리 형님하고 옛날부터 절친한 분이라는 것만
말해두지."

"……."

야쿠자가 장물아비의 부탁으로 이번 일을 벌였다. 거기까지는
이해했다. 하지만…….

"장물아비의 두목이 왜 도둑을 잡으려 들지?"

미카게는 무슨 말인지 알겠다는 표정으로 고개를 끄덕였다.

"이해가 가지 않을 법도 하지. 영문도 모르고 얻어맞았으니까."

번쩍거리는 금반지를 낀 손이 커다란 유리 재떨이 위에다 담배
를 비벼 껐다.

"좋아. 말해주지. 실은 그 보스의 손녀딸이 쓰레기 같은 놈한테
걸렸어."

미카게의 이야기는 간단했다.

시게하라 마사오가 딸뻘인 보스의 고등학생 손녀딸을 꾀었다.
한 달도 안 돼서 헤어졌지만, 시게하라는 소녀의 치부가 담긴 비
디오를 가지고 있었다. 그 테이프를 찾아달라는 손녀딸의 애원에
보스는 오랜 지인인 하쿠지카이의 두목에게 도움을 요청했다. 두
목은 곧바로 조직원들을 보냈지만, 시게하라의 집에 테이프는 없
었다. 도둑맞은 것이다. 비디오와 통장을 보관했던 금고는 이미

털린 뒤였다.

"그래서 도둑들을 족치기로 한 거야. 우리도 썩 내키진 않았지만 이미 시작한 일인데 어쩌겠어."

"시게하라 마사오는…… 어떻게 됐지?"

그 뒤로 시게하라가 어떻게 됐는지 관심은 없었지만, 하쿠지카이가 어느 정도인지 알아두고 싶었다.

미카게의 눈동자 속에서 뭔가가 번득였다.

"그냥 손 좀 봐줬어."

이미 이 세상 사람이 아닐 거야. 시게하라의 이웃집 노파가 했던 말이 떠올랐다.

마카베는 미카게의 눈을 똑바로 응시했다.

"내 혐의는 풀린 건가?"

미카게는 눈을 가늘게 뜨며 대답했다.

"그래. 넌 아냐."

"금고를 훔친 놈은 누구지?"

"아직 몰라. 찾는 중이야."

아직……?

달걀귀신의 미소가 뇌리를 스쳐 지나가며 내면에 파문을 일으켰다. 그때 막연히 느꼈던 의심의 뿌리를 이제야 찾은 것 같았다.

"훔친 녀석의 이름도 아직 알아내지 못한 건가?"

"그렇다고 했잖아."

◆ 지골로의 일본어 발음인 '지고로'와 숫자 '256-지고로쿠'의 발음이 유사한 것을 이용한 언어유희이다.

"그런데 어떻게 내가 아니란 걸 알았지?"

예상 밖의 질문이었던 듯, 미카게의 시선이 허공을 맴돌았다. 몇 초 후, 작게 혀를 차는 소리가 들렸다.

마카베는 다시 물었다.

"어떻게 내가 아니란 걸 알았지?"

"설마……."

미카게의 목소리가 달라졌다.

"날 독촉하러 온 거냐?"

은색의 사악한 빛이 미카게의 온 눈동자를 지배하고 있었다.

두 남자는 서로를 노려보았다.

눈 깔아. 뇌는 그렇게 명령했지만 입은 거부했다.

"어떻게 내가 아니란 걸 알았는지 말해."

양옆에 있던 부하들이 움직였지만 미카게는 두 손으로 제지했다. 그리고 좋아하는 과자를 눈앞에 둔 어린아이처럼 혀를 날름거렸다.

그때 전화벨이 울리지 않았다면, 그 몸짓이 다음 순간 어떤 행동으로 이어졌을지 마카베는 몸으로 직접 체험했으리라.

파마머리가 미카게에게 무선전화기를 건넸다.

뭔가 보고하는 눈치였다. 미카게는 고개를 끄덕이며 듣고 있었다.

생각할 시간이 주어진 셈이었다. 온몸에 소름이 돋았다. 등줄기를 타고 식은땀이 흘러내렸다. 하지만 그런 상황에서도 생각은 멈추지 않았다.

뭔가 이상했다. 미카게는 지골로의 정체를 제외하고는 도둑 사

냥의 내막을 사실대로 말했다. 그럼에도 마카베를 용의 선상에서
제외한 이유를 밝히지 않았다.

왜지?

불현듯 답이 보였다.

마카베를 제외한 근거를 말하는 것은 곧 지골로의 정체를 밝히
는 것이기 때문이다. 그래서 미카게는 입을 다문 것이다. 그로부
터 유추할 수 있는 결론은…….

마카베는 자리에서 일어났다.

"이봐……."

전화를 끊은 미카게가 문으로 걸어가는 마카베를 불러 세웠다.

"얘기는 다 끝났나?"

몇 분간의 통화를 마친 미카게의 목소리는 원래대로 돌아와 있
었다.

마카베는 돌아보며 대답했다.

"필요 없어. 지금 지골로를 만나러 간다."

"호오, 알아냈나?"

"그래."

"그렇군. 하지만 가도 못 만날 거야."

미카게는 들고 있던 전화기를 보더니, 다시 대머리를 보며 말했다.

"문상 갈 준비해. 지난밤에 세리자와 여사님이 심부전으로 가
셨단다."

# 7

끈질기게 버티던 늦더위도 가을바람에 떠밀려 떠날 채비를 하는 것 같았다.

쓰마야마 단지 외곽, 도로가에 늘어선 주택 열 가구. 제일 오른쪽 끝, '세리자와'란 문패가 붙은 집에 장례 업체 직원들이 분주하게 드나들고 있었다.

마카베는 세 집 건너에 있는 시게하라의 집 앞에 서 있었다. 세리자와 세쓰코의 손녀딸은 공문을 돌리러 이웃집에 갔다가 시게하라에게 넘어갔다고 했다.

(그 할머니가 지골로였을 줄이야……)

〈…….〉

생각해보면 짚이는 구석이 없는 건 아니었다.

세리자와 세쓰코는 엉망이 된 마카베의 얼굴을 보고도 별말이 없었다. 얼굴은 왜 그래? 그토록 수다스러운 할멈이 당연히 할 법한 질문을 하지 않았다. 이미 알고 있었기 때문이다. '철벽 마카베'의 얼굴과 그가 하쿠지카이의 조직원에게 당했다는 사실을.

멍든 얼굴은 보지 않고, 볼펜을 든 마카베의 손을 들여다보려했다. 그 시점에서는 여전히 비디오테이프를 훔친 용의자 중 하나였으니, 마카베의 일거수일투족을 빈틈없이 감시했던 것이다.

(그러고 보니 형이 뭘 도둑맞았냐고 물어보니까 자기는 모른다고 큰 소리로 말을 돌렸잖아.)

〈그 질문 때문에 난 용의 선상에서 지워진 거야.〉

(무슨 소리야?)

훔친 본인이 무엇을 도둑맞았느냐고 물어볼 리가 없다. 세쓰코
는 그 순간 '마카베는 아니다'라고 확신하고 하쿠지카이에 연락을
넣은 것이리라.

(그나저나 좀 불쌍하네, 그 할머니. 애타게 찾던 비디오도 결국
못 찾고……)

〈저승에서 시게하라가 기다리고 있잖아. 이걸로 서로 빚진 거
없는 거지.〉

(그런 놈은 죽어도 싸! 인간쓰레기잖아.)

〈저승길에 오른 쓰레기가 하나 더 있어.〉

(어? 누군데?)

〈마유즈미. 녀석들에게 우린 쓰레기보다 못한 존재겠지.〉

(너무해……)

마카베는 자전거에 올라탔다. 페달을 밟자 몸 이곳저곳이 욱신
거렸다.

단지 중간에서 검은 벤츠와 스쳐 지나갔다. 눈을 감은 채 뒷좌
석에 기댄 미카게의 모습이 보였다.

돈이 궁하면 언제든 찾아와.

마카베는 페달을 밟는 다리에 힘을 주어 잦아들던 고통을 다시
금 불러일으켰다.

사도使徒

# 1

12월 24일.

어스름이 깔린 거리는 물결치는 일루미네이션으로 번쩍였다. 아직 본격적인 추위는 찾아오지 않았지만, 하늘에서 조금씩 날리는 눈발이 딱 붙어서 걸어가는 젊은 커플들의 얼굴을 미소 짓게 했다.

'야하기' 슈퍼 앞에서는 크리스마스 케이크 재고 처리가 한창이었다. 정가 1천5백 엔짜리 크리스마스 케이크가 8백 엔이 되어 수레에 쌓였고, 그로부터 채 30분도 지나지 않아 다시 5백 엔으로 떨어졌다. 그걸 기다렸는지 퇴근길의 중년 남자 대여섯 명이 어디선가 나타나 판매원에게 동전을 내밀었다. 세운 코트 깃이 회사 배지나 직함을 감추고 있는 것처럼 보였다. 아니, 그중 몇몇은 이미 회사에서 쫓겨난 실직자일지도 모른다.

"도둑이야!"

다른 모퉁이에서 비명이 들렸다.

야구 모자를 푹 눌러쓴 덩치 큰 남자가 도망치고 있었다. 가죽 장갑을 낀 손이 에나멜 소재의 빨간 가방을 움켜쥐고 있었다. 새하얀 코트 차림의 젊은 여자가 하이힐을 신고 남자를 쫓아왔다. 사거리를 가로지르던 소매치기가 옆에서 튀어나온 중년 남자와 부딪쳤다. 그 바람에 남자가 들고 있던 하얀 상자를 떨어뜨리자, 5백 엔짜리 크리스마스 케이크가 길가에 크림 꽃을 피웠다. 어안이 벙벙한 남자의 눈앞에서 나뒹굴던 산타클로스 장식을 구둣발로 짓밟고, 하얀 코트의 여자가 쏜살같이 달려갔다.

여자는 다시 비명을 질렀다.

"도둑이야! 누가 좀 도와줘요!"

등 뒤에서 일어난 소란에 마카베는 걸음을 멈췄다.

돌아보자 지근거리에 달려오는 야구 모자의 남자가 보였다. "비켜!"라는 남자의 고함과 뒤쫓는 여자의 "잡아줘요!"란 비명이 동시에 귀에 들어왔다.

마카베는 고개를 돌리고 천천히 걸음을 옮겼다. 소매치기는 쏜살같이 마카베를 지나쳐 사라졌다. 이내 귀를 찌르는 하이힐 소리가 커졌다. 스쳐 지나가는 순간, 여자는 "겁쟁이!"라고 욕설을 내뱉으며 마카베를 노려봤다. 여자의 바로 뒤를 쫓는 또 다른 인물이 있었다. 그는 크림이 묻은 코트 자락을 나부끼며 육상 선수처럼 달려 소매치기를 쫓아갔다.

(형.)

귓속에서 게이지의 목소리가 들렸다.

(방금 그 여자, 사실을 알면 깜짝 놀랄 거야.)

〈뭘?〉

마카베가 되묻자 게이지는 키득거리며 대답했다.

(그렇잖아, 도둑한테 도둑을 붙잡아달라고 부탁했으니 말이야.)

〈그게 뭐?〉

(코미디가 따로 없잖아. 사격장 주인이 경찰한테 권총 빌려달라고 하는 거랑 뭐가 달라.)

게이지가 이런 억지스러운 비유를 꺼내는 건 항상 '본론'이 따로 있을 때였다.

(그래도 뭐, 도둑에게 산타클로스를 부탁하는 건 코미디를 넘어 예술의 경지지.)

예상대로 게이지는 '교도소의 약속'을 꺼냈다.

(이제 가야지?)

〈어딜?〉

(정말, 모른 척하기야? 오노네 집을 찾아가야지.)

〈누가 약속했다고 그래?〉

(약속했잖아.)

게이지는 강하게 말했다.

(내가 증인이야. 형은 오노와 분명히 약속했어. 애초에 형이 산타가 되어주지 않으면 그 에미라는 애는 울지도 몰라. 불쌍하지도 않아?)

발치에서 꾀죄죄한 떠돌이 개가 북슬북슬한 꼬리를 흔들고 있

었다. 녀석의 처진 귀에는 사람이 듣지 못하는 게이지의 목소리가
들리는 모양이었다.

(빨리 가자.)

〈…….〉

(내 말 듣고 있어? 형.)

순간 게이지가 말을 멈췄다.

앞에 사람들이 몰려 있었다. 그 한가운데에서 고함이 들렸다.

"이 새끼…… 이 새끼가!"

야구 모자의 소매치기가 길바닥에 쓰러져 있었고, 코트 차림의
남자가 그 위에 올라타 주먹을 날리고 있었다.

피가 보였다. 소매치기의 입술이 찢어진 것 같았다. 모자를 벗
기자 희끗한 머리가 드러났다. 생각보다 나이가 많았다. 보아하니
쉰은 넘은 것 같았다. 올라탄 남자도 동년배였다. 둘 다 눈이 시뻘
겠다. 한쪽은 울면서 때렸고, 다른 한쪽은 울면서 맞고 있었다.

아무도 말리는 사람이 없었다. 젊은 구경꾼들은 키득대며 보고
만 있을 뿐이었다. 원 밖에서 하얀 코트의 여자가 휴대전화로 경
찰을 불렀다. 여자는 신고하는 와중에도 되찾은 빨간 가방에서 없
어진 물건이 없는지 샅샅이 살펴보고 있었다.

마카베는 다시 걸음을 옮겼다. 아까보다 눈발이 굵어졌다. 화이
트크리스마스가 될지도 모른다.

잠시 후에 게이지가 다시 돌아왔다. 풀 죽은 목소리였다.

(아까 그 사람들, 왠지 불쌍해…….)

〈…….〉

(그 에미라는 애 아빠도 저랬겠지?)

〈알았으니까 그만해.〉

(어……?)

〈빨리 끝내고 오늘 잠자리를 찾을 거다.〉

(그럼 한다는 거지?)

마카베는 얼굴을 찌푸리며 귀를 막았다.

〈소리 지르지 마.〉

(다행이다. 크리스마스는 특별하잖아. 분명 그 애도 기뻐할 거야!)

마카베는 가리야혼마치 역 뒷길을 지나 4초메 방면으로 걸어갔다. 오노 요시오. 조금은 이름이 알려진 도둑이었기에 집 주소는 알고 있었다.

산타클로스가 되어주지 않겠나.

마카베의 뇌리에 진지한 표정으로 그렇게 말하던 오노의 벌건 얼굴이 떠올랐다.


# 2


올해 3월, Y교도소에 있을 때의 일이었다.

제2구역의 목공 작업장. 마카베는 완성된 의자 다리를 사포로 마무리하고 있었다.

옆에서 속삭이는 소리가 들렸다.

"2급으로 올라간다면서?"

같은 작업을 하는 오노의 얼굴이 보였다.

그의 입이 다시 소곤거렸다.

"그럼 이제 곧 가석방이겠군……."

"……."

"나가면 내 부탁 하나만 들어줄 수 있겠나?"

"……."

"마카베……."

"우리가 이런 부탁을 할 사이였나?"

마카베는 의자 다리에 시선을 고정한 채 말했다.

"너무 삐딱하게 굴지 말고 좀 들어봐. 자네 말고 다른 사람에게는 할 수 없는 부탁이야."

"그쯤 해두지. 담당이 보고 있어."

다음 순간 교도관이 날카롭게 외쳤다.

"거기! 작업 중에 누가 잡담하래! 벌점 1점!"

오전 작업이 끝나고 운동 시간이 되자 오노가 다시 다가왔다. 교도관의 방해를 받지 않는 유일한 시간이었다.

"아까 일은 미안하게 됐어."

"……."

"이봐, 마카베. 일단 얘기라도 좀 들어봐."

오노는 마카베의 옆에 앉았다. 운동장 구석에 있는 나무 벤치였다.

"3분 안에 끝내."

"고마워. 그럼 본론부터 말하지. 자네, 산타클로스가 되어줄 수 없겠나?"

마카베는 오노의 얼굴을 보았다. 표정은 진지했다.

"내가 아는 애 중에 아주 불쌍한 여자애가 있어. 크리스마스 밤에 그 애한테 선물을 전해줬으면 좋겠어."

"자네 딸인가?"

"아니, 야마우치 고타라는 놈을 아나?"

"모르는데."

"어릴 적 동네 친구인데, 대단한 놈은 아니었어. 그냥 좀도둑이었지. 마누라가 일찍 죽고 에미라는 어린 딸내미하고 둘이 살았는데, 사는 게 힘들어서 알코올중독이 됐어. 부들부들 떠는 손으로 어떻게 일을 하겠어. 그때부터는 입에 풀칠하기도 어렵게 됐지."

"운동 시간 내내 떠들 생각인가?"

마카베가 노려보자 오노는 서글픈 눈빛으로 말했다.

"그러다 죽었어. 6년 전 크리스마스에. 다섯 살짜리 딸내미 눈앞에서."

"……."

오노는 말을 이었다.

"그날, 야마우치는 에미를 백화점에 데려갔어. 지하에 멜론 주스며 파인애플 주스 같은 걸 파는 가게가 있었는데……. 에미는 거기 생과일주스를 좋아했어. 빈털터리 야마우치가 딸에게 해줄 수 있는 최대한의 크리스마스 선물이었겠지. 그런데…… 여기서부터는 내 상상이지만 말이야, 에미가 진짜 크리스마스 선물을 바랐던 것 같아. 리카 인형이 갖고 싶다고 조른 거지."

"……."

"그렇지 않으면 전부터 딸이 갖고 싶어 하던 걸 알고 일을 쳤거나."

"훔쳤나?"

"에미더러 백화점 밖에서 기다리라고 하고 5층 장난감 매장에서 슬쩍했어. 감이 많이 죽었는지, 매장에서 빠져나와 계단을 내려가려던 참에 경비원에게 들켰어."

"……."

"야마우치는 갖고 있던 칼로 경비원의 다리를 찌르고 달아났어. 다른 경비원들도 총출동해서 쫓아왔나 봐. 밖으로 나온 야마우치는 인형을 에미에게 안겨주고 도망치려고 도로로 뛰어나갔어."

"……."

"그러다 오토바이에 부딪힌 거야. 제대로 박아서 두개골이 함몰됐어. 즉사였지. 에미는 그걸 처음부터 끝까지 보고 있었어. 애가 얼마나 놀랐는지 울지도 않더래."

마카베는 자리에서 일어났다.

"잠깐만, 지금부터가 본론이야. 고아가 된 에미는 먼 친척집에 맡겨졌는데, 거기서 힘들게 살고 있어. 딸 둘이 있는 집인데, 에미는 자기 방도 없이 곰팡내 나는 창고에서 먹고 자나 봐."

"그렇게 애가 불쌍하면 직접 산타클로스가 되어주지그래."

"물론 내가 했어."

마카베는 오노를 내려다보았다.

"했다고······?"

"그래. 해마다 내가 선물을 배달했어. 하지만 올해는 그럴 수 없잖아. 내 가석방은 아무리 빨라도 내년 봄에야 가능한데."

교도관이 운동 시간 종료를 알렸다.

"다른 데 알아봐."

마카베는 짧게 내뱉고 발길을 돌렸다. 오노가 쫓아와 애원했다.

"밤털이가 아니면 누가 산타를 해. 생각해보라고. 캄캄한 밤에 남의 집 창고에 들어가 잠자는 애 머리맡에 선물을 두고 오는 게 어디 쉬운 일이야? 빈집털이들은 얘기만 해도 겁부터 집어먹을 걸? 사람이 있는 집에 들어갈 수 있는 건 우리밖에 없잖아. 내 말이 틀려?"

"집 앞에 두고 오면 되잖아."

"난 해마다 그 집 사람들에게 들키지 않게 선물을 줬어. 이건 비밀이라고 적은 쪽지를 남겼지. 직접 가보니 알겠더라고. 그 집 사람들은 에미에게 선물을 안 줘. 새벽 2시인데도 머리맡에 아무것도 없었어."

"······."

"제발, 이렇게 부탁할게."

오노는 손을 모으며 머리를 숙였다.

"내가 아는 밤털이 중에 제일 실력 좋은 기술자가 자네야. 선물은 내가 준비할게. 집사람이 면회 올 때 말해둘 테니까 전해만 줘. 애가 너무 불쌍하잖아. 올해 크리스마스에도 그 애한테 꼭 선물을 주고 싶어."

# 3

눈송이가 하늘을 뒤덮었다.

마카베는 '가타야마 빌라' 앞에서 손목시계를 보고 있었다. 저녁 8시.

〈몇 호랬지?〉

(203호랬어.)

마카베는 머리와 점퍼에 쌓인 눈을 털고 철제 계단을 올라갔다.

하지만 203호 문패에는 '쓰노다'라고 적혀 있었다.

게이지가 잘못 기억했을 리는 없을 테니, 오노가 거짓말을 했든지 부인이 이사를 갔든지 둘 중 하나겠지.

초인종을 누르자, 잠시 후 병적으로 뺨이 홀쭉한 중년 여자가 문을 살짝 열고 얼굴을 내밀었다. 오노의 부인에 대해 물었지만 아무것도 모른다고 했다. 건너편 집에 빌라 주인이 살고 있으니 거기다 물어보라고 했다.

마카베는 계단을 내려가 길 건너편 '가타야마'란 문패가 붙은 집의 초인종을 눌렀다. 남자가 신사적인 목소리가 대답했지만, 용건을 말하자마자 수상쩍어하는 목소리로 바뀌었다.

"오노 씨 친척이오?"

"아뇨, 그냥 아는 사입니다."

"그 집은 이제 여기 안 삽니다. 두 달 전에 이사 갔어요, 인상 더러운 젊은 남자하고 같이. 나도 손해가 이만저만이 아니에요. 집세도 안 내고 야반도주를 해서."

마카베는 온 길을 되돌아갔다.

(남편이 교도소에 있는 동안 바람이 나서 도망치다니…….)

〈흔한 일이잖아.〉

(오노는 알까?)

〈모르지.〉

(불쌍하네, 그 사람도.)

〈남의 딸 걱정보다 제 마누라 단속을 했어야지.〉

(그건 그런데…….)

잠깐 말을 멈추더니, 게이지는 마카베를 떠보듯 말했다.

(그래도 뭐, 크게 문제될 건 없잖아. 선물은 우리가 사면 되는 거고…….)

마카베가 오노의 부탁을 외면할까 조마조마한 눈치였다.

마카베는 걸음을 옮기며 주머니를 뒤졌다. 만 엔짜리 세 장이 나왔다. 그게께 번 돈이었다. 지폐를 다시 주머니 안쪽에 쑤셔 넣고 북쪽으로 걸어갔다.

상점가에 접어들었을 때, 게이지가 선수를 치듯 말했다.

(뭐가 좋을까?)

〈뭘?〉

(당연히 선물이지. 음, 에미는 지금 열한 살이랬지? 어떤 선물을 받으면 좋아할까?)

벌써 8시 반이 지났지만, 이브 날 밤이라 장난감 가게나 귀금속 가게에는 여전히 불이 환했다. 모든 가게에서 익숙한 크리스마스 캐럴이 흘러나오고 있었지만 손님은 뜸했다. 아무리 번쩍거리는

빛과 시끌벅적한 소리로 분위기를 띄워도 오가는 사람들의 가슴
에는 싸늘한 불황의 바람이 부는 것이리라.

상점가를 빠져나오자 게이지의 목소리가 진지해졌다.

(설마 아니지?)

〈뭐가.〉

(그만두려는 거 아니지?)

〈…….〉

(지금 어디 가는 거야?)

〈다카미자와 영감 집.〉

(다카미자와라면…… 옛날에 우리 집 근처에 살았던 그 고집불
통 영감 말이야?)

〈그래.〉

마카베는 횡단보도를 건넜다. 여기서 5분쯤 걸으면 15년 전까
지 살았던 이시즈카초의 주택가가 나온다.

자연스레 잿더미의 냄새를 풍기는 기억이 되살아났다.

(다카미자와라…… 난 그 영감탱이 정말 싫었어. 공이 그 집 정
원에 떨어져서 주우러 가면 휘이, 휘이, 하고 사람을 개처럼 내쫓
았잖아. 거긴 왜 가는 건데?)

〈맡겨둔 고물이 있어.〉

(고물? 무슨 고물?)

〈창고는 다 안 탔잖아. 그 안에 있던 물건은 다카미자와가 맡아
보관하고 있어. 반장이었잖아.〉

아, 게이지가 작게 외쳤다.

(맞아, 우리 보물이 거기 있었지. 그래, 기억나. 별모래가 든 작은 병, 가죽 표지의 수수께끼 사전 같은 거. 애들은 그런 걸 좋아하겠네. 아이디어 좋은데.)

다카미자와의 집은 예전 그대로였다. 성처럼 여러 겹 포개진 기와지붕이 눈옷을 입고 있었다.

세 번째 초인종을 누르고서야 겨우 문을 열어준 다카미자와는 마카베를 보고 무척 놀란 눈치였다. 비정상적일 정도로 널찍한 문턱에 서서 벗겨진 머리를 손바닥으로 짝 치더니, 다른 한 손으로 마카베를 가리켰다. 이름이 기억나지 않는 모양이었다.

"누군지 아는데……. 그래, 마카베 씨네 아들내미로군! 그 집 쌍둥이 아들내미 중에 게이지! 아니, 슈이치지?"

마카베가 고개를 끄덕이자 다카미자와는 벌게진 얼굴로 불평을 토로했다.

"너도 게이지하고 똑같은 놈이 됐다며? 못난 놈, 어디 할 짓이 없어서 도둑질을 해……. 동네 망신은 다 시켜놓고 이제 와서 뻔뻔하게……."

"……."

"주지 스님한테 들었다. 한 번도 성묘를 안 간다면서? 이 천벌을 받을 놈아. 너희 어머니를 원망한다고? 게이지 때문이냐? 어찌 그리 생각이 짧아. 자식이 도둑놈이 됐는데 어느 부모가 죽고 싶지 않겠냐. 나 같아도 같이 죽자고 덤볐을 거다. 게이지는 덜떨어진 재수생이었지만, 너는 좋은 대학에 들어가 고시 패스도 노릴 정도로 똑똑했다면서. 너희 아버지가 너한테 얼마나 기대를 걸었는지 알아? 술자리에서 그러더라. 게이지는 이제 글렀지만 슈이치가 있어서 다행이라고. 그런데 너란 놈은……."

"설교는 그쯤 하죠."

마카베는 다카미자와의 말을 끊었다.

"맡겨놓은 물건 찾으러 온 거요."

다카미자와는 눈을 부라리며 성을 냈다.

"설교? 이놈이 누구한테 입을 함부로 놀려?"

"당신이야말로 뭐 하자는 거야? 긴말 말고 우리 집 창고에 있던 물건이나 주쇼."

다카미자와는 삶은 문어처럼 얼굴을 붉히며 버럭 고함을 질렀다.

"그딴 거 없어!"

"없다고……? 처분한 거요?"

"그래, 싹 다 버려버렸어. 당연하지, 15년 전 잡동사니를 아직도 모셔놨겠어? 애초에 물건을 가져가야 할 네놈이 도둑이 돼서 행방불명이었잖아!"

마카베는 다카미자와를 노려본 뒤에 휙 몸을 돌려 현관을 나섰다.

"거기 서."

다카미자와가 부르는 소리가 들렸다.

"그러고 보니 남겨둔 게 하나 있었지."

다카미자와는 쿵쾅거리며 집 안으로 들어가더니, 15분이나 지나 현관으로 돌아왔다.

"이거나 가져가."

다카미자와가 내민 건 칙칙한 은색 손목시계였다. 보자마자 아

〈그래.〉

(그럼 복수하는 거야? 부모 얼굴에 먹칠을 하려고 도둑질을 하는 거야? 두 분 다 돌아가셨는데도 아직 분이 안 풀렸어?)

마카베는 역 안으로 들어갔다. 옷에 묻은 눈을 털고 발권기에서 가모이케행 표를 샀다. 하행선 승차장으로 이어진 계단을 내려가자 때마침 막차가 들어왔다.

차 안은 비어 있었다. 승객이라고는 한 몸처럼 엉겨 붙은 10대 커플과 빨갛고 노란 고깔모자를 쓴 취객 세 명, 그리고 보자기를 무릎에 올려놓은 기모노 차림의 노파가 전부였다.

게이지는 전에 없이 끈질기게 물고 늘어졌다.

(대답하라니까. 정말 부모님 보라고 도둑질을 하는 거야?)

〈이제 그 얘긴 그만해.〉

(그만 안 해. 중요한 일이야. 이참에 확실히 해두자고.)

〈뭘 확실히 하자는 건데?〉

(그런 이유라면 관둬. 바보 같잖아. 애초에 평생 도둑질로 먹고 살 작정이야? 나이 먹고 늙어서도 빵에 들락거리며 살 거냐고?)

마카베는 쯧 혀를 찼다.

〈넌 어땠는데?〉

(어……?)

〈집을 나와 빈집털이를 할 때, 앞으로 어떻게 살 작정이었는데?〉

게이지는 우물거리며 대답했다.

(난…… 아무 생각도 없었어. 어렸잖아. 하지만 형은 곧 서른다

섯이야.)

〈손을 털라고?〉

(언젠가는 그래야 하잖아. 그럴 거면 지금 털든 나중에 털든 마찬가지 아냐. 히사코 생각은 안 해? 지금이라면 아직 새 출발 할 수 있어. 건실한 직장 구해서 히사코하고 가정 꾸려.)

열차는 시모산고를 지나고 있었다.

안자이 히사코와는 지난여름 이후로 한 번도 만나지 않았다. 어머니가 선을 종용한다고 들었다.

(형······.)

게이지는 한숨 섞인 목소리로 말했다.

(좌우지간 부모님에게 복수하겠단 생각은 이제 버려.)

〈그런 거 아냐.〉

(아니긴 뭐가 아냐. 내가 몰라?)

〈아니라니까.〉

(그럼 왜 도둑질을 하는데?)

〈······.〉

(그런 일이 있긴 했지만······ 그게 도둑질을 계속할 이유는 아니잖아.)

화장터 불가마 속에서 타오르는 불길이 보였다.

〈딱히 이유는 없어. 전에 소스케가 그랬잖아. 내 멋대로 살고 싶은 거야.〉

(죽은 소스케 말이지.)

〈그래.〉

(그 녀석이 이렇게도 말했지. 나도 부모님하고 마누라, 자식들만 없으면 너처럼 하고 싶은 대로 하면서 살아보고 싶다고.)

게이지의 기억은 흠잡을 데 없이 정확했다.

〈그 말대로야.〉

(거짓말.)

〈그럼 네 맘대로 생각해.〉

정면에 앉은 노파가 마카베의 얼굴을 뚫어져라 바라보았다. 푹들어간 작은 눈동자가 서글퍼 보였다. 게이지의 기척을 알아채고 안쓰럽게 여기는 건지도 모른다.


# 5


가모이케 역에 도착하자 11시 반이었다.

산자락 아래라 역사나 역 앞도 모두 적막했다. 역에서 야마우치 에미의 집까지는 15분 거리였다. 마카베는 가는 길에 편의점에서 비닐우산을 샀다. 눈을 맞는 건 상관없었지만, 우산도 없이 걸으면 주변에서 수상히 여길 만한 날씨였다.

에미의 집은 신흥 주택단지 한구석에 위치한 2층 목조주택이었다. '무라마쓰 다다시, 미치코, 아야코, 에리코.' 문패에도 에미의 이름은 없었다.

집 주변을 둘러보고 역으로 돌아왔다. 근처를 돌아봤지만 문을 연 가게가 없어서, 하는 수 없이 '무인' 간판이 걸린 조립식 건물로 들어갔다. 자판기 스무 대와 허름한 테이블이 놓여 있었다. 벽에는 파친코 기계와 인형 뽑기 기계가 놓여 있었다. 토라졌는지 게이지는 아까부터 조용했다. 대신 자판기에서 나는 둔탁한 소리와 진동이 귀를 찔렀다.

마카베는 우동 자판기에 동전을 넣었다.

잠입 시간은 새벽 2시로 정해놓았다. 면발을 입에 넣으며 잡지 몇 권을 뒤적거렸지만 구체적인 침입 계획을 세울 시간은 충분했다.

평소 해오던 일과는 달랐다. 창문을 깨고 안으로 침입할 수는 없었다. 흔적을 남겼다가 경찰이라도 부르면 에미는 산타클로스의 정체가 도둑이란 걸 알게 될 테고, 내년부터는 아예 못 오게 될지도 몰랐다.

무라마쓰의 가족은 에미를 포함해 모두 2층에서 잔다고 했다. 오노는 과거 5년 동안 외벽을 타고 2층 베란다로 올라가 베란다 문을 통해 안방으로 침입했다고 말했다. 1, 2층의 모든 창문과 문을 잠가놓았던 까닭이었다. 안방을 침입 통로로 쓴다. 위험하기 짝이 없는 '굴뚝'이었지만 그렇기 때문에 이 일은 밤털이밖에 할 수 없는 일이었다.

침실은 세 평 넓이고, 부부는 창 쪽으로 머리를 두고 잔다고 했다. 더구나 침대가 아니라 바닥에서 잔다니 꽤 혹독한 조건이었다. 요컨대 이 일의 성패는 얼마나 매끄럽게 침입하느냐에 달려 있었다. 아니, 부부 한쪽이 잠에서 깨기라도 하면 남편과의 몸싸움까지 각오해야 하리라.

먼저 베란다 문을 여는 소리를 최대한 줄여야 했다. 그러나 신중을 기한답시고 미적거렸다가는 방 안으로 들어온 냉기가 잠든 부부의 얼굴을 후려칠 것이다. 게다가 오늘 밤에는 눈이 쏟아졌다. 바람은 불지 않아도 상당한 냉기가 방 안으로 들어오리라는 사실을 염두에 두어야 했다.

마카베는 눈을 감고 머릿속으로 상상했다.

조용히 베란다 문을 열고, 재빨리 들어가, 다시 조용히 창문을 닫는다.

하나, 둘에 열고, 셋에 들어간 뒤, 넷, 다섯에 닫는다.

마카베는 몸에 익을 때까지 몇 번이나 이미지트레이닝을 했다. 오노는 '고양이 발'이라는 별명을 갖고 있었다. 이 일에는 둘도 없는 적임자였으리라.

다른 변수들도 생각했다.

냉기는 물론, 쏟아지는 눈은 오늘 밤 일에 큰 악영향을 끼칠 것임이 틀림없었다.

가장 큰 변수는 눈에 반사되는 빛이었다. 조금 전 주변을 둘러보았을 때, 무라마쓰의 집 바깥등은 꺼져 있었다. 하지만 10미터쯤 떨어진 곳에 있는 전신주에 방범등이 달려 있었다. 평소 같았으면 주변을 어렴풋이 밝힐 정도의 빛이었지만, 오늘 밤에는 쌓인 눈에 반사되어 무라마쓰의 집 주변까지 비추고 있었다. 오늘은 캄캄한 어둠이 아니라 옅은 어둠 속에서 움직여야 한다. 최근 다시 칠했는지, 주택 외벽이 유독 하얀 것도 마음에 걸렸다. 좌우지간 지금 입은 검은 점퍼는 너무 눈에 띌 것 같았다. 선홈통을 타고 2층 베란다로 올라가는 10여 초의 시간을 운에 맡기기란 너무 무모했다.

눈은 발자국도 만들었다. 일이 끝난 뒤에도 계속 내린다면 문제될 게 없었지만, 갑자기 그칠 때를 대비해 아침까지 다른 신발을 신기로 했다.

나머지는…….

손이 곱아선 안 된다. 창문을 열 때 힘 조절을 잘못하면 끝장이다.

오전 1시 반. 마카베는 자리에서 일어났다.

〈게이지, 가자. 그만 기분 풀어.〉

(화난 거 아냐. 나 혼자 이것저것 생각할 게 있어서 그래.)

〈뭘?〉

(앞으로 어떻게 할지.)

마카베는 코웃음을 쳤다.

〈그런 건 살아 있을 때 생각하는 거야.〉


# 6


오전 2시 정각. 마카베는 무라마쓰의 집으로 들어갔다. 현관 옆에서 숨을 죽였다. 모든 창문은 불이 꺼져 있었다. 아무 소리도 들리지 않았다. 오는 길에 편의점에서 산 우윳빛 우비를 걸쳤다.

가죽 장갑을 낀 손으로 선홈통의 강도를 확인했다. 꿈쩍도 하지 않았다. 주저 없이 단숨에 타고 올라갔다. 예상대로 주변은 어스름했다. 발이 미끄러졌다. 장갑에 얼음 알갱이가 꼈다. 셋……

넷…… 다섯…… 여섯……. 머릿속으로 수를 세며 올라갔다. 한쪽 손을 뻗었다. 베란다 바깥의 철봉에 손끝이 닿았다. 쌓인 눈을 털어내고 철봉을 꽉 쥐었다.

선홈통을 놓고 펄쩍 베란다로 뛰었다. 신발이 베란다에 깔린 인조 잔디를 밟았다. 화분을 피해 허리를 구부렸다. 귀를 기울였다. 집 앞길은 조용했다. 아무에게도 들키지 않은 건 확실했다. 눈은 베란다 문을 응시했다. 커튼을 쳐놓았다. 소리는 들리지 않았다.

마카베는 재빨리 우비를 벗고 작게 접어 바지 주머니에 넣었다. 가죽 장갑도 벗어 손을 겉옷 주머니에 넣었다. 손바닥에 일회용 난로의 온기가 전해졌다. 손을 내밀어 다섯 손가락을 움직였다. 이상 없다.

다시 귀를 기울였다. 실내에서는 아무 소리도 들리지 않았다.

마카베는 신발을 벗어 허리춤에 넣었다. 장갑을 끼고 창틀 사이로 손가락을 넣었다. 그간의 경험을 통해 체득한, 너무 세지도, 약하지도 않은 세기로 문을 열었다.

스르륵…….

마카베는 최소한의 공간을 확보한 뒤 몸을 안으로 밀어 넣었다.

스르륵…….

문과 커튼 사이에서 마카베는 모든 기척을 지웠다.

곤한 숨소리가 들렸다.

두 사람이었다.

모두 깊고 규칙적이었다. 깊이 잠든 것 같았다.

마카베는 조용히 커튼을 젖히고 실내를 둘러보았다. 작은 불빛이 보였다. 마카베의 발치에서 불과 30센티미터 거리에 두 사람의 머리가 보였다. 뾰족한 코. 긴 머리. 부인이었다. 오른쪽 이부자리에 울퉁불퉁한 얼굴이 보였다. 이불을 턱까지 끌어 올려 덮고 있었다. 술 냄새가 났다. 달콤한 냄새가 나는 걸 보니 와인이나 샴페인을 마신 모양이었다.

마카베는 움직였다. 누워 있는 부인의 왼쪽으로 이동했다. 이불과 옷장 사이의 좁은 공간을 따라 움직인 지 몇 초 만에 안방 밖으로 나오는 데 성공했다.

복도로 나오자 콘센트에 직접 꽂아 쓰는 단순한 풋라이트가 푸르스름한 빛을 발하고 있었다. 왼쪽으로 보이는 문 두 개는 자매의 방이었다. 에미가 있는 창고는 복도 끝에 있다.

습기를 빨아들였는지 미닫이문이 생각보다 묵직했다.

오노의 말대로 창고에서는 곰팡내가 났다. 불이 꺼져 있는데도 방 안이 어렴풋이 밝은 건 커튼 사이로 들어오는 설광 때문이었다.

에미는 잡동사니 사이에서 몸을 웅크린 채 잠들어 있었다. 자는 것처럼 보였다. 사방을 점령한 식기장이며 가전제품 박스가 금방이라도 잠든 아이 위로 떨어질 것 같았다.

하지만 머리맡에는 작게 공간을 만들어두었다. 그곳에 빨간 책가방과 교과서, 핑크색 양말이 가지런히 놓여 있었다.

마카베는 박스를 피해 아이의 머리맡으로 다가갔다. 에미의 잠든 얼굴을 내려다보았다. 훤한 이마가 영리해 보이는 소녀였다. 아이가 깨어 있다는 건 한눈에 알 수 있었다. 숨소리가 부자연스러웠고, 긴 속눈썹도 가늘게 떨렸다. 눈꺼풀 아래에서 이리저리 눈동자를 굴리고 있는 게 느껴졌다. 소녀는 입을 앙다물고 눈을 뜨고 싶은 충동과 열심히 싸우고 있었다. 눈을 뜨면 크리스마스도, 산타클로스도 모두 사라진다. 모든 게 사라지는 건 아닐까. 그런 불안에 떨고 있는 건지도 모른다.

마카베는 무릎을 꿇고 주머니에서 작은 꾸러미를 꺼내 양말 안에 넣었다.

그제야 알아챘다. 양말 밑에 얇은 핑크색 봉투가 놓여 있었다.

산타 할아버지께

잠시 망설였지만 마카베는 그 봉투를 주머니에 넣고 일어섰다.

10초 후, 마카베는 창고 밖에 있었다.

기다렸다는 듯 게이지가 탄성을 질렀다.

(잘했어, 완벽해!)

〈잠자코 있어. 아직 안 끝났으니까.〉

평소 같으면 이대로 계단을 내려가 현관문을 열고 도망쳤으리라. 하지만 오늘 밤에는 '사람이 들어왔던' 흔적을 남겨서는 안 됐다. 만일 부부가 잠자리에 들기 전에 문단속을 했다면, 누가 문을 따고 들어왔다고 난리를 칠 것이다. 현관 말고 1층 창문으로 나가면 깜빡하고 창문을 안 잠근 것으로 끝날 수도 있었지만, 마카베는 게이지의 말대로 '완벽'을 추구했다. 한마디로 들어왔던 '굴뚝'으로 다시 나갈 작정이었다.

마카베가 부부가 잠든 안방에 귀를 대고 살짝 방문을 열어 안으로 들어갔다. 부부의 얼굴을 번갈아 보며 깊이 잠든 걸 확인한 뒤, 부인 옆을 지나 커튼 뒤로 숨었다.

스르륵⋯⋯.

냉기가 온몸을 감쌌다.

스르륵⋯⋯.

(탈출 성공!)

〈아직 기뻐하긴 일러.〉

마카베는 신발을 신고 우비를 걸쳤다. 몸을 내밀어 집 앞길을 내려다봤다. 아무도 없었다. 눈은 그칠 기미가 보이지 않았다.

(내년에도 산타가 찾아올 수 있겠네.)

〈시끄러.〉

(그것 때문에 완벽을 기한 거잖아? 기왕 이렇게 됐으니 내년에도 형이 산타가 되면 어때?)

〈사양하겠어.〉

마카베가 베란다를 붙잡고 풀쩍 뛰어 선홈통을 탔을 때였다. 냉기보다 싸늘한 뭔가가 마카베의 심장을 움켜쥐었다.

도로에 사람 그림자가 보였다.

대문 바로 앞에 서 있었다. 이쪽을 등진 채 손에 든 뭔가로 무릎을 털고 있었다. 눈을 터는 것이다.

저걸 놓치다니. 아니, 아까는 담 그림자 때문에 못 본 건지도 모른다.

(혀, 형. 이제 어떡해?)

〈쉿!〉

마카베는 선홈통에 달라붙은 상태로 길을 뚫어져라 바라보았
다. 어둠이 깊지 않았다. 하지만 흩날리는 눈발이 시야를 가리고
있었다. 덩치가 큰 걸 보니 남자임이 분명했다. 무릎까지 오는 검
은 롱코트 차림이었는데, 광택이 도는 걸 보니 가죽 재질인 것 같
았다.

마카베의 팔이 경련하듯 떨렸다. 이 추위 속에서 선홈통에 매달
린 채 버틸 수 있는 한계는 이미 지난 지 오래였다.

남자가 몸을 틀었다. 들고 있던 물건을 머리 위로 올렸다. 머리
에 쓴 것이다.

제모制帽······.

(경찰이야!)

선홈통에서 손가락이 떨어졌다.

그 밑은 콘크리트 바닥이었다. 떨어지기 직전 마카베는 벽을 차
서 몸을 날렸다. 균형을 잃었지만 간신히 눈 쌓인 바닥에 착지했
다. 하지만 발과 무릎에 상당한 충격이 전해졌다. 반동을 이용해
일어나려 했지만 오른쪽 발목이 욱신거렸다. 삔 것이다.

길에 있던 남자가 소리에 반응을 보였다. 허리를 굽혀 어둠을
응시하더니, 집 쪽으로 걸음을 내디뎠다.

(형! 이쪽이야!)

도망칠 길은 무라마쓰의 집 정원밖에 없었다. 마카베는 움직였
다. 오른쪽 다리를 받치고 남자를 등진 채 뛰었다.

"잠깐만."

짓죽인 목소리가 울려 퍼졌다.

마카베는 정신없이 도망쳤다. 오른쪽 다리를 절뚝이며 정원을 가로질렀다.

(어떡해! 쫓아오는데!)

등 뒤에서 눈 밟는 소리가 들렸다.

삭…… 사각…… 삭…… 사각…….

마카베는 왼쪽 다리로 펄쩍 뛰어 뒷집과의 경계에 있는 담을 넘었다. 다행히도 팔심으로 담을 넘는 데는 성공했지만, 힘이 너무 들어간 탓에 바닥에 나뒹굴었다. 다시 오른쪽 다리가 욱신거렸지만 벌떡 일어나 아픈 다리를 절며 달렸다. 뒷집 정원을 빠져나오자 남쪽으로 난 외길이었다.

역과 반대 방향으로 걸었다. 눈에 들어온 집 처마 밑에 세워놓은 자전거를 훔쳐 올라탔다. 바퀴가 미끄러져서 연거푸 쓰러졌다. 그래도 다친 다리로 달리는 것보다는 나았다.

따돌렸다. 그렇게 확신하고 마카베는 비즈니스호텔인지 모텔인지 알 수 없는 여관방으로 들어갔다. 시계를 보니 새벽 4시였다.


# 7


사흘 뒤.

마카베는 가리야혼마치에 있었다.

눈이 23센티미터나 쌓였다. 거리 곳곳마다 거무튀튀한 눈이 산더미처럼 쌓여 지저분한 몰골을 드러내고 있었다.

선로가의 싸구려 빌라 밀집촌, 마카베는 주소를 들고 다키가와 미노루의 집을 찾고 있었다. 오노 요시오의 동생뻘로, 원래는 오토바이 도둑이었다. 마카베와는 Y교도소에서 감방 동기였다.

(역시 오노가 형을 경찰에 팔아넘긴 건가?)

〈제복이었어. 형사는 아니란 소리지.〉

(새벽 2시였잖아. 그냥 경찰이라도 아무 일도 없는데 그런 데 나타날 리가 없지. 너무 뜬금없잖아.)

마카베는 고개를 끄덕였다.

우연이 아니었던 건 확실했다. 오노를 족치는 게 제일 빨랐지만, Y교도소 교도관 중에 마카베의 얼굴을 모르는 이는 없었다. 가족인 척 면회를 신청해도 경찰에 신고당할 게 뻔했다.

(분명 뭐가 있긴 있어.)

〈그게 뭔데?〉

(어쩌면…… 에미는 오노의 딸일지도 몰라.)

마카베는 주소 표지판을 훑어보며 대답했다.

〈그게 날 팔아넘길 이유가 되나?〉

(그건 아직 잘 모르겠지만, 음, 오노의 마누라가 바람나서 도망친 건 에미 때문일지도 몰라. 밖에서 애를 낳아 온 게 들켜서.)

〈그럴 수도 있지.〉

(그치? 그리고 오노 말인데, 형한테 산타클로스가 되어달라고 부탁했을 때 엄청 간절해 보였잖아. 솔직히 자기 딸도 아닌데 그럴 게 뭐 있어. 이상하잖아.)

〈그렇게 사는 걸 보면 누구나 그런 마음이 들지 않겠어.〉

(어……? 아, 그건 그래. 어떻게 애를 그런 데다 재우는
지……. 그럼 꼭 친딸이란 법은 없는 거네.)

〈어찌 된 사정인지는 다키가와를 만나보면 알겠지.〉

마카베의 눈에는 이미 다키가와의 집이 들어와 있었다. 금방이
라도 무너질 것 같았다. 회반죽 벽은 벗겨졌고, 창문이 깨진 집도
한두 가구가 아니었지만 그대로 방치해두었다. 폐가라고 해도 이
상하지 않았다.

문패도, 호수도 없는 오른쪽 끝 집 문을 두드렸다. 대답은 없었
지만 안에서 기침 소리가 들렸다.

문은 열려 있었다. 마카베는 집 안으로 들어갔다. 방 한 칸짜리
집이었다. 다키가와는 고다쓰에 몸을 묻고 있었다.

"들어간다."

"아…… 마카베 형님."

다키가와는 눈을 돌려 마카베를 보았다. 시퍼렇게 부은 눈꺼풀
에 묻혀 눈이 제대로 보이지 않을 정도였다. 광대와 턱도 퉁퉁 부
었지만, 얼굴 한가운데에 자리한 코뼈는 부러져서 움푹 들어가 있
었다.

어찌 된 일인지 짐작이 갔다. 시게하라 마사오의 집에서 도둑맞
은 비디오테이프는 아직도 오리무중인 것이다.

"언제 당했냐?"

"그저께……."

보랏빛 입술에는 아직도 피가 묻어 있었다. 말하는 것도 힘겨워
보였다.

마카베는 거친 숨을 내쉬며 바닥에 주저앉았다.

"네, 아니요로 대답해. 오노의 마누라가 어디 있는지 아나?"

"네…… 혼마치의 가타야마 빌라에…….."

"거기 없었어. 남자하고 도망쳤다고 들었다."

다키가와는 놀라서 입을 벌리다 얼굴을 찌푸렸다. 상처가 욱신 거린 모양이었다.

"동업자 중에 야마우치 고타라는 남자를 알아?"

"몇 번 만난 적은 있는데…… 죽은 지 오래됐어요."

"딸이 하나 있지?"

"네……."

"야마우치와 오노가 같은 동네 친구지?"

"아뇨, 야마우치는 하세초 출신인데…….."

게이지가 혀를 차는 소리가 귓속에 울려 퍼졌다.

오노는 거짓말을 했다.

마카베는 말을 이었다.

"둘이 아는 사이긴 했지?"

"아닐걸요…….."

"전혀 모르는 사이야?"

"내가 알기로는…….."

"오노가 선물 배달을 했던 건 알아?"

"네? 뭐라고요?"

마카베는 자리에서 일어났다.

주머니를 뒤졌다. 만 엔짜리 두 장과 핑크색 봉투가 나왔다.

마카베는 지폐를 고다쓰 위로 던졌다.

"병원에 가봐."

집을 나서자 단단히 성이 난 게이지의 목소리가 귀를 때렸다.

(나 원 참, 그 인간, 입에 침도 안 바르고 그런 거짓말을 했단 말이야?)

〈감쪽같이 속았어.〉

(그런데 왜 그런 거짓말을 한 거지? 야마우치하고 동네 친구라는…….)

〈…….〉

(에미의 산타클로스였다는 얘기도 거짓말일지 몰라. 친한 다키가와도 모르잖아.)

〈아니, 그건 사실일 거야.〉

마카베의 뇌리에 오노의 진지한 얼굴이 떠올랐다. 무라마쓰의 집에 들어간 적이 없다면 그토록 집 구조를 자세히 설명할 수 없었으리라.

(그럼 왜 다키가와에게 숨긴 거지?)

〈다른 사람에게 말하지 말라는 부탁을 받았겠지.〉

(어? 그럼 오노도 누구 부탁으로 선물 배달을 했다는 거야?)

〈아마도. 그런 거라면 야마우치와 동네 친구라고 거짓말을 한 것도 이해가 가지. 누구한테 부탁받은 일이라는 걸 숨기려고 이야기를 꾸며낸 거야.〉

(누구지? 오노한테 그런 부탁을 한 게?)

〈모르지.〉

마카베는 선로 옆길을 따라 걸었다.

오노가 아니라, 다른 누군가가 에미에게 선물을 주고 싶어 했다. 부탁받은 오노도 에미의 딱한 처지를 알고 가엾게 여겼다. 지난 5년 동안 산타가 되어 선물을 배달했지만 올해는 감방에 있어서 갈 수 없게 되자, 마카베에게 대신 부탁한 것이다.

대략 그렇게 된 사정이리라. 그러나 애초에 이 계획을 생각해낸건 누구일까. 왜 자신의 정체를 감추려 하는 걸까.

게이지가 난데없이 말했다.

(읽어보자.)

〈뭘?〉

(핑크색 편지. 에미가 쓴 편지 말이야. 읽어보면 진짜 산타가 누구인지 알 수 있을지도 모르잖아.)

〈나 보라고 쓴 편지가 아니잖아.〉

(그걸 누가 몰라? 지금 상황에서는 어쩔 수 없잖아. 오노를 만날 방법도 없고, 진짜 산타가 누군지 모르면 그 편지를 전해줄 수도 없잖아.)

〈…….〉

(그 편지 계속 가지고 다니게? 그럴 거면 그러든지.)

마카베는 발길을 돌렸다. 설계 사무소 간판 너머로 공원이 보였다.

공원에는 아무도 없었다. 눈이 녹아 땅이 질척해진 탓에 아이들이 뛰어놀 수 있는 상태가 아니었다.

마카베는 벤치에 앉아 편지를 펼쳤다.

산타 할아버지께.

매번 멋진 선물 주셔서 감사합니다. 매년 크리스마스를 손꼽아 기다려요.

선물을 자랑하고 싶지만, 산타 할아버지의 말씀대로 가족들에게는 비밀로 했어요.

주신 선물은 저만 아는 비밀 장소에 숨겨놨어요. 가끔 몰래 꺼내서 가만히 보기만 해요. 마음이 들떠서 무척 즐겁고 행복한 시간이에요.

언젠가 산타 할아버지를 만나서 고맙다고 인사를 드리고 싶어요.

사실 전 산타 할아버지가 누군지 알아요. 이름은 모르지만 얼굴은 똑똑히 기억하고 있어요.

제가 생각하는 분이 맞죠?

그날 봤던 아저씨죠?

아저씨가 훨씬 힘드셨을 텐데, 다정한 눈으로 저를 바라보셨던 그 아저씨죠?

분명 그럴 거예요.

하지만 산타 할아버지가 오셨을 때는 무서워서 눈을 뜰 수가 없었어요. 만일 다른 사람이면 어쩌지. 어쩌면 좋을지 모를 것 같아서요.

저에게 산타 할아버지는 돌아가신 아빠만큼 소중한 분이에요.

언젠가 만나고 싶어요.

분명 쑥스러워서 얼굴이 빨개질 거예요. 제대로 감사하단 말을 할 수 있을지 모르겠어요. 그래도 이해해주세요.

사랑하는 산타 할아버지께.


에미가


게이지는 코를 훌쩍였다.

마카베는 숨을 들이마셨다가 천천히 내쉬었다.

그날 봤던 아저씨…….

모든 수수께끼가 풀렸다.

하지만 이번 일을 완벽하게 마무리하기 위해서는 아직 할 일이 하나 남아 있었다.


# 8


12월 31일.

제면 공장 경비실 안쪽에는 작게 잠자리가 마련되어 있었다. 소리를 죽인 텔레비전 화면에서는 〈홍백가합전〉의 피날레가 흘러나왔다.

사토미 사부로라는 이름의 남자는 맞은편에 앉은 마카베에게 차를 권했다. 50대 중반, 흰머리가 조금씩 보였다.

"할 이야기가 뭔가?"

"야마우치 에미 일이오. 오노 요시오에게 산타가 되어달라고 부탁한 게 당신이지?"

사토미는 숨을 삼켰다. 한동안은 말도 잇지 못했다.

"그걸 어떻게……."

"모르겠소? 일주일 전에 나와 마주친 걸."

사토미는 놀란 표정으로 눈을 깜빡이더니, 앗, 하고 외쳤다.

"그럼 자네가 그날……."

그렇다고 말하며 마카베는 벽에 걸린 옷을 보았다. 기다란 가죽 코트. 그리고 경비 회사의 제복과 모자.

경찰 제복의 디자인이 바뀐 뒤로 예전처럼 경비원과 혼동하는 일은 없어졌지만, 코트를 걸치면 지금도 둘의 실루엣을 구별하기란 어려웠다.

사토미는 두 손을 탁자 위에 올리고 고개를 숙였다.

"감사 인사를 해야겠군. 고맙네. 에미도 무척 기뻐했을 거야."

"……."

"그나저나 용케도 난 줄 알았군."

"날 쫓아오지 않더군."

"뭐라고?"

사토미는 발을 뺀 마카베를 따라잡지 못했다. 불규칙한 발소리. 삭…… 사각…… 삭…… 사각……. 마카베를 쫓던 사토미 역시 다리를 절고 있었다.

"그때 크게 다친 모양이군."

"신경이 손상돼서……. 당시에는 다리를 이렇게 만든 야마우치를 원망도 많이 했지."

"그 딸 일은 어떻게 알았나?"

"들것에 실려 구급차로 옮겨지던 중에 길가에 넋 나간 사람처럼 서 있는 에미를 봤네. 리카 인형을 꼭 안은 걸 보고 어찌 된 일인지 알겠더군. 에미가 야마우치의 딸이라는 걸. 그리고 야마우치가 인형을 훔친 이유도."

"……."

"구급차 문이 닫힐 때까지 에미에게서 눈을 뗄 수가 없었어. 지금도 기억에 생생해. 얼굴이 어찌나 파랗게 질렸는지…… 감정이 어딘가로 사라진 듯한…… 뭐라 표현할 수 없는 얼굴이었네."

아저씨가 훨씬 힘드셨을 텐데, 다정한 눈으로 저를 바라보셨던 그 아저씨죠?

사토미는 묻지도 않았는데 그간의 사정을 술술 털어놓았다.

"조금씩 시간이 흐르자 내 안에서 야마우치에 대한 원망보다 남겨진 에미에 대한 걱정이 더 커지더군. 사정이 너무 딱해서 오노에게 도와줄 방법이 없을까 물었지. 그 친구, 오래전에 내가 담당했던 슈퍼에서 물건을 슬쩍하다 잡힌 적이 있거든. 초범이라 잘 타일러 돌려보냈는데, 그 인연으로 지금껏 연락하고 지냈네."

오노는 흔쾌히 부탁을 들어주었다. 5년 동안 약속을 지켰지만, 올해는 하고 싶어도 그럴 수 없는 사정이 있었다.

"여름에 면회를 갔을 때 다른 사람에게 부탁을 해놨다고 하더니, 그게 자네였군."

"……."

"선물을 사서 약속한 대로 이브 전날에 오노의 집으로 찾아갔네. 그런데……."

오노의 아내는 남자와 바람이 나서 도망치고 없었다. 사토미는 적잖이 당황했다. 이래서는 대리인에게 선물을 전해줄 수 없다. 만일 대리인이 대신 준비했더라도, 실제로 위험을 무릅쓰면서까지 에미에게 선물을 전해주려 할까. 불안은 커져만 갔다.

"그래서 그 집을 찾아간 걸세. 자네 모습을 보고 대리인이라는 걸 알았네. 하지만 내 차림새가 문제였지. 한밤중에 주택가를 어슬렁거리면 괜한 오해를 살지도 모른다는 생각에 경비원 제복을 입고 간 건데, 일을 더 복잡하게 만들었어. 고맙다는 인사를 하려고 했는데 쫓아버린 셈이니까."

사토미는 작게 웃었다.

제야의 종소리가 들렸다. 텔레비전에서 흘러나온 소리였다.

〈송년의 밤〉 프로그램이 시작되어 어느 깊은 산속 절의 모습이 화면에 비쳤다.

사토미는 깊이 머리를 숙였다.

"이 일은 제발 비밀로 해주게. 어디서 어떻게 에미의 귀에 들어갈지 모르니까."

"계속 감출 작정인가?"

"그러기로 마음을 먹었네. 에미에게 나는 아버지를 죽인 사람이나 마찬가지니까. 나도 그런 생각이 들 때가 있어. 못 본 척할걸 그랬다. 그때 왜 알아채지 못했던 걸까. 다른 도둑들과는 다르다는 걸. 나이도 먹을 만큼 먹은 남자가 여자애들이 가지고 노는 인형을 훔친 데는 필시 이유가 있었을 텐데……."

"……."

"그리고 아이의 꿈을 깨고 싶지 않네. 그때 아버지가 찌른 경비원이 산타라는 걸 알면 실망이 크겠지. 나에게 미움이나 죄책감을 느낄지도 모를 일이야. 그러니까 이렇게 부탁하네. 제발 비밀로 해주게."

"걔도 이젠 어린애가 아냐."

"뭐라고……?"

마카베는 자리에서 일어났다.

주머니에서 핑크색 편지 봉투를 꺼내 탁자에 내려놓았다.

신발을 신는데 등 뒤에서 흐느끼는 소리가 들렸다.


저에게 산타 할아버지는 돌아가신 아빠만큼 소중한 분이에요.


마카베는 돌아보지 않고 새해 참배객들로 북적거리는 한밤중의 거리로 사라졌다.

유언遺言

# 1

2월 15일.

찬바람이 수그러든 그날이 마유즈미 아키오의 기일이 되었다. 어둑어둑 땅거미가 내리는 초저녁에 빈집을 터는, 이른바 초저녁 털이 수법으로 한창 주가를 올리던 사내였다. 직업 도둑의 최후라고 해봤자 고독사나 옥사 중 하나였지만, 스물여덟 살의 마유즈미는 보드라운 오후의 햇살이 내리쬐는 깨끗한 침대 위에서 숨을 거뒀다. 단, 집이 아니라 병원 침대였다. 가리야혼마치 일대를 주름잡는 하쿠지카이에게 몰매를 맞은 게 작년 9월의 일이었다. 사인은 폭행으로 인한 경막하출혈이었다. 이 요쓰바 병원에 구급차로 실려 온 뒤로 지난 다섯 달 동안 혼수상태에 빠져 있었다.

마카베 슈이치는 침대 옆에 서서 백지장처럼 허연 마유즈미의 얼굴을 내려다보았다.

귓속에서 게이지가 침울하게 말했다.

(어떻게 이래. 문병을 왔더니 죽어버리는 게 어디 있어…….)

〈그러게.〉

마카베는 담담하게 대꾸했다.

설마 마유즈미의 임종을 지키게 될 줄은 몰랐다. 의식이 없는 마유즈미가 마카베의 이름을 부른다는 소문을 들은 게 한 달 전이었다. 지난 며칠 동안 게이지는 그래도 한 번은 가봐야 하지 않겠느냐며 귀가 따갑도록 졸라댔다. 게이지는 마유즈미가 앞으로 건널 삼도천 너머에 있는 셈이니, 예감보다 더 강한 뭔가를 느꼈던 건지도 모른다.

간호사는 아직 오지 않았다. 숨이 끊어진 건 분명했지만, 아직 의사가 사망 선고를 내리지 않았다. 야쿠자에게 몰매를 맞아 실려온 도둑의 죽음……. 이 병실로 서둘러 달려올 의사가 있을 리 없었다.

(그나저나 이해가 안 가네.)

〈뭐가?〉

(마유즈미하고는 한 번 본 사이잖아. 그런데 왜 의식도 없는 상태에서 형 이름을 부른 거래?)

1년 전이었다. 정보를 얻기 위해 마카베가 먼저 마유즈미를 찾아갔다. 마유즈미는 껌을 짝짝 씹으며 '나한테 무슨 볼일? 동업자끼리 이렇게 얼굴 맞대서 좋을 게 없을 텐데?'라고 대꾸했다. 두 사람은 작은 거래를 하고 헤어졌다. 단지 그뿐인 관계였기에 마유즈미의 주검을 앞에 두고도 아무런 감정이 들지 않았다. 이 자리를 떠나지 않는 건 게이지가 말한 의문을 마카베 역시 느꼈기 때문이었다.

한참이 지나서야 돌아온 간호사와 함께 수염이 덥수룩한 의사가 나타났다. 어찌나 어깨가 굽었는지 금방이라도 가운이 벗겨질 것 같았다. 병원의 방침인지 가슴에 은행원처럼 '요시다'라는 명찰을 달고 있었다.

요시다는 맥과 동공을 보고 사망을 확인하더니, 건성으로 합장한 뒤 간호사에게 몇 가지 지시를 내린 다음 마카베를 돌아봤다.

"아, 고인의 친척 되십니까?"

"아니."

"그럼 관계가 어떻게 되십니까?"

"한 번 만난 사이야."

"아, 그래."

요시다는 지기 싫다는 양 반말로 대꾸하더니, 마카베를 훑어보며 물었다.

"그럼 도둑 동료인가?"

마카베는 감정이 담기지 않은 눈빛으로 응수했다.

요시다는 소리 내어 웃었다.

"아, 미안하네. 경찰한테 들었어. 이 사람, 나이도 젊은데 꽤 유명한 도둑이었다면서."

"마카베."

"뭐?"

마카베는 마유즈미를 힐끗 보았다. 간호사가 코에서 관을 빼고 있었다.

"이 남자가 내 이름을 불렀다고 들었는데."

요시다는 손뼉을 쳤다.

"당신이 마카베로군. 맞아, 병원에 실려 왔을 때는 아직 의식이 있었어. 마카베를 불러달란 얘기를 몇 번이나 했었지. 하지만 우리가 무슨 수로 찾겠어."

마카베는 의사의 말을 끊으며 물었다.

"나를 불러달라고 부탁했다. 그게 전부인가?"

"아, 아니. 그거 말고도 두세 마디 더 했어. 당신한테 전하려던 말인지…….."

"뭐라고 했지?"

"그게…….."

요시다는 웃음기가 가신 얼굴로 가운 주머니를 뒤져 수첩을 꺼냈다.

"일단 적어놓긴 했는데 무슨 말인지 도통……. 판자 뒤. 그리고 보일러. 무슨 뜻인지 알겠나?"

마카베는 말없이 머릿속에 그 말들을 떠올렸다.

판자 뒤. 보일러.

요시다는 펼친 수첩을 내밀었다.

"좀 봐봐. 이거 말고도 많아. 이건 의식을 잃은 뒤에 한 말이라, 당신한테 한 말은 아닐 테지만."

마카베는 수첩을 훑어보았다.

아이짱, 극장때끼, 벙카치기, 우끼스, 썰물, 학꼬때끼, 빽따기, 나무꾼, 스기모토…….

요시다가 손가락으로 말들을 짚으며 말했다.

"아이라는 이름의 여자한테 극장에서 때끼, 했단 뜻인가? 여기까진 그렇다 쳐도 나머지 말들은 무슨 뜻인지 도통 모르겠어. 마지막의 스기모토는 사람 이름이겠지만."

마카베는 고개를 갸웃거렸다. 나열된 말들 옆에 휘갈겨 쓴 문장이 보였다.

아빠, 가지 마요, 아빠……

"이것도 마유즈미가 한 말인가?"

마카베의 물음에 요시다는 고개를 끄덕였다.

"4, 5일 전에 했던 말이야. 어린애 같은 목소리로."

마카베는 침대를 보았다. 욕설을 내뱉기 위해 존재하는 듯한 삐뚜름한 입술은 이미 하얀 천에 덮여 보이지 않았다.

"아, 가족 분이십니까?"

고개를 돌리자 비쩍 마른 남자가 숨을 헐떡이며 병실로 들어오는 게 보였다. "이 사람은……" 요시다가 간략하게 사정을 설명하자 아야세라는 이름의 40대 경리는 곤혹스러운 표정으로 마카베를 보았다.

"이 환자 아버지가 어디 있는지 모르나? 오늘까지 치료비를 한 푼도 안 냈어."

"경찰에게 물어보지그래."

"경찰에서도 모른다는군. 어머니는 오래전에 죽었고, 달리 형제도 없다는데……."

아야세는 한숨 섞인 목소리로 말하더니 연신 혀를 찼다.

"이거 참 큰일이군. 병원비를 어디서 받아내라는 건지……."

"얼만데?"

"거의 2백만 엔쯤 되네. 이 일을 어쩌면 좋을지. 도둑이 건강보험료를 냈을 리도 없고……."

마카베는 잠깐 생각하다 입을 열었다.

"지금 마유즈미의 아파트에 갈 건데 당신도 같이 갈 텐가?"

"어? 그럼 아버지도 거기 있나?"

"아니, 마유즈미는 혼자 살았어."

아야세는 힘없이 어깨를 떨궜다.

"그럼 집에 가봤자……."

"판자 뒤란 건 판자 뒤, 한마디로 돈을 숨겨놓은 장소를 뜻하는 말이야."

"뭐라고……?"

고개를 갸웃거리는 아야세 옆에서 요시다가 "그렇군!" 하고 외쳤다. 황급히 수첩을 펼쳐 아야세에게 마유즈미가 남긴 말들을 설명했다.

(형.)

곧바로 게이지의 목소리가 귓속에 울려 퍼졌다.

(오늘은 무슨 바람이 불어서 이런 친절을 베풀어?)

〈열쇠 대신 데려가야지.〉

(하긴, 병원 명함을 가진 사람하고 같이 가면 집주인도 문을 열

집을 나왔다.

(저기, 형…….)

택시가 상점가에서 빠져나오자 게이지가 쭈뼛거리며 말을 걸었다.

〈왜.〉

(별 사이 아닐 거야.)

〈뭐가?〉

(어깨가 안 붙었잖아. 내가 보기에 20센티, 아니 30센티미터는 떨어져서 걸었어.)

〈…….〉

(형.)

이번에는 마카베의 눈치를 살피는 듯한 목소리였다.

〈또 왜.〉

(요새 형은 좀 변한 것 같아.)

〈내가 변했다고……?〉

(그래. 저번엔 산타가 되어서 남을 돕더니, 이번에도 마유즈미를 위해 애쓰고 있잖아.)

〈…….〉

(지금이라면 새 출발 할 수 있어.)

〈…….〉

(그렇게 하자. 이번 기회에 손 털고 히사코하고 새 출발 해.)

〈됐어.〉

마카베의 말에 게이지는 버럭 성을 냈다.

(되긴 뭐가 돼! 이러다가 저 재수 없는 놈이 히사코를 채 가면 어쩌려고 그래.)

〈재수 없는 놈처럼 보이진 않던데. 너도 봤잖아.〉

(……)

〈잊어버려.〉

(형은 잊을 수 있어? 저런 괜찮은 여자는 이 세상 어딜 찾아봐도 없다고. 내가 사라질게. 그러면 히사코하고 같이 사는 데 문제 없잖아?)

〈그만하라니까.〉

게이지는 풀 죽은 목소리로 말했다.

(기껏 사라져줬더니…… 형이…….)

〈시끄러!〉

"어……?"

옆자리의 아야세가 마카베의 얼굴을 들여다보았다.

"뭐라고 했나?"

"아무 말도 안 했어."

마카베는 다시 정면을 바라보며 택시 기사에게 말을 걸었다.

"저기 보이는 건물이오."


# 3


집 안에는 냉기가 가득했다.

잡지. 박스. 냄비와 일회용 접시……. 마유즈미 아키오의 집 바닥에는 갖가지 물건이 나뒹굴고 있었다. '도둑이 들었던 집'이라는 표현이 어울리는 광경이었다. 하쿠지카이의 짓이 틀림없었다. 도둑맞은 테이프를 찾으려고 마유즈미를 족친 뒤에 한바탕 집을 뒤진 것이다.

"보다시피 꼴이 말이 아니에요."

집주인은 열쇠를 주머니에 넣으며 말했다. 손녀딸의 선물인지, 어설프게 짠 머플러를 소중히 목에 두르고 있었다.

"이 집 청년이 사라진 뒤에 곧바로 털렸어요."

"경찰에 신고는 하셨습니까?"

아야세가 신문하듯 물었다. 벌써 잡동사니를 치우고 보일러를 살펴보고 있었다. 얼굴이 하얗게 질린 건, 도둑들이 돈을 이미 훔쳐 갔을지도 모른다는 걱정 때문이리라.

"했죠. 형사들이 찾아오긴 했는데, 그 뒤로 아무 소식도 없어요."

"그래도 되는 겁니까?"

아야세는 새된 소리로 말하더니 울상을 지으며 마카베를 보았다.

"그 환자를 그렇게 만든 놈들과 이 집을 뒤진 놈들은 분명 같은 사람이잖아. 마유즈미 씨는 죽었어. 이건 명백한 살인이야. 그런데 경찰은 손 놓고 있는 건가?"

"당신이라면 어떡할 건가?"

마카베가 물었다.

"뭐라고……?"

"당신이 형사라면 좀도둑 하나 죽었다고 진지하게 사건을 수사하겠나?"

"아, 아니…… 그건…….."

이 집이 털린 것은 물론, 마유즈미가 야쿠자들에게 몰매를 맞아 생사가 위태로울 만큼 중상을 입었다는 이야기도 신문에는 기사 한 줄 실리지 않았다. 경찰이 기자들에게 발표하지 않았다는 뜻이었다. 도둑에게 인권 따위는 없다. 도둑 하나가 사라지면 그만큼 거리는 깨끗해진다.

마카베는 박스를 발로 차서 통로를 만들며 비좁은 욕실로 들어갔다.

황급히 뒤따라오는 발소리가 들렸다.

"그렇지! 보일러는 온수 보일러를 뜻하는 말이구나!"

욕조 옆의 온수기는 무참하게 부서져 있었다. 욕실 발판은 거꾸로 엎어져 있었고, 욕조 뚜껑도 마구잡이로 뜯어낸 것 같았다.

"아이고, 이를 어째."

아야세가 비명처럼 소리쳤지만, 마카베는 조심스레 허리를 굽히고 욕조 안의 급탕구에 손을 뻗었다. 이곳이 마유즈미가 말한 '판자 뒤'가 맞다면 운이 좋았다고 봐야겠지. 하쿠지카이에서 찾는 물건은 비디오테이프였다. 이곳은 테이프를 숨겨놓을 만한 장소가 아니라 자세히 보지 않은 것이리라.

마카베는 급탕구의 마개를 돌려서 뺐다. 안에 손가락 두 개를 넣자 손끝에 반질반질한 뭔가가 닿았다. 비닐이다. 뇌는 그렇게 말하고 있었다.

손가락 사이에 끼워 밖으로 빼내자 돌돌 만 비닐 꾸러미가 나왔다. 20센티미터쯤 되는 길이였다. 투명한 비닐이라 속이 들여다보였다. 만 엔짜리 지폐였다. 아야세가 감탄사를 흘렸다.

비닐 속에는 꼼꼼하게 정리한 돈뭉치 다섯 개가 들어 있었다. 하나당 만 엔짜리를 스무 장씩 고무줄로 묶어두었다. 나머지는 공책 낱장이었다. 양면에 조그만 글씨로 빼곡하게 뭔가가 적혀 있었다. '도둑 일기'였다. 언제, 어디서, 얼마나 벌었는지 지난 1년 동안의 범행 내용을 세세하게 적어놓은 것이었다. 마카베는 눈을 크게 뜨고 자세히 들여다보았다. 괘선 밖에 전화번호 자릿수와 일치하는 세 개의 숫자가 보였다. 제일 위에 있는 번호에는 취소선을 그어놓았다. 그 밑에 있는 게 새로운 번호라는 뜻인가.

"정말 고맙네!"

아야세는 지폐 다발을 품에 꼭 안고 있었다. 밀린 병원비를 반이라도 회수해 다행이라고 여기는 눈치였다. 하지만…….

"저기……."

간드러진 목소리에 돌아보자 집주인이 손을 비비며 서 있었다.

"저희도 월세가 밀려 있어서요. 다섯 달 치를 주셔야겠는데요."

"이봐요, 사람이 입원해 있는 동안의 월세까지 받겠다는 거요?"

아야세는 사돈 남 말하듯 눈을 부라리며 응수했다.

집주인도 물러서지 않고 입을 삐죽이며 대항했다.

"무슨 말씀을 그렇게 하십니까. 저희도 손해가 이만저만이 아니라고요. 마음 같아서는 방을 빼고 다른 세입자를 들이고 싶었지만 그나마 도리를 생각해서 그러지 않은 겁니다. 사람이 병원에 누워 있는데 쫓아낼 순 없지 않습니까."

"참 나, 누가 들으면 대단한 은혜라도 베푼 줄 알겠네. 우리는 의사와 간호사들이 달라붙어서 그 청년을 살리려 애썼단 말이오."

"어쨌든 못 살려냈잖습니까. 그쪽이야말로 뭐 대단한 일 하셨다고. 됐으니까 돈이나 주십시오. 다섯 달 칩니다. 22만5천 엔······."

집주인이 아야세의 손에서 돈을 낚아채려 했다.

"이게 무슨 짓이야! 그만두지 못해!"

아야세가 고함을 질렀고, 두 사람은 격하게 말다툼을 벌이기 시작했다.

(이 인간들이 정말······.)

풀 죽어 있던 게이지의 목소리가 고막을 쩌렁쩌렁 울렸다.

(라쇼몬이 따로 없구만! 죽은 사람 돈이나 탐내고!)

"집세를 줘."

마카베나 낮은 목소리로 말했다. 집주인은 신이 나 어깨를 으쓱했고, 아야세는 '무슨 소리야!' 하고 표정을 구겼다.

마카베는 몇 초쯤 허공을 보다 아야세에게 눈을 돌렸다.

"어차피 절반밖에 안 되잖아."

"뭐라고?"

"병원비는 2백만 엔이라면서."

"그런데······."

(형, 지금 무슨 생각하는 거야?)

마카베는 게이지의 목소리를 무시했다.

"마유즈미를 그렇게 만든 놈들한테 받아내면 돼."

(형!)

"자, 자네…… 범인이 누군지 아는 건가?"

"……."

"대체 그게 누군데?"

"돈 필요해, 안 필요해?"

"물론 필요하지. 그래도……."

아야세는 우물쭈물하며 마카베를 보았다.

마카베는 발길을 돌려 밖으로 나갔다.

(설마 혼자 블랙 빌딩에 가려는 건 아니지?)

〈…….〉

(대답하라니까!)

〈한마디 해주려는 것뿐이야.〉

(그만두라니까! 벌써 잊었어? 형도 마유즈미하고 같은 꼴을 당할 뻔했잖아. 죽을 뻔했다고.)

〈원인 제공자는 그놈들이야. 결과를 알려줘야지.〉

(쓸데없는 참견이라니까!)

마카베는 조용히 고개를 끄덕였다.

〈그놈이 쓰레기였던 건 맞아〉

(뭐……?)

〈하지만 죽었어.〉

(······.)

바깥은 어둑어둑했다. 채 열 걸음도 가지 않아 등 뒤에서 아야세의 목소리가 들렸다.

"잠깐만! 지금 택시 불러올 테니 기다리게!"

마카베는 아야세라면 어둠의 세계에서도 훌륭하게 경리로 먹고 살 수 있을지도 모른다고 생각했다.

# 4

가리야혼마치의 유흥가 이스트 거리. 그 번잡한 거리에 자리한 검은 외벽의 5층 건물, 블랙 빌딩은 옅은 어둠에 잠겨 있었다.

1층은 응접실이었다. 마카베의 시야 한구석에 부들부들 떠는 아야세의 무릎이 보였다. 맞은편 소파에는 고대 그리스 조각상을 연상시키는 잘생긴 얼굴의 남자가 앉아 있었다. 하쿠지카이의 넘버2 미카게 세이치였다.

"누가 죽었다고?"

"마유즈미 아키오. 후나도에서 활동하는 도둑이야."

미카게는 반응을 보이지 않고 시가 케이스에서 담배를 꺼냈다. 광대뼈가 튀어나온 덩치 큰 남자가 고양이처럼 허리를 굽히고 라이터로 담뱃불을 붙였다.

"모르겠는데."

미카게는 연기를 내뿜으며 말하더니 아야세를 보았다.

"이 사람 친구인가 보지?"

아야세는 놀란 듯 허리를 곧추세웠다.

"아니, 그냥 빚쟁이야."

"빚이 있나?"

"내가 아니라 마유즈미에게 받을 돈이 있어. 1백22만5천 엔쯤."

당치도 않다는 듯 아야세는 황급히 고개를 저었다.

미카게는 담뱃재를 털며 물었다.

"무슨 소린지 도통 모르겠군. 알아듣게 말해. 너랑 말장난할 정도로 한가하지 않으니까."

"비디오테이프는 찾았나?"

"덕분에. 지난주에 잘 마무리됐어. 어떤 늙다리 도둑이 밤마다 봤던 모양이야."

"그럼 다른 도둑들은 모두 무죄로군."

"그런 셈이지."

"마유즈미는 거기 휘말려 죽었어. 당신 부하들이 머리통을 부쉈지."

"이제야 무슨 말인지 알겠군."

미카게는 천연덕스럽게 대꾸했다.

"그 마유즈미라는 놈의 빚을 우리한테 갚으라는 거지?"

마카베는 고개를 끄덕였고, 아야세는 다시 고개를 도리도리 저었다.

"뭐 어려울 건 없지……."

미카게는 담배를 문 채 대답했다. 시가 끝이 빨갛게 타 들어갔다.

"조금만 기다려."

"얼마나?"

"어디 보자……"

생각에 잠긴 표정으로 미카게는 재떨이에 담배를 비벼 껐다.

"한 5년? 아니면 10년?"

마카베는 자리에서 일어났다. 옆자리의 아야세가 놀란 듯 숨을 삼켰다. 다리에 힘이 풀려서 일어나지 못하는 것 같았다.

미카게가 눈을 치켜뜨며 마카베를 보았다.

"가려고?"

마카베는 미카게를 내려다보았다.

"가리야 서에 들렀다가."

미카게는 어처구니없다는 듯 웃음을 터뜨렸다.

"제정신으로 하는 소리냐?"

"그래."

"짭새들이 꿈쩍이나 할 것 같아? 좀도둑이 열 명 죽어나가도 그놈들은 정시 퇴근할걸."

"이 건물을 압수수색할 빌미는 되겠지."

"뭐야……?"

"총기하고 약물 단속 실적을 올리려면 빡빡하지. 본부에서 닦달하면 제일 먼저 마유즈미 살인 치사 혐의로 수색영장을 받아 올걸."

미카게는 힐끗 천장을 보았다. 어디서 몰래 들여온 조잡한 토카

레프라도 숨겨둔 모양이었다.

"아, 아닙니다."

아야세는 새된 소리로 외치며 벌떡 일어났다.

"돈은 필요 없습니다. 못 들은 걸로 해주십시오. 불쑥 찾아와 실례가 많았습니다."

아야세는 두세 걸음 뒷걸음질 치다 휙 몸을 돌려 도망쳤다.

"거기 서."

미카게가 중후한 목소리로 말했다. 아야세는 총 맞은 사람처럼 그 자리에 멈춰 섰다.

"얼마를 주면 되는데?"

"1백22만5천 엔."

마카베가 대신 대답했다.

미카게는 옆에 있던 부하를 불렀다. 덩치는 불만스러운 표정을 지으며 옆방으로 갔다.

미카게는 고개를 돌려 마카베를 보며 말했다.

"하나만 묻지. 마유즈미란 놈이 네 친구였나?"

"한 번 만난 사이일 뿐이야."

미카게의 눈에 웃음이 번졌다.

"그런데 왜 네놈이 나서서 빚을 받는 건데?"

"사람을 죽였으면 저승길 노잣돈은 쥐여주는 게 도리지."

미카게는 눈을 가늘게 뜨며 물었다.

"마카베라고 했지? 우리 조직에 들어올 생각 없나?"

"없어. 나도 하나만 묻지."

"뭔데?"

"나무꾼 명단 가진 거 있나?"

"우리는 원래 노름 전문이야. 노점 쪽은 잘 몰라."

덩치가 두툼한 봉투를 들고 돌아왔다.

미카게는 봉투를 받아 마카베에게 건넸다. 마카베는 선 채로 얼어붙은 아야세의 가슴에 봉투를 안겼다.

응접실을 나가는 마카베의 뒤를 미카게의 목소리가 쫓았다.

"앞으로도 몸조심하고."

그 눈이 여전히 웃고 있는 건지 목소리만 들어서는 알 수 없었다.


# 5


밖으로 나오자 오후 6시였다.

블랙 빌딩에서 나온 마카베는 가리야혼마치 역으로 걸음을 옮겼다. 아야세는 밖으로 나와서도 계속 부들부들 떨더니, 인사도 없이 사라졌다. 앞으로 다시 볼 일은 없겠지.

게이지는 한숨을 내쉬었다.

(정말 십년감수했어.)

〈그런 말은 살아 있을 때 했어야지.〉

(하지만 그런 형이 싫진 않아.)

〈그럼 앞으로는 조용히 좀 있어.〉

(이제 어쩔 거야?)

어처구니없을 정도로 솔직한 여자였다.

공중전화 부스를 나온 마카베는 역 앞 라면 가게에 들어갔다. 카운터에 앉아 라면과 어제 신문을 달라고 했다.

스기모토가 체포되었다는 기사가 조그맣게 실려 있었다. 원래는 학꼬때끼였지만 차 안이 아니라 경륜장에서 수갑을 찬 모양이었다.

(이제 어쩔 거야? 준코라는 가게에 가볼래?)

〈소용없어. 그 여자는 마유즈미를 모른다고 했잖아.〉

(그렇지. 괜히 갔다가 뜯기기나 하겠지. 그래도 스기모토는 유치장에 들어갔고, 달리 알아볼 데도 없잖아.)

〈……〉

라면 가게에서 나와 손목시계를 보니 7시 반이었다. 한동안 벗은 코트를 옆구리에 끼고 걸었다. 뜨거운 국물로 속이 뜨뜻해진 데다 바람도 불지 않아서, 아직 2월 중순인데도 체감온도는 초봄에 가까웠다.

(오늘은 어디서 자게?)

〈가리야 서에 들를 거야.〉

(뭐? 서, 설마 하쿠지카이를 찌르려고?)

〈거기 유치장에 스기모토가 있다며.〉

게이지는 안도의 한숨을 내쉬었다.

(간 떨어지는 줄 알았네. 병원비까지 받아냈으면서 경찰에 찌르면 뼈도 못 추릴 거야.)

〈쓸데없는 상상 하지 마.〉

마카베는 편의점 모퉁이에서 꺾어 주택가로 들어갔다. 돌아가는 길이었지만 작업 도구를 가지고 형사1과를 찾아갈 수도 없는 노릇이었다.

(형은 그러고도 남을 사람이잖아. 아, 서에 가서 어쩌려고? 가 봤자 스기모토하고는 못 만날 텐데.)

〈소매치기 담당인 미노베를 만나봐야지. 스기모토와 마유즈미가 아는 사이라면 뭔가 아는 게 있겠지.〉

(아, 그랬지. 미노베는 예전에 일반 도둑들도 담당했었으니까 마유즈미에 대해서도 알겠네.)

경찰서 불빛이 보이기 시작하자, 마카베는 빈틈없이 주변을 둘러봤다. 코트 안에서 재빨리 드라이버를 꺼내 단독주택의 산울타리 사이로 찔러 넣었다. 돌기둥에서 일곱 걸음 떨어진 곳의 허리께 높이…….

위치를 기억하고 3분쯤 걸어 가리야 서에 도착했다. 마카베는 경찰서 뒤 주차장으로 가서 피의자 압송용 외부 계단을 따라 2층으로 올라갔다. 형사1과의 철문을 열자 일고여덟 명의 사복형사들의 시선이 쏟아졌다. "철벽의 마카베다." 낮은 목소리가 들렸다. 그러는 그들 역시 '곰'이라 불리는 절도계의 말단 형사였다.

마카베는 선수를 쳐서 미노베의 이름을 불렀다. 소매치기 전담 팀 자리에서 땅딸막한 남자가 거북목을 내밀었다.

안쪽 소파에 마주앉자, 미노베는 마카베의 속내를 가늠하듯 물었다.

"어쩐 일이야? 네 친구 죽은 것도 몰라?"

"알아."

"그럼 무슨 볼일인데? 나한테 신문당하고 싶어서 때끼로 전직했나?"

미노베는 농을 던졌다. 때끼란 소매치기를 뜻하는 은어였다.

"다른 팀인 당신한테 무슨 의리로."

마카베의 대구에 미노베는 유쾌하게 웃었다.

"그렇지, 실적 올려줄 거면 네 팬들한테 가봐. 난 지금 배부르니까."

진심일 터였다. 스기모토 가쓰히코를 잡아넣었기 때문이었다.

마카베는 목소리를 낮추며 물었다.

"초저녁털이 마유즈미가 죽었어."

"아, 들었어. 아까 병원에서 연락이 왔다고 하더군. 싸움에 휘말려서 병원에 실려 갔다는 이야기는 들었는데, 설마 그렇게 가버릴 줄이야. 꽤 솜씨 좋은 기술자로 컸다면서. 다른 서에서도 혀를 내두르더라고."

흡사 아까운 인재를 잃었다는 투였다.

마카베는 앞으로 당겨 앉으며 미노베와의 거리를 좁혔다.

"마유즈미가 소매치기를 했던 적이 있어?"

"어릴 적에 잠깐 했었지. 잘나가는 기계의 똘마니였어."

"당신 배를 불려준 그놈?"

"그렇지."

"골드핑거가 붙잡힌 건 5년 만인가?"

"6년이야. 그동안 초등학교 1학년이었던 딸내미가 벌써 중학생이 됐지."

미노베는 기쁨을 숨기지 않았다. 조사도 순조롭게 진행되는 눈치였다.

마카베는 다시 본론으로 돌아왔다.

"마유즈미의 아버지도 소매치기였나?"

"아니, 전문 노점꾼이었다고 들었는데."

"지금 어딨지?"

"난들 아나. 8년 전…… 마유즈미가 스무 살 때 사라졌대."

"스무 살이면 마유즈미가 데뷔한 해로군."

"그래, 아들내미가 데뷔하자마자 사라졌어."

"아버지는 몇 살이지?"

"지금은 여든 노인일 거야."

"여든……."

머릿속에서 지웠던 '후타고다케 요양병원'이 다시끔 떠올랐다.

"마유즈미를 늦게 봤어. 쉰이 넘어서 알코올중독 스트리퍼한 테서 자식을 봤는데, 그 여자가 1년도 안 지나서 전철에 뛰어들었 지. 그래서 마유즈미는 어릴 때 고아원을 들락거리며 살았을 거 야."

아빠, 가지 마요, 아빠…….

마카베가 입을 다물자 미노베는 퍼뜩 정신이 든 표정을 지으며 물었다.

"아니, 네가 왜 마유즈미의 가족사를 캐는 건데?"

"……."

미노베의 눈에 호기심이 어렸다.

"자식이 죽었다는 소식을 전해주려고?"

"비슷해."

"어이구, 웬일이야. 이제 손 털려고?"

"……."

"난 적극 권하지만 네 담당들은 실망이 크겠군. 마유즈미가 죽은 데다 너까지 손 털면 장사 접어야 할 판이야."

말하지 않아도 사방에서 쏟아지는 시선을 느끼고 있었다. 모두 주린 배를 움켜쥐고 있었다. 특히 대각선 방향에서 쏟아지는 눈빛은 굶주린 짐승의 그것 같았다. 도깨비 얼굴의 마부치…….

"요시카와가 죽은 뒤에 널 독식하려는 놈들이 한둘이 아냐. 몸조심해라."

미노베는 속삭이듯 말하더니 들뜬 걸음으로 신문실을 향해 걸어갔다.


# 6


바람이 불지 않아서 밤하늘은 잔뜩 흐렸다.

(형…….)

〈왜.〉

(오늘 밤엔 어디서 잘 거야? 날도 안 추운데 이타미나 갈까…….)

뭔가 다른 생각을 하는 눈치였다.

마카베는 주택가로 들어갔다. 아닌 게 아니라 여기서 이타미 여관까지는 가까웠다. 묻지도 따지지도 않고 하룻밤 3천 엔에 잠자리를 제공하는 건 좋았지만, 외풍이 심해서 한파가 심했던 지난 보름 동안은 멀리했었다.

(마유즈미도 참 불쌍한 인생이네.)

게이지는 우울한 목소리로 말했다.

〈이제 와 동정해서 뭣해. 이미 죽은 놈이야.〉

(그러니까 더 불쌍하지.)

〈……〉

(그 아버지한테 마지막 말은 전해줘야 할 거 아냐. 아빠, 가지 마요…….)

마카베는 쯧 하고 혀를 찼다.

〈녀석은 몇 번이나 고아원에 버려졌어. 아버지를 원망할 거란 생각은 안 들어?〉

문기둥에서 일곱 걸음 떨어진 곳. 마카베는 허리께의 산울타리에서 드라이버를 꺼내 품에 넣었다.

(하지만 전해주고 싶어도 찾을 단서가 없네. 대체 마유즈미의 아버지는 어디 있는 거지? 아니면 죽은 건가? 벌써 여든 가까운 나이라며.)

마카베는 철로 옆길로 나왔다. 이타미 여관으로 가는 지름길이었다.

〈아마 요양병원에 있을 거야.〉

(뭐……? 아까 전화 받은 여자는 분명 없다고 했잖아.)

〈좀 모자란 여자였어.〉

(그야 의심도 없이 묻는 말에 순순히 대답하긴 했지만…….)

〈마유즈미가 아닌, 다른 이름으로 입원했을 가능성도 있단 소리야.〉

(아, 마유즈미가 어머니의 성일 가능성도 있다는 뜻이야?)

〈아니.〉

마카베는 딱 잘라 부정했다.

(그럼 가명이라고?)

〈그게 아니라.〉

(아님 뭔데?)

〈미노베가 했던 말 기억 안 나?〉

(어? 별말 없었던 것 같은데…….)

〈마유즈미가 데뷔한 해에…….〉

마카베는 숨을 삼켰다.

뒤에 누군가가 있다. 마카베와 호흡을 맞춰 따라오는 이가 있었다.

마카베는 걸음을 멈췄다. 뒤따라오던 발소리도 멎었다.

돌아봤다.

10미터쯤 떨어진 곳에 한 사내가 서 있었다. 아까 하쿠지카이 응접실에서 봤던 '덩치'였다. 덩치는 트렌치코트 주머니에 손을 넣고 마카베를 뚫어져라 바라보고 있었다.

귓속에서 겁을 집어먹은 게이지의 목소리가 들렸다.

(미행한 거야! 이제 어떡해! 경찰서로 들어간 걸 보고 형이 자

기들을 팔아넘겼다고 생각할 거야!)

경찰에 찌르는 즉시 처리해. 미카게가 그런 명령을 내렸다면, 코트 주머니 안에서는 분명 응접실 천장 위에 잠들어 있던 토카레프가 빛나고 있는 것이리라.

덩치는 걸음을 멈추고 움직이지 않았다. 주머니에서 오른손을 뺄 기미도 보이지 않았다. 그 뒤로 다가오는 열차가 보였다. 뒤에서 쏟아지는 빛을 받아 어둠에 녹아들었던 덩치의 윤곽이 희미하게 드러나기 시작했다.

단순한 미행. 그럴지도 모른다.

마카베는 다시 앞을 보고 천천히 걸음을 옮겼다. 등 뒤의 발소리가 다시 하나로 겹쳐졌다. 다가오는 열차 소리가 두 사내의 발소리를 덮쳤다.

그제야 알아챘다. 철도 옆길로 들어선 뒤 처음 열차가 지나가는 것이란 사실을. 덩치가 노리는 게 열차 소리에 총소리를 묻는 거라면…….

열차 소리가 굉음으로 변하고 있었다. 등 뒤의 발소리는 열차 소리에 묻혀 들리지 않았다. 5미터쯤 앞에 왼쪽으로 꺾어지는 골목이 보였다. 생각을 접고 냅다 뛰었다. 땅을 뒤흔드는 굉음과 함께 열차가 마카베를 앞질러 지나쳤다.

(쏘려나 봐!)

실제로 덩치가 총을 쏘았는지는 알 수 없었다. 골목으로 들어선 마카베는 구불구불 복잡한 길을 지나 큰길로 나갔다.

몇 분 뒤에는 환한 가로등 아래를 걷고 있었다. 9시 반, 거리에는 헌팅을 하려는 젊은이들이 여럿 보였다.

(따돌린 거지……?)

〈아마도.〉

마카베가 그렇게 말했을 때였다. 뒤에서 다시 발소리가 들렸다.

(형, 어쩌지……!)

〈보기와 달리 날쌘 놈이군.〉

(이제 어쩔 거야? 이대로 가다간 죽을지도 몰라.)

〈진정해. 여기선 못 쏴.〉

여기서는 쏘지 못하겠지만, 기회가 찾아올 때까지 끈질기게 따라다닐 것이 분명했다. 등 뒤의 발소리에서는 굳건한 의지가 느껴졌다.

(형…….)

〈징징대지 마.〉

50미터쯤 떨어진 곳에 지구대가 있다는 사실은 알고 있었다.

등 뒤에 온 신경을 집중하며 걸음을 옮겼다. 지구대의 빨간 불빛이 가까워졌다. 입초를 서는 제복 경찰의 모습이 보였다. 기계적으로 시키는 일이나 하는 게 아니라, 기회만 생기면 점수를 따서 이곳에서 벗어나겠다는 야심을 불태우는 눈이었다.

마카베는 코트 주머니의 드라이버를 꺼내 안감 사이에 넣었다. 머릿속에 떠오른 건 비단 경범죄 처벌법의 내용만은 아니었다.

마카베의 모습은 이미 제복 경찰의 시야에 들어왔을 터였다. 가까이 다가가자 경찰은 고개를 돌렸다. 눈이 맞은 순간, 마카베는 손으로 얼굴을 가리며 등을 구부리고 냅다 뛰는 시늉을 했다. '거

동이 수상한 자는 불심검문의 대상이 될 수 있으며…….'

경찰이 왼손을 옆으로 벌리며 말했다.

"잠시 실례하겠습니다."

# 7

가리야 서 2층. 한밤의 유치장은 냉골이었다.

오늘 밤 잠자리는 이타미 여관이 아니라 '3호실'이 되었다. 마카베는 곰팡내 나는 담요를 두르고 누워, 감시대에 앉은 안경잡이가 잠들기를 기다렸다.

옆자리에서 스기모토 가쓰히코의 규칙적인 숨소리가 들렸다. 우연을 노린 건 아니었다. 가리야 서에서는 공범 관계가 아닌 한, 동종 범죄 피의자를 같은 방에 수감했다. 동업자끼리 나누는 대화에서 뭔가 건질까 기대하는 것이다. 감시 경찰은 귀를 쫑긋 세우고 그 대화를 엿듣다 조사에 유리한 정보가 나오면 담당 형사에게 보고한다.

(역시 형은 대단해. 그 덩치, 지금쯤 속이 부글부글 끓겠지? 거기다 스기모토까지 찾았잖아. 이런 걸 뭐라고 하지? 일석이조? 일거양득?)

코트 안감에 숨긴 드라이버를 찾아낸 제복 경찰은 속으로 만세를 불렀으리라. 경범죄 처벌법 제1조 3항 '타인의 집이나 그 밖의 건조물에 침입하는 데에 사용될 수 있는 연장이나 기구를 정당한 이유 없이 숨겨서 지니고 다니는 사람.' 어차피 죄라고 하기에도 무색한 경범죄였다. 경찰의 실적 올리기에는 도움이 됐겠지만, 여죄라도 털어놓지 않는 한 기소당할 우려는 없었고, 48시간의 구류기한이 끝나면 밖으로 나갈 수 있었다. 마부치라면 전과와 주소 불명을 이유로 석방을 미루자고 할 것 같았지만, 설령 그렇게 되더라도 검사 구류 기간인 열흘 동안 묵비권을 행사하면 된다.

안경잡이 경찰이 꾸벅꾸벅 졸기 시작했다. 10분쯤 상황을 지켜보던 마카베는 잠든 스기모토를 흔들었다. 50대 중반의 통통한 남자였다.

"어…… 어…….."

스기모토는 물개처럼 끙끙대며 눈을 떴다. 마카베는 쉿, 하는 시늉을 하며 감시대를 힐끗 보았다. 깊이 잠든 것 같았다. 다행히도 옆방에서 천장이 꺼져라 코 고는 소리가 들렸다.

마카베는 목소리를 최대한 낮추고 스기모토의 귀에 속삭였다.

"깨워서 미안하군. 물어볼 게 있어."

"넌…… 누구냐?"

"그건 알 거 없고, 마유즈미 아키오에 대해 말해봐."

"혹시 너……. 그래, 사진에서 봤어. 철벽이라는……."

"마유즈미가 죽었어."

"뭐? 아키오가 죽었어?"

스기모토는 벌떡 일어났다. 한동안 생각에 잠긴 표정이었지만, 마유즈미의 죽음을 슬퍼하는 것 같지는 않았다.

"말해달라면 해줄 수도 있어. 하지만……."

없는 것이나 마찬가지인 희미한 불빛 속에서 스기모토는 마카베의 아랫도리를 지그시 바라보았다.

　"너도 많이 쌓였지? 내가 풀어줄게."

　옆방에서 들려오는 드르렁 소리가 작은 침묵을 깼다.

　마카베는 씩 웃으며 말했다.

　"골드핑거라더니, 그쪽 말하는 거였어? 준코는 당신이 이러고 다니는 줄 아나?"

　"그 여편네한테도 섭섭지 않게 해줬어."

　성난 듯 말하더니, 스기모토는 다시 아양을 떨듯 마카베를 보았다.

　"어쩔 거야? 좋지?"

　"묻는 말에 사실대로 대답해주면 생각해보지."

　"오케이! 뭐든 물어봐!"

　마카베는 다시 쉿, 하는 시늉을 하며 조용히 물었다.

　"마유즈미의 아버지와는 아는 사인가?"

　"물론이지. 마유즈미 고사부로라고, 난 그 양반 수제자였어."

　스기모토는 뻐기듯 코를 벌름거렸다.

　"그 아버지는 노점꾼이었다고 들었는데?"

　마카베의 말에 스기모토는 정색하며 반박했다.

　"때끼 맞아. 그 양반은 천재적인 기계였어."

　"경찰이 모르는 소매치기가 있나?"

　"그러니까 천재지. 한 번도 잡힌 적이 없었어. 기억해둬. 진짜 천재란 그런 사람을 말하는 거야. 하지만……."

　스기모토의 표정이 어두워졌다.

"경찰에 붙잡힌 적은 없지만, 딱 한 번 치명적인 실수를 저지른 적이 있었지."

마유즈미 고사부로의 절정기에 일어난 일이었다. 혼잡한 역 안에서 상대를 물색하던 고사부로는 하필 전문 도박꾼의 주머니에 손을 댔다. 물론 상대가 누구인지 모르고 저지른 일이었다. 지켜보는 눈이 많은 노름판에서 자유자재로 화투장을 만져 원하는 패를 쥐는, 그 역시 천재라 불리던 사내였다.

마유즈미 고사부로는 1초도 안 되는 찰나의 승부에서 패배했다. 겉옷 안주머니로 날아가던 손을 잡아챈 사내는 사부로의 오른손 손가락 다섯 개를 망치로 찍어버렸다.

"손이 그 모양인데도 가위를 잡고 원예사가 됐어. 얼마나 손재주가 좋았는지 짐작이 가지?"

마카베는 고개를 끄덕였다.

"지금 어디 있지?"

"그건 몰라……."

갑자기 스기모토는 말을 흐렸다.

마카베는 스기모토의 눈을 들여다보며 물었다.

"마유즈미 아키오가 초저녁털이로 데뷔한 그해, 고사부로는 자취를 감췄어. 그렇지?"

"……그래."

"마유즈미는 아버지와 당신에게 물려받은 소매치기 기술을 버렸어. 내 말이 틀렸나?"

"그런 셈이지……."

"마유즈미가 버린 건 그게 다인가?"

스기모토는 눈을 돌렸다. 당황한 기색이 역력했다.

"난 몰라. 무슨 일이 있었는지는 몰라. 당시에는 그 양반도 뇌경색으로 몸 한쪽을 못 썼어. 그 몸으로 혼자 어딜 가진 못했을 거야. 하지만 그렇다고 아키오가…… 설마 아키오가…… ."

산에다 버린 것이다.

현 북부의 후타고다케 산으로 아버지를 데리고 가서 버리고 왔다. 어릴 적 자신이 고아원에 버려졌던 것처럼.

숨을 삼키는 소리가 들렸다. 그때부터는 아무 소리도 들리지 않았다. 귓속에 적막이 찾아들었다.

새벽 무렵, 마카베의 아랫도리를 슬그머니 만지는 손길이 느껴졌다. 그 손가락 관절은 움직일 때마다 이상한 방향으로 틀어지며 기분 나쁜 소리를 냈다.


# 8

2월 16일.

날이 밝았지만 바람은 불지 않았다. 마카베는 48시간을 다 채우지 않고 아침 일찍 풀려났다. 뜻밖에도 마부치의 지시였다. 마카베에게 빚을 지울 속셈인 것이다. 다음에 절도로 붙잡혀 왔을 때 자백해서 오늘 빚을 갚아라. 유치장에 나타난 도깨비 얼굴에는 그렇게 쓰여 있었다.

마카베는 경찰서 안 공중전화로 택시를 불렀다. 현관 앞에 차를 대자 허리를 굽히고 재빨리 올라타 옆 동네의 오타니 역까지 가자고 했다. 거기서 열차를 타고 가리야혼마치 역으로 되돌아와, 북쪽으로 가는 노선으로 갈아타고 후타고다케 산으로 향했다. 덩치의 모습은 보지 못했다. 하지만 '보지 못했다'와 '없었다'가 반드시 같은 의미라는 보장은 없었다.

흔들리는 열차를 타고 두 시간쯤 달렸다. 후타고다케 요양병원은 물 좋고 공기 좋은 후타고다케 산자락에 있었다. 3층 콘크리트 건물로, 2층의 일부 창문에는 쇠창살이 달려 있었다.

"신원불명 환자요? 아, 다케야마 이치로 씨 말씀이시구나."

접수처의 젊은 여자가 해맑게 말했다. 목소리와 마카베의 신분을 전혀 묻지 않는 무방비한 태도를 보아하니 어제 전화를 받은 여자였다.

여자는 다케야마 이치로가 어떠한 내력을 가진 환자인지도 술술 털어놓았다. 그는 8년 전 여름날에 후타고다케 산 중턱에서 발견됐다. 극도로 쇠약해진 상태에서 동네 아이에게 발견됐다고 한다. 평소 사람의 발길이 드문 곳이었지만, 작은 나무들이 숲을 이룬 그곳에 아이들이 군침을 흘리는 사슴벌레가 서식하고 있던 덕에, 그는 기적적으로 구출됐다.

노인은 자신의 이름도, 주소도 모른다고 했다. 지역 신문에서 기사를 내보냈지만, 가족이나 지인의 연락은 없었다. 유기 사건일 가능성이 크다고 보고 경찰도 나섰지만, 전설의 소매치기이면서도 전과가 없었던 그의 이력이 재앙으로 작용했다. 다케야마 이치로라는 이름은 동네 이장이 지어줬다. 뇌경색 후유증에다, 지난 몇 년 사이 치매까지 와서 지금은 말도 제대로 못한다고 했다.

마카베는 간호사의 안내를 받아 병실로 향했다. 아는 사람일지도 모르니 얼굴을 보고 싶다고 했다. 간호사를 따라 2층으로 갔다. 창문에 쇠창살이 달린 큰 병실이었다.

"이따금 난동을 부리셔서······."

간호사는 변명하듯 중얼거리더니 문 오른쪽의 침대를 보았다.

"어떠세요? 아는 분이 맞으세요?"

마카베는 노인의 얼굴을 보았다.

주름투성이 얼굴이었다. 눈도, 코도, 입도, 모두 조각칼로 새긴 듯 진한 주름에 파묻혀 있었다. 오른손을 보았다. 쪼그라든 곶감 같은 손이었다. 그 손에서 부서진 관절의 흔적을 찾기란 쉽지 않아 보였다.

"사람을 잘못 본 모양이오."

마카베의 말에 간호사는 어깨를 떨궜다.

"그렇군요······. 하지만 이것도 인연은 인연이니까 잠깐 얘기라도 나누다 가세요."

'다케야마 이치로'는 침대에 기대 나무 쟁반 위에서 종이학을 접고 있었다. 오른손은 거의 움직이지 않고 왼쪽 손으로만 접고 있었다. 손끝을 천천히 움직이는 모양새가 마치 슬로모션 영상 같았다.

"하루 일과세요. 하루에 한 마리밖에 못 접지만요."

간호사가 담요를 다시 덮어주며 말했다.

담요를 덮은 다리 쪽에 완성된 종이학이 걸려 있었다. 실에 꿰어 연결해놓은 것 같았다. 마카베는 매달린 종이학의 수를 셌다. 모두 열다섯 마리…….

벽면도 종이학으로 뒤덮여 있었다. 버드나무 가지처럼 늘어진 종이학의 무리는 예전 텔레비전인가 어딘가에서 보았던 나이아가라 폭포를 연상시켰다.

간호사가 창가에 앉은 노인에게 다가갔다.

마카베는 그 틈을 놓치지 않고 유일하게 주름을 비껴간 커다란 귀에 대고 물었다.

"마유즈미 고사부로지?"

반응은 없었다.

마카베는 뜸 들이지 않고 바로 말했다.

"마유즈미 아키오가 죽었어."

느릿하게 움직이는 손가락은 멈추지 않았다.

마카베는 자리에서 일어났다. 간호사가 뭐라고 했지만 무시하고 병실을 나왔다. 계단을 내려가 로비를 가로질러 건물 밖으로 나왔다.

역까지 가는 길은 외길이었다. 완만한 언덕길을 내려갔다.

게이지가 조용히 한숨을 쉬었다.

(겹치는 데가 있긴 하네…….)

〈뭐가?〉

(이름말이야. 다케야마 이치로와 마유즈미 고사부로. 모르고 붙인 이름인데 끝에 '로'가 들어가잖아.)

〈어.〉

(소매치기에 원예사, 이제는 종이학이라……. 왠지 안됐어. 끝까지 손에서 뭘 놓지 못하잖아.)

〈…….〉

(그래도 난 다행이다 싶어. 저 양반이 치매에 걸려서. 제정신이면 충격이 클 거 아냐. 아들이 자기보다 먼저 죽었다는 소식을 들으면.)

〈마유즈미는 그걸 바랐던 거야. 아버지에게 최대의 복수를 하려던 거야.〉

(아냐! 마음속으로는 이미 용서했을 거야. 도둑 일기에 병원 전화번호를 적어둔 거 못 봤어? 마음 한구석으로는 후회하고 있었어, 아버지를 산에 버린 걸…….)

마카베는 한동안 생각에 잠겼다 입을 열었다.

〈게이지…….〉

(왜?)

〈벽에 걸린 종이학이 모두 몇 마리였지?〉

(어……?)

〈안 세어봤어?〉

(아니, 대충 셌어. 실 하나에 스물여덟 마리에서 서른한 마리를 꿰었고, 그게 92줄 있었으니까, 약 2천7백 마리네.)

〈침대에 걸려 있던 건 모두 열다섯 마리였어.〉

(응, 그랬어. 그게 왜?)

〈마유즈미 고사부로는 열여섯 마리째 종이학을 접고 있었어.〉

(그게 뭐?)

〈오늘이 며칠이지?〉

(2월 16일……. 아!)

〈28에서 31이란 숫자는 뭘 의미할 거 같아?〉

(달력!)

〈그럴 거야.〉

(그, 그럼 마유즈미 고사부로는 제정신인 거야?)

게이지의 목소리가 떨렸다.

마카베는 걸음을 멈추고 후타고다케 요양병원을 돌아봤다.

92줄은 92개월을 뜻한다. 2천7백 마리는 2천7백 일. 마유즈미 고사부로는 아들이 데리러 와주기를 기다렸다.

(그럼 왜 말 안 했어!)

〈뭘.〉

(유언 말이야. "아빠, 가지 마요, 아빠……." 그 말을 해주지그랬어! 죽었다는 소식만 전하는 건 너무 잔인하잖아!)

마카베는 고개를 돌려 다시 역으로 걸어갔다.

〈난 끝까지 원망했다는 데 걸겠어. 마유즈미의 유언은 자기가 죽었다는 소식만 알려달라는 거였어.〉

게이지의 성난 목소리가 머리 전체를 뒤흔들었다.

마카베는 코트 깃을 세웠다. 갑자기 불어닥친 바람이 마유즈미의 장례가 끝났음을 고하는 것 같았다.

행방行方

# 1

3월 19일.

이제 곧 출소한 지 1년이 된다. 이날 밤 마카베는 이타미 여관에 있었다. 2층 8호실의 비좁은 방. 게이지는 아까부터 침묵을 지키고 있었다. 생각지도 못한 손님이 찾아왔기 때문이었다.

"전에 레이코한테 들었어."

안자이 히사코는 안으로 들어오지 않고 문지방 앞에 앉아 있었다. 평상복이라기보다는 집에서 입는 옷에 가까웠다. 터틀넥 스웨터에 중간 길이의 수수한 치마. 그 위에 얇은 반코트를 걸쳤다. 언뜻 보기에는 집 앞 편의점에 가는 차림새였지만, 히사코가 사는 후쿠쥬장은 이곳에서 세 정거장이나 떨어져 있었다.

자고 갈 거면 미리 말해줘야 해. 히사코를 2층으로 안내한 여관 주인은 쪼글쪼글한 얼굴에 능글맞은 미소를 지으며 말했다. 오후 10시에 여자 손님. 다른 사람이 봐도 오해할 만한 상황이었다. 하지만 히사코는 코트조차 벗지 않았다. 어딘가 겁에 질린 표정으로 책상다리를 하고 앉은 마카베의 무릎 언저리를 보고 있었다.

"무슨 일 있어?"

마카베의 물음에 히사코는 작게 고개를 끄덕였다.

"⋯⋯있어."

"말해봐."

"무서워. 누가 날 미행하는 것 같아."

미행⋯⋯?

금방 몇몇 형사의 얼굴이 떠올랐다. 다음 달은 지역의 모든 절도계 형사들이 검거 실적을 가지고 경쟁하는 '절도 사범 집중 단속의 달'이었다. 마카베를 노리고 전 애인을 미행해 거처를 파악하려는 건가. 그렇다면 형사의 작전은 성공을 거뒀다고 봐야겠지.

마카베는 창문을 돌아보았다.

여관 앞길에서 사람의 기척을 느꼈기 때문이었다. 형사들은 지켜볼 뿐 바로 움직이지 않는다. 알고는 있었지만, 남이 자신의 행동을 지켜보고 있다는 불쾌함은 시간이 지나도 익숙해지지 않았다.

눈치를 챘는지 히사코는 말을 이었다.

"경찰은 아냐."

"그럼 누군데?"

"스토커 같은 사람."

마카베는 한 박자 쉬었다 대답했다.

"번지수 잘못 찾은 거 아냐?"

한 달 전 보았던 광경이 눈앞에 떠올랐다. 히사코와 30대 중반

사코가 마음을 돌리지 않자 형과 인연을 끊겠다고까지 했다. 동정심에 가슴이 아프기도 했지만, 히사코의 결심은 굳건했다. 인연이 아닌가 보다 생각하세요. 그렇게 말하고 전화를 끊었다. 하지만⋯⋯.

그것으로 끝나지 않았다.

"다음 날부터 매일같이 전화가 왔어. 동생과 결혼해라, 시키는 대로 안 하면 가만 안 두겠다. 집에 오면 바로 전화벨이 울려."

쿵쾅거리는 가슴을 진정시키려는 듯, 히사코는 두 손으로 가슴을 눌렀다.

마카베가 물었다.

"형이야, 동생이야?"

"나도 모르겠어. 혹시 구노 씨 짓이 아닐까 의심했어. 하지만 아니었어. 마음 단단히 먹고 구노 씨네 가게로 찾아갔거든. 그 사람은 그런 짓 할 수 있는 사람이 아냐. 전화 얘길 했더니 머리끝까지 화가 나선, 형을 찾아내 다시는 그런 짓 못 하게 하겠다고 했어."

하지만 그 뒤로도 협박 전화는 계속 걸려왔다. 히사코가 전화를 받지 않자, 이번에는 우편함에 '뒈져', '걸레'라고 쓴 종이를 넣어 놓았다. 한번은 신이치로가 집까지 찾아왔다고 했다. 지로와 다시 시작하라며 버럭버럭 고함을 질러댔다. 이웃의 도움을 받아 간신히 내쫓았지만, 공포심은 히사코의 가슴을 떠나지 않고 날로 커져만 갔다. 누가 날 감시하고 있다. 사람만 봐도 깜짝깜짝 놀라서 한시도 마음 편할 날이 없었다.

견디다 못해 본가로 돌아갔다. 하지만 오늘 밤 근처 역에서 신이치로를 보았다……

"신고는 했어?"

히사코는 힘없이 고개를 저었다.

"경찰에서도 날 곱게 보지 않잖아……."

그럴 법도 했다. 지금은 헤어졌지만 A급 도둑과 사귀었던 여자라고 형사들도 색안경을 끼고 볼 것이 분명했다.

"신이치로라는 놈이 어디 사는지 알아?"

"구노 씨도 모른대. 얼마 전까지는 사귀던 여자 집에 얹혀살았던 모양인데, 지금은 나온 것 같대."

"여기저기 떠도는 건가?"

"모르겠어. 어쩌면 너처럼 살고 있는 게 아닐까."

그때 문 두드리는 소리가 들렸다. 히사코는 화들짝 놀라 마카베 곁으로 도망쳤다.

주인 할멈이었다. 여전히 음흉한 미소를 짓고 있었다.

"어쩔 텐가?"

마카베는 주머니에서 천 엔짜리 세 장을 꺼내 내밀었다.

"방 하나 더 줘."

"호오."

할멈은 이해가 가지 않는다는 표정으로 어깨를 으쓱했다.

할멈이 나가자 히사코는 눈을 내리깐 채 말했다.

"같이 있으면 안 돼……?"

"……."

"무섭단 말이야."

예전과 같은 말투였다.

마카베의 입을 막으려는 듯 히사코는 일어나 코트를 벗었다. 마카베의 눈치를 살피며 누런 줄을 잡아당겨 불을 껐다. 방 안에는 작은 전구의 불빛만 남았지만, 어스름 속에서도 히사코의 얼굴이 상기되어 있다는 건 알 수 있었다. 히사코는 소리 없이 움직여 방 한구석에 개어놓은 이불에 누웠다.

마카베는 바닥에 누웠다. 팔베개를 하고 전구의 희미한 불빛을 바라보았다.

게이지 생각이 났다.

귓속에서는 기척조차 느껴지지 않았다. 마카베와 히사코가 예전으로 돌아가기를 바라는 것이다. 지금까지 지겹도록 그 이야기를 했다. 하지만 과연 진심에서 우러나온 말이었을까.

숨소리로 히사코가 이쪽을 보고 있다는 걸 알았다. 비좁은 방이라 손을 뻗으면 서로의 몸에 닿았다.

"슈이치……."

"……."

"쌍둥이에겐 서로가 그렇게 소중한 존재야?"

"……딱히 그렇진 않아."

"거짓말."

"정말이야."

"그럼 어떤 존재인데?"

"있는 게 너무 당연한 존재."

히사코가 고개를 돌리는 게 느껴졌다. 울고 있는지도 모른다.

하지만 히사코는 이내 하얀 손을 내밀어 마카베의 팔을 잡았다. 손끝의 서늘함이 셔츠 아래로 스며들듯 피부에 닿은 그때.

(형!)

역시 게이지는……. 순간 그렇게 생각했다. 하지만.

마카베는 벌떡 몸을 일으켰다.

냄새가 났다. 그리고 소리도.

히사코도 놀란 눈치였다.

"……왜 그래?"

(불이야! 불이 났어!)

마카베는 히사코의 팔을 붙잡고 일어났다.

히사코도 알아채고 숨을 삼켰다.

"부, 불이 난 거야……?"

마카베는 문을 열었다. 복도에는 이미 연기가 자욱했다. 계단 쪽이 밝은 걸 보니 불길은 1층에서 솟은 것 같았다. 순식간에 계단 난간이 붉게 물들며 이글거리는 불길이 눈에 들어왔다.

"설마……."

히사코가 파랗게 질린 얼굴로 말을 흐렸다.

방화.

구노 신이치로가 불을 질렀다.

마카베는 복도 창문 너머를 보았다. 저도 모르게 혀를 찼다. 히사코가 자기를 미행하는 사람이 있다고 했을 때, 바깥에서 인기척을 느꼈다. 당연히 형사라고 생각했다. 히사코를 미행하던 게 신이치로라면. 히사코가 남자가 묵고 있는 '8호실'로 들어가는 걸봤다. 방의 불이 꺼진 걸 보고 확신했다. 걸레 같은 년…….

(형! 히사코를 데리고 나가! 빨리! 다 타버리겠어! 다 타버린다고!)

게이지는 공황 상태에 빠진 듯했다. 그날의 기억이 떠오른 것일까.

다른 방에서도 사람들이 뛰쳐나왔다. 운동복, 잠옷, 속옷만 입은 노인도 있었다. 모두 얼굴이 잔뜩 굳어 공포로 일그러져 있었다. 쇼와 초기(1920년대 중후반)에 지어진 목조 건물이라 불길은 순식간에 번졌다. 이제 1층으로 내려가는 건 불가능했다. 짙은 연기가 눈 깜짝할 사이에 검게 변했다. 마카베는 히사코의 머리를 숙이게 하고 복도 끝으로 향했다. 사내들이 히사코를 밀치며 앞다투어 달려갔다. 소방서의 거듭된 계도 끝에야 설치한 비상계단이 있는 곳이었다. 하지만 외부 계단으로 나가는 유일한 문은 여러 겹의 방충망과 세탁기에 막혀 있었다.

"치워!"

"아얏!"

"꺼져, 이 새끼야!"

"닥쳐!"

고함이 오갔다. 멱살잡이를 하는 사내들도 있었다.

마카베는 뒤에서 열기를 느꼈다. 불길이 휘몰아치듯 따라오고 있었다.

창문을 열고 허리에 매달린 히사코를 뿌리쳤다. 창틀을 밟고 주저 없이 뛰어내렸다.

아스팔트 길이라 생각했던 것보다 무릎과 허리에 받은 충격이 컸다. 돌아서 2층 창문을 보았다. 눈을 부릅뜬 히사코의 얼굴에 새빨간 불길이 비추었다.

"뛰어내려!"

마카베는 두 팔을 벌렸다.

히사코가 머뭇거리며 창틀에 무릎을 올렸다. 다리가 후들거리는지 얼어붙은 듯 동작이 멈췄다. 그런 히사코 위를 넘어 한 사내가 뛰어내렸다. 착지 직전, 마카베는 팔을 휘둘러 남자의 몸을 뿌리쳤다. 균형을 잃은 사내는 바닥을 두세 번 굴러 무릎을 껴안고 비명을 질렀다.

"어서 뛰라니까!"

말이 끝나기가 무섭게 히사코가 뛰어내렸다. 뛰어내렸다기보다는 떨어진 것처럼 보였다. 다음 순간, 뭔가가 가슴과 팔을 묵직하게 눌렀다. 마카베는 엉덩방아를 찧으며 뒤로 쓰러졌다. 히사코는 마카베의 목을 꼭 붙들고 있었다. 검댕이 묻어 까맣게 된 얼굴을 마카베의 가슴에 비비며 작게 외쳤다.

"잘했지?"

10대로 돌아간 듯한 목소리였다.

멀리서 사이렌 소리가 들렸다.

소방차가 도착하기 전에 모두 잿더미가 될지도 모른다. 그런 생각이 들 정도로 불길은 거세게 타오르며 하늘을 새빨갛게 물들였다.

# 2

이튿날 아침.

마카베는 이타미 여관에서 조금 떨어진 곳에서 경찰과 소방서
가 주관하는 현장검증을 지켜보고 있었다. 화재 원인은 아직 밝혀
지지 않았다. 오늘 아침 텔레비전 뉴스에서 그렇게 말했기 때문이
었다. 단순 화재가 아니라 방화로 판명된다면 구노 신이치로라는
사내를 어떻게든 찾아내야 했다.

출동복 차림의 경찰 열 명이 축축하게 젖은 화재 현장을 꼼꼼히
조사하고 있었다. 여관 터가 이렇게 좁았던가. 오래전 그날, 불타
버린 집터를 보았을 때 느꼈던 감정이 다시금 되살아났다.

(뜨거웠겠지.)

게이지가 슬픔에 젖은 목소리로 말했다.

아침 뉴스는 주인 할멈의 사망 소식도 전했다.

이치노 야스코. 일흔여덟. 이름도, 나이도 처음 알았다. 불이 난
직후 밖으로 도망쳤지만, 소방관의 제지를 뿌리치고 다시 건물 안
으로 들어갔다가 불길과 연기에 휩싸여 숨졌다. 불구덩이로 뛰어
들면서까지 지키려 했던 소중한 물건은 대체 무엇이었을까. 모든
것이 잿더미로 변한 지금 와서는 알 도리가 없었다.

(위패나 사진이었을 거야.)

〈돈이겠지.〉

(형도 참, 사람이 왜 그렇게 삐딱해?)

화난 게 아니라, 어딘가 공허한 목소리였다.

벌써 16년이란 세월이 지났는데도 마카베의 망막에는 시신 안치소에서 마주했던 세 구의 시신이 선명하게 새겨져 있었다. 온몸이 까맸다. 손발의 일부는 숯처럼 탄화했다. 경찰이 보여준 당시 상황도도 또렷하게 기억하고 있었다. 아버지는 1층 복도 중간에서 숨졌고, 어머니와 게이지는 거실에 쓰러져 있었다. 도면에 그려진 두 개의 X자가 모자의 시체가 한데 포개어져 발견되었음을 말해주었다.

이타미 여관의 현장검증이 끝나려면 꽤 시간이 걸릴 것 같았다.

〈가자.〉

마카베는 말했다. 어쨌든 검증 결과는 정오 뉴스가 알려줄 것이다.

(형, 너무 신경 쓰지 마. 난 괜찮아. 그보다…… 다행이야.)

〈뭐가?〉

(몰라서 물어? 히사코 말이야. 좀 모양새가 좋지 않지만, 그게 무슨 대수겠어. 다시 시작할 수 있는 계기가 생겼잖아.)

여관에서 빠져나온 마카베는 히사코를 데리고 새 잠자리를 찾았다. 걷다가 눈에 들어온 모텔이었다.

아무 일도 없었다. 그렇지만 히사코의 표정은 더없이 편안해 보였다. 아침까지 마카베의 품에 얼굴을 묻고 꾸벅꾸벅 졸다 실눈을 뜨고, 다시 졸며 살짝 보조개를 보였다.

"이번이 손을 털 절호의 기회야. 잠자리가 저렇게 됐으니 이제 갈 데도 없잖아."

〈…….〉

(부모님 원망하며 복수하겠다고 자기 인생 망치는 거, 정말 바

보 같은 짓이야.)

〈전에 말했잖아. 그런 거 아니라고.〉

(아니긴 뭐가 아냐. 취직도, 결혼도 안 하고, 10년 넘게 밑바닥 인생을 살고 있잖아. 이런 거, 부모님이 제일 바라지 않는 삶이잖아. 죽은 사람에게 복수하는 게 말이 돼? 따지고 보면 내가 도둑질에 손을 대서 부모님을 죽게 한 거나 마찬가지잖아.)

마카베는 도끼눈을 뜨며 말했다.

〈너 때문이라고?〉

(원인을 따져보면 그렇다는 거지. 내가 엄마를 그렇게 만든 거니까. 아버지도 거기 휘말린 거고.)

〈쓸데없는 소리 마. 어머니가 널 죽였어. 아버지나 어머니나 자기 체면만 생각했다는 증거야.〉

게이지는 땅이 꺼져라 한숨을 쉬었다.

(그게 아니라니까.)

〈넌 어머니가 원망스럽지 않아? 넌 겨우 열아홉이었어. 어머니만 없었어도 네 몸으로 자유롭게 돌아다녔을 텐데…….〉

(……아니야.)

게이지의 목소리가 한없이 가라앉았다.

〈뭐가 아니란 건데?〉

(그게 아니라고…….)

〈알아듣게 말해.〉

(말하면 히사코와 다시 시작할 거야?)

〈그거랑은 상관없잖아.〉

(뭐가 상관없어. 상관있어. 잠든 히사코를 보니까 알겠더라고. 난 언제 사라져도 상관없어. 하지만 내가 사라져도 형이 히사코와 다시 만나지 않으면 어떡해. 그것만은 절대로 싫어…….)

게이지의 목소리가 떨렸다.

마카베는 빠르게 말했다.

〈꼭 사라질 필요는 없잖아. 계속 함께 있으면 되잖아.〉

(…….)

〈게이지.〉

(알았어. 이제 이 얘긴 그만하자.)

〈네가 먼저 시작했어.〉

(그러니까 이제 관두자고. 조만간 말해줄게. 그보다 아침 안 먹어도 돼?)

마카베는 허공을 노려보았다. 게이지의 속내가 무엇인지 알 수 없었다.

발길을 돌리던 마카베는 순간 동작을 멈췄다. 양동이를 든 감식반원이 눈앞을 가로지르는 모습이 보였다. 무거운지 팔이 뻣뻣했다. 예전에도 이와 같은 장면을 본 적이 있었다. 경찰이 물이 담긴 양동이를 가져와…….

이미 걸음을 옮기고 있었다. 천천히 화재 현장으로 다가가 구경꾼들 사이에 섞였다. 출입 금지 규제선을 따라 움직였다. 눈은 양동이를 좇고 있었다. 양동이는 둥그렇게 모여 선 수사관들과 소방관들의 한가운데에 놓였다. 경계하는 기색은 없었다. 이동하면서 사람들 사이로 작업하는 모습을 보았다. 나이 지긋한 남자가 삽으로 재를 떠서 양동이 안에 털어 넣었다. 지켜보던 수사관들 사이에서 "역시⋯⋯" 하는 목소리가 흘러나왔다. 마카베는 슬쩍 위치를 바꾸며 현장에서 반출되는 양동이로 다가가 안을 훔쳐봤다. 액체 표면이 번득이며 빛을 반사했다. 재에 기름기가 섞여 있다는 뜻이었다. 등유, 아니, 가솔린이다.

(역시 누가 불을 질렀네.)

〈틀림없어.〉

마카베는 현장을 떠나며 대답했다.

남자가 양동이 안에 넣은 재는 건물 외벽이 있던 자리에서 뜬 것이었다. 누군가가 외벽에 기름을 뿌리고 불을 지른 게 틀림없었다.

마카베는 가리야혼마치 역으로 걸음을 옮겼다.

(구노 신이치로를 찾으려고?)

〈찾아야지.〉

(짚이는 데는 있어?)

〈너라면 어떡할래?〉

(아, 알겠다. 그렇지. 먼저 쌍둥이 형제한테 얘기를 들어봐야 하지 않을까?)

〈그거야.〉

짧은 침묵이 흘렀다.

(형, 사실은 만나기 싫지?)

〈무슨 소리야.〉

(히사코하고 선본 남자잖아. 한때긴 해도 히사코가 결혼할 결심을 했던 상대고. 불쾌하지 않아?)

〈넌 그래?〉

(어? 무슨 소리야. 난 아무 생각 없어.)

〈……〉

(아니, 왜 거기서 암말도 안 하는데? 뭐…… 나도 히사코가 싫진 않아. 하지만 이제 다 옛일이잖아. 연애 감정 같은 건 아냐. 알겠어?)

알 수 없었다. 게이지의 세계에 과연 '옛날'이나 '지금' 같은 개념이 존재하는지. 그러면 '미래'는? 상상조차 하기 힘들었다.

# 3

시모산고의 한산한 상점가. 동네 장사를 하는 자그마한 구멍가게들이 다닥다닥 붙은 그 가운데에서도 '구노 문구점'의 비좁은 입구는 한층 더 눈에 띄었다.

(장사를 하긴 하는 거야?)

게이지가 무심코 내뱉은 그 말이 마카베의 심정을 대변하고 있었다. 오전 10시가 넘었는데도 유리문은 반쯤 커튼에 가려져 있었다. 진열된 상품도 얼마 없었다. 그마저 팔다 남은 재고처럼 보였다.

가게 안쪽, 살림집과 이어진 비좁은 통로에 남자가 서 있었다. 둥그런 의자 위에 올라 진열장 위 칸에서 박스를 내리고 있었다. 그 훤칠한 얼굴이 낯익었다.

"당신이 구노 지로야?"

마카베가 말을 걸자 서글서글한 인상의 달걀형 얼굴이 돌아봤다.

"그런데요······."

"좀 묻고 싶은 게 있어서 왔는데."

구노는 알겠다고 말하며 상자를 다시 올려놓고 휘청거리며 의자에서 내려왔다.

"무슨 일입니까?"

"당신 형 일이야."

"네······?"

"구노 신이치로는 지금 어디 있지?"

구노의 표정이 어두워지며 '이번엔 또 무슨 사고를 친 거지' 하는 눈빛을 보였다. 수상쩍은 사람들이 종종 찾아오는 모양이었다.

"모르겠습니다. 여긴 안 왔어요."

"휴대전화는?"

"번호를 바꾼 모양입니다."

"전에 같이 살았다던 여자 집으로 연락해봤나?"

"전화해도 안 받더군요."

"위치는 어디지?"

"모릅니다. 국번을 보아하니 가리야혼마치인 것 같은데······."

질문이 끊기자 구노는 마카베를 빤히 바라보며 물었다.

"저기······ 실례지만 누구십니까?"

마카베는 순간 생각한 끝에 사실대로 대답했다.

"안자이 히사코와 좀 아는 사이야."

구노는 놀란 듯 눈을 휘둥그레 떴다.

"그럼 히사코 씨의 부탁을 받고……."

"아냐."

"히사코 씨와는 어떤……."

"말했잖아, 좀 아는 사이라고."

구노는 포기한 듯 더는 묻지 않았다. 마카베에게 앉으라고 권하더니 자기는 옆에 있는 나무 상자에 걸터앉았다.

"정말 형에 대해선 아는 게 없습니다. 일주일 전쯤에 찾아오긴 했는데 어디 있는지는 못 들었어요. 좀 말다툼을 벌여서……."

"형에게 안자이 히사코를 쫓아다니지 말라고 했군."

"아, 네, 말했습니다."

"싫다고 하던가?"

구노는 입술을 깨물었다.

"알아듣게 말을 했는데도 들은 척도 안 하더군요……. 그런 여자는 잊으라며 씩씩거렸어요."

"형과 친하다는 부동산 업자는 어디 있나?"

"네……?"

"질 나쁜 부동산 업자와 친하게 지낸다면서."

구노는 분통이 터진다는 듯 고개를 끄덕였다.

"압니다. 기나시라는 놈인데, 가리야혼마치에 삽니다."

등잔 밑이 어둡다고 했나. 기나시란 이름은 익히 들은 바 있었다. 허가를 받은 공인중개사가 아니라, 볼펜 하나로 남의 땅을 가로채는 악덕 부동산 사기꾼이었다.

"아주 나쁜 놈입니다. 그놈이 형을 나쁜 길로 끌어들였어요."

"접을 건가?"

"네?"

마카베는 가게를 둘러보았다.

구노는 힘없이 고개를 끄덕였다.

"네…… 손님은커녕 파리만 날립니다. 재작년 생긴 쇼핑몰 안에 문구점과 100엔 숍이 있어서……. 그게 아니더라도 이곳 상권은 다 죽은 상태였지만요."

"그럼 형이 조만간 찾아오겠군. 재산 분배 때문에."

"그럴 것 같긴 한데, 저도 그게 언젠지는 모르겠습니다."

찾아오면 연락하겠다는 구노의 말에 고개를 끄덕이며 마카베는 자리에서 일어났다.

구노를 내려다보며 물었다.

"포기할 수 있겠나?"

"뭘 말입니까?"

"형이 안자이 히사코를 잊으라고 했다면서. 당신은 그래도 괜찮아?"

구노의 눈이 허공을 맴돌았다.

"잊어야죠…… 그러려고요. 돌이킬 수 없는 실수를 저질러 히사코 씨에게 상처를 줬고…… 또…….."

구노는 마카베를 보았다. 떠보는 눈빛이었다.

"형 말로는 따로 남자가 있다고 했습니다."

"그 말을 믿나?"

구노는 힘없이 웃었다.

"보통 사람들은 모르겠지만, 쌍둥이는 그렇습니다. 뭐든 서로 마음에 들어야지, 한쪽 마음에만 든 건 진짜 좋아하는 게 아닌 겁니다. 여자 문제도 그렇고요."

"……."

"형이 히사코 씨에게 저지른 짓은 용서할 수 없습니다. 하지만 저도 마음 한구석에서는 히사코 씨를 원망하는 것 같아서…… 그게 무섭더군요."

구노는 힘없이 고개를 떨궜다.

"이런 얘기, 이해 못 하겠지만……."


# 4


가리야혼마치로 돌아온 마카베는 역 앞의 공중전화 부스에 들어갔다.

구노 신이치로와 동거하던 여자의 주소……. 단서는 지로가 가르쳐준 전화번호밖에 없었다. 국번은 분명 가리야혼마치였다. 전화번호부를 뒤져 처음부터 번호를 대조했다. 게이지의 능력이 없었다면 엄두도 못 낼 일이었다. 다음, 또 다음, 게이지는 계속해서 페이지를 넘기라 지시했다. 두 시간쯤 걸려 시내의 모든 번호를 살펴봤다. 그동안 공중전화 부스의 문을 두드린 이는 아무도 없었다. 놀라운 속도로 늘어가는 휴대전화 보급률을 말해주는 듯했다.

(괜히 시간만 허비했네.)

밖으로 나오자 게이지가 한숨 섞인 목소리로 말했다.

〈어차피 물장사 하는 여자일 텐데, 그런 여자들이 번호를 싣겠어?〉

(맞아.)

마카베는 걸음을 옮겼다.

(앞으로 어쩔 거야?)

〈여자를 못 찾으면 사기꾼을 찾아야지.〉

(기나시……, 그놈 꽤 악질이지?)

〈그렇다고 들었어.〉

마카베는 횡단보도를 건너 역 뒤의 4층 건물로 갔다. 불량 중년들의 아지트인 오아시스랜드였다.

(기나시가 여기 드나들어?)

〈그건 모르겠고, 하야시다는 있을 거야.〉

예전에 외제차를 타고 이미테이션 라이터를 팔고 다녔던 '짝퉁 장사'를 했던 놈이었다. 오랜 불황으로 '짝퉁 장사' 자체가 죽은 탓에 어쩔 수 없이 업종을 변경했다고 한다. 지금은 이 가리야 일대를 주름잡는 거물 경매사의 밑에서 일한다고 들었다. 요시카와를 죽인 죄로 잡혀 들어간 오무로 마코토의 후임이라는 이야기를 풍문으로 들었다.

오아시스랜드 3층 당구대에서 한쪽 눈을 감은 채 공을 치는 하야시다를 찾았다.

"오랜만이군."

말을 걸자 하야시다는 인상을 찌푸리며 마카베를 보았다.

"무슨 일이야. 당신이랑 얽히기 싫은데."

"얘기 좀 하지."

한 게임이 끝나기를 기다렸다가 지하 매점으로 내려왔다.

"기나시라는 놈을 아나?"

거두절미하고 묻자 하야시다는 다시 오만상을 찌푸렸다.

"말도 마. 그 새끼야말로 진짜 얽히기 싫은 놈이야. 이 바닥에도 경우란 게 있고 상도란 게 있는데 아주 지저분하게 놀아."

하야시다는 기나시가 조만간 경매에 나올 예정이었던 오래된 주택가의 공터를 속여 가로챈 이야기를 들려줬다. 등기부 등본을 떼어본 뒤, 토지소유권이전등기 청구의 소를 법원에 제기, 승소 판결을 받아 소유자 몰래 등기이전해 팔아넘겼다.

"피고는 누군데?"

이런 사기에는 공범이 반드시 있었다. 원래 토지 소유자인 척 법원에 출석해 패소 판결을 받을 인물이 필요한 까닭이었다.

"스즈모토라는 어린놈이었어."

마카베는 내심 실망했다.

"기나시하고 스즈모토는 잡혀 들어갔나?"

"아니, 경찰은 아직 몰라. 애당초 땅 주인인 할멈이 전혀 눈치를 못 챘거든. 하지만……."

하야시다는 커피를 한 모금 마시고 말을 이었다.

"산고 서 2과에서 기나시를 주시하고 있다는 얘기를 들었어. 다른 건에서는 기나시가 가짜 피고 역을 맡았대."

마카베는 고개를 끄덕이며 물었다.

"기나시는 어디 있지?"

하야시다는 웃으며 대꾸했다.

"그건 나도 몰라. 수상한 매물을 여럿 가지고 있으니까, 그중 어딘가에 있겠지."

"구노라는 남자를 아나?"

하야시다는 고개를 갸웃거렸다.

"구노……?"

"30대 중반에 멀끔하게 생긴 놈인데…….."

하야시다는 생각났다는 표정을 지었다.

"아, 그러고 보니 그런 놈이 있었지. 기나시 똘마니야. 온갖 잡일을 했던 것 같은데…….."

자기도 비슷한 처지면서 하야시다는 비웃듯 말했다.

"어디 가면 만날 수 있지?"

"난들 알아. 말 섞은 적도 없어. 아, 한때 튜닝 공장에 있던 적이 있었는데."

"구마노네 공장?"

"그래. 업자한테 들은 것 같아. 오토바이를 좀 만질 줄 알아서 데려갔다고."

히사코는 구노 신이치로가 오토바이 사고를 당했다고 말했다.

"고마워. 이걸로 게임이나 해."

만 엔짜리 지폐를 카운터에 올려놓고 마카베는 자리를 떴다.

"호오, 요새 쏠쏠하게 버는 모양이네."

"그쪽은 어떤데?"

하야시다의 얼굴이 다시 처음처럼 구겨졌다.

"말도 못해. 도쿄에서 내려온 새끼들이 물을 다 흐려놨어. 배운 놈들이 더하다더니, 기나시는 그에 비하면 양반이야."


# 5

오아시스랜드에서 나온 마카베는 길가에 버려진 자전거 한 대를 주워 탔다.

(공장에 가게?)

〈응.〉

(오래 안 있었다면서. 별 소득은 없을 것 같은데.)

〈기대 안 해.〉

동거녀나 기나시를 찾지 못하는 한, 구노의 소재를 파악하기란 쉽지 않을 것 같았다.

(경찰은 기나시가 어디 있는지 아는 건가?)

〈풀어놓고 꼬리를 잡을 기회를 엿보고 있는 거라면 그럴 수도 있지.〉

(형.)

게이지의 목소리가 가라앉았다.

〈왜?〉

(……눈치챘어?)

〈뭘?〉

(아냐, 모르면 됐어.)

〈말해. 자꾸 떠보지 말고.〉

(별일 아냐. 그보다…….)

오른쪽 길가에 판자로 지은 공장이 보였다.

구마노는 프런트가 없는 벤츠 밑에 들어가 있어서, 작업용 신발을 신은 두 발만 보였다. 자동차 정비 공장 간판을 내걸고 있었지만, 실제로 하는 일은 같은 차종의 사고 차량 두 대에서 쓸 만한 부품을 추려서 한 대로 만드는 재제업再製業이었다. 이런 차량 재조립 업체는 어느 지역에나 두세 군데는 있었지만, 가리야혼마치에서 '튜닝 공장'이라 하면 구마노네 공장을 뜻했다. 차량뿐 아니라 자동차 정기 검사나 정비 기록장 위조까지 해주는 곳이었다.

"어이구, 웬일이야. 얼굴이 허옇게 떴네."

구마노는 손에 묻은 기름때를 걸레로 닦으며 마카베를 보았다.

"원래 이런 얼굴이야."

"그랬나. 아무튼 무슨 볼일인데?"

"구노 신이치로라는 놈이 여기서 일했지?"

구마노는 노골적으로 얼굴을 구기며 대꾸했다.

"그랬지. 쌍둥이 중에 덜떨어진 놈 말이지?"

예상했던 것 이상의 대답이었다.

"잘 아는군."

"마누라 친정이 시모산고야. 어릴 적에 그 쌍둥이네에서 학용품을 샀다더군. 동생은 지금도 성실하게 잘 산다고 하고. 망하기 일보 직전인 가게를 지킨다고 들었어."

"장사 접는대."

"그래? 유감이군."

구마노는 별로 유감스럽지 않은 표정으로 말하더니 녹차 페트병을 집었다.

목을 축이기를 기다렸다 다시 이야기를 꺼냈다.

"형은 여길 관뒀나?"

"내쫓았어. 할리를 만들 수 있다고 큰소리치길래 데려왔더니, 제대로 하는 일이 없잖아. 세워둔 바이크에서 기름이나 빼 오질 않나……. 지저분한 놈이야. 노름빚이 있다고 듣긴 했는데, 그래도 사내 체면에 그게 할 짓이야."

마카베는 고개를 끄덕였다. 여관에 불을 지를 때 쓴 기름이 어디서 난 것인지 대충 짐작이 갔다.

"어디 있는지 아나?"

"모르지. 기나시한테 가서 징징댄 거 아냐. 혼자선 아무것도 못 하는 놈이니까."

"신이치로의 동거녀에 대해 아는 게 있나?"

"나이 좀 먹은 술집 여자였어. 지금은 같이 안 사는 것 같지만."

"최근에 만났나?"

"한 달 전쯤이었나. 불쑥 찾아왔더라고. 보나 마나 여자한테 차여서 쫓겨났겠지. 그래서 내 밑에서 다시 일해보겠다는 꿍꿍이 같던데, 누구 마음대로. 일없다고 내쫓았지. 그랬는데 글쎄 지갑을 흘리고 간 거야. 별수 있나, 마누라한테 가게에다 전화 좀 넣으라고 했지. 그 동생도 참 불쌍해. 여기까지 가지러 왔더라고. 보니까 얼굴이며 키도 똑같던데, 성격은 어쩜 그렇게 다른지⋯⋯. 아, 그러고 보니 너도 쌍둥이였지?"

마카베는 대답하지 않고 질문을 던졌다.

"그 여자가 어디 사는지 아나?"

"다른 여자들한텐 관심 없어. 난 일편단심 마누라뿐이니까."

구마노는 엉뚱한 소리를 하더니, 혼자서 낄낄댔다.


# 6


구마노의 공장을 나올 무렵에는 해가 서산으로 지고 있었다.

마카베는 자전거를 타고 온 길을 되돌아갔다.

귓속이 잠잠한 게 마음에 걸렸다. 평소 같았으면 마카베에게 이런저런 이야기를 할 텐데, 오늘은 아까부터 한 마디도 없었다.

〈게이지.〉

(어⋯⋯ 왜?)

반응이 굼떴다.

〈너야말로 왜 그래?〉

(내가 뭘. 그냥 생각 좀 하느라.)

마카베는 웃으며 말했다.

〈남의 귓속에서 생각은 무슨.〉

농을 던졌지만 게이지는 별 반응이 없었다.

잠시 후, 평소와 다른 게이지의 목소리가 들렸다.

(형.)

〈왜.〉

(정말 아직도 모르겠어?)

아까도 똑같은 소리를 했다.

마카베는 생각을 원점으로 돌렸다.

〈괜히 뜸 들이지 말고 알아듣게 말해.〉

(밥 말이야. 아침부터 아무것도 안 먹었잖아.)

마카베는 밟던 페달을 멈췄다. 자전거 바퀴가 공회전하는 소리가 들렸다.

(이제 저녁 시간이잖아. 구마노도 그랬잖아, 얼굴이 허옇게 떴다고.)

〈배 안 고파.〉

실제로 게이지의 말을 듣고도 허기는 느끼지 못했다.

(그래서 그래.)

〈뭐가?〉

(히사코 일에 정신이 팔렸으니까 그런 거라고.)

마카베는 다시 페달을 밟았다.

사라지지 않았다. 어젯밤의 무게와 온기가 가슴에 남아 있었다.

〈내버려두면 큰일을 당할지도 모르잖아. 그게 뭐?〉

(그래, 당연히 그래야지. 하지만 지금까지는 그 당연한 일도 안 했잖아. 그런데 이번에는 히사코가 숨을 곳까지 찾아봐주더라.)

〈넌 히사코가 무슨 일을 당해도 좋다는 거냐?〉

(누가 그렇대?)

〈그럼 입 다물고 있어.〉

(다물 거야. 영원히 그럴 수도 있어.)

불편한 침묵이 흘렀다.

〈갑자기 왜 사사건건 시비야?〉

(그런 거 아냐.)

게이지는 온화한 목소리로 말했다.

(정말 기뻐. 형이 히사코를 위하는 마음이.)

〈…….〉

(너무 감격해서 그런가, 목소리가 안 나오지 뭐야.)

〈…….〉

자전거는 시내 중심가로 들어섰다.

(형.)

〈왜.〉

(이제 어디 가려고?)

〈가리야 서.〉

(그래…….)

게이지는 더 이상 아무것도 묻지 않았다.

가리야 서의 1층에서는 당직 점호를 하고 있었다.

마카베는 늘 그랬듯 건물 뒤쪽의 주차장으로 갔다. 외부 계단을
올라 형사1과의 철문을 열었다. 익숙한 광경이 눈앞에 펼쳐졌다.
자욱한 담배 연기, 험상궂은 얼굴들, 날카로운 눈빛, 덜덜 떠는 다
리…….

일그러진 도깨비 얼굴은 어디에 있어도 눈에 띄었다. 마카베가

그 얼굴을 찾아낸 것과 거의 동시에 마부치도 '철벽의 마카베'를 발견했다. 마부치는 주걱턱을 까딱해 구석의 소파를 가리켰고, 마카베는 형사과 한가운데를 가로질렀다.

마주 앉자 의심과 호기심이 가득한 작은 눈이 마카베의 온몸을 위아래로 훑어보았다.

"오늘은 또 뭔데?"

"궁금한 게 있어."

도깨비 같은 얼굴로 씩 웃자 왠지 모를 박력이 느껴졌다.

"말해봐."

"기나시가 어디 있는지 알려줘."

"사기꾼 말이냐?"

"그래."

"왜 담당도 아닌 나한테 묻지?"

"산고 2과엔 아는 형사가 없어."

"유감이로군. 오늘 아침에 거기 2과에서 잡아넣었다고 들었어."

마카베는 혀를 찼다. 팔짱을 끼고 잠시 생각에 잠겼다 다시 말문을 열었다.

"지금 유치장에 있나?"

"일전처럼 잔재주 부릴 생각은 마."

마부치는 쐐기를 박듯 말했다.

"무슨 소리야?"

"우리 유치장에서 소매치기 놈하고 접선했잖아."

"……."

"하지만 이번에는 그렇게 안 될걸. 그쪽도 우리처럼 도둑하고 사기꾼을 같은 방에 넣지는 않으니까."

마카베는 목소리를 낮추어 말했다.

"그럼 통화라도 하게 해줘."

마부치는 작은 눈을 더욱 가늘게 뜨며 마카베를 보았다.

"뭐라고? 못 들었는데 다시 말해봐."

"1분이면 돼. 두세 가지만 물어보면 되니까……."

"제정신이냐?"

"……."

"벼룩도 낯짝이 있다는데…… 말하기 민망하지 않아? 애초에 넌 나한테 빚이 있잖아. 잊었나?"

"……."

"다음 날에 내보내줬잖아."

지난번에는 하룻밤 만에 훈방 조치되었다. 마부치가 힘을 써준 것이다.

마카베는 손깍지를 끼며 말했다.

"빈손으로 부탁하는 건 아니야."

"호오."

마부치는 몸을 내밀며 말했다.

"나하고 거래라도 하겠다는 거냐?"

"그래."

"그럼 네 패가 뭔지 먼저 꺼내."

"확답을 줘."

"선택은 내가 해. 피의자와 통화하려면 웬만한 건수로는 안 돼. 윗선에 알려지면 경위서 한 장으로는 안 끝나. 말해. 들어보고 판단하게."

마카베는 숨을 삼키고 빠르게 말했다.

"기나시는 가리야혼마치에서 어떤 할멈을 속여 땅을 갈취했어. 아직 발각 안 된 건이야."

마부치는 천천히 몸을 뒤로 빼더니 소파에 푹 기댔다.

"2과에서는 반색할 만한 얘기지만, 나한테는 아무 득 될 게 없는 얘기군."

두 사내는 한동안 서로를 물끄러미 바라보았다.

마카베가 먼저 침묵을 깼다.

"다음 달은 절도 사범 집중 단속의 달이지."

마부치는 말없이 고개를 끄덕였다.

마카베는 말을 이었다.

"실적 좀 올려주지."

이명이 들렸다. 게이지였다.

마부치의 몸이 다시 천천히 앞으로 기울었다. 속으로 혀를 날름거리고 있으리라.

"정말 불 거냐?"

짓죽인 목소리였지만 흥분을 감출 수는 없었다.

이번에는 마카베가 말없이 고개를 끄덕였다.

마부치는 자리에서 일어났다. 10분쯤 지나 휴대전화를 들고 돌아왔다.

"연결됐으니 얘기해."

마카베는 휴대전화를 받아 귀에 댔다.

"네가 기나시냐?"

"넌 누군데?"

"구노 신이치로를 찾는 사람이다."

"신이치를?"

"그래. 하나만 묻겠다. 녀석은 지금 어디 있지?"

"여자 집에 있겠지."

"쫓겨난 게 아니야? 지금은 혼자라고 들었는데."

"그래, 혼자야. 혼자 그 여자 집에 있어."

"그게 무슨 소리지?"

"그러니까 쫓겨난 게 아니라, 여자가 젖내 나는 호스트한테 빠져서 짐 싸서 나갔어. 그래서 지금 그 집에서 혼자 살고 있고."

"언제부터지?"

"음, 한 달쯤 됐나."

"집 주소를 말해."

마부치의 눈이 그만 끊으라고 말하고 있었다.

편의점 영수증에 주소를 받아 적은 마카베는 마부치에게 휴대전화를 돌려주고 자리에서 일어났다.

도깨비 얼굴이 일그러진 미소와 함께 말했다.

"그럼 다음 달에 신문실에서 보자고."

# 7

바깥은 벌써 어두컴컴했다.

배는 고프지 않았다. 게이지도 더는 그 이야기를 꺼내지 않았다.

여자의 집은 자전거로 15분 거리였다. 생각보다 깔끔한 집이었다. 기나시는 2층 끝 집이라고 했다. 밖에서 보이는 부엌 창문은 어두웠다.

마카베는 철제 계단을 올라갔다.

문이 얼마나 굳게 잠겼는지 확인하려고 손을 뻗었는데, 뜻밖에도 문손잡이는 순순히 돌아갔다. 마카베는 주변을 살핀 뒤 마음을 굳히고 쏜살같이 안으로 들어갔다.

어두웠다. 하지만 완전한 어둠은 아니었다. 얇은 커튼 너머로 가로등 불빛이 희미하게 새어 들어왔다.

시궁창 냄새. 후각이 처음으로 감지한 정보였다.

서른까지 센 뒤 눈이 어둠에 익자, 신발을 벗고 안으로 들어갔다. 다섯 평쯤 되는 원룸이었다. 오른쪽에 작은 부엌이 있었다. 냄새는 싱크대 배수구 주변에서 나는 것 같았다. 배수관은 싱크대 밑의 구불구불한 부분에 물을 채워 해충의 유입을 막는 구조인데, 그 물이 마르면 악취가 배수관을 타고 올라온다.

마카베는 방 한가운데에 섰다. 방 안을 둘러보던 눈이 한 지점에 머물렀다.

작은 불이 보였다. 구석에 놓인 유리 테이블 위의 자동응답기에 빨간 램프가 켜져 있었다.

뭔가 이상하다는 생각이 들었다.

그것이 전조였다. 눈을 부릅떴다. 단편적인 몇 개의 기억이 교차하며 한데 섞이더니, 하나의 번득임으로 변해 머릿속을 갈랐다.

밖으로 나왔다.

계단을 내려와 하얀 자전거에 올라탄 마카베는 온 체중을 실어 페달을 밟았다.

알아냈다.

모든 속임수를.

# 8

푹.

숙련된 기술자의 손이 드라이버로 창문을 깰 때면 그런 소리가 난다.

마카베는 팔을 V자로 굽혀 안쪽 걸쇠를 내리고 문을 위로 올리듯 힘을 주어 열었다. 깊은 어둠이 그를 반겼다. 하지만 똑바로 걸어가면 된다는 걸 알고 있었다.

막다른 데까지 왔다. 한 단 위에 나무로 된 문이 있었다. 살며시 문을 열자 작게 끼익하는 소리가 났다. 그 너머로 펼쳐진 또 다른 어둠…….

숨소리와 발소리를 죽이고 조심스레 걸었다.

거실, 작은 방. 이내 침실을 찾았다. 살짝 문을 열었다. 천장에 달린 전구 아래로 이부자리가 보였다. 누군가 누워 있었다. 숨소리는 작지 않았다.

마카베는 방 안으로 들어갔다.

베갯머리로 다가가 한쪽 무릎을 꿇었다. 돌아누운 남자의 머리채를 확 움켜쥐었다.

끄악, 비명과 함께 남자가 용수철처럼 몸을 일으켰다. 머리채는 여전히 마카베의 손 안에 있었다. 남자의 목에 드라이버를 갖다 댔다.

마카베는 지근거리에서 박치기를 날린 뒤 일어나 불을 켰다.

이불 위에 쓰러진 남자를 내려다봤다.

"대, 대체 왜 이러는 겁니까?"

겁에 질린 목소리였다. 마카베가 박아버린 코뼈를 손으로 감싸고 있었다. 흘러내린 코피가 이불을 붉게 물들였다.

"일어나. 구노 신이치로."

구노 문구점의 안채에 마카베의 목소리가 울려 퍼졌다.

남자는 그런 마카베를 울먹이며 올려다보았다.

"이봐요……. 무슨 소립니까. 난 동생이에요. 지로라고요. 낮에 만났지 않습니까."

"연기는 이제 집어치워."

"대체 무슨 착각을 하고 이러는……."

말이 끝나기도 전에 마카베의 발이 구노의 명치를 걷어찼다.

"아…… 악…… 아파!"

신음이 한동안 이어졌다.

마카베는 소리가 멎을 때까지 기다렸다. 구노는 웅크린 자세로 얼굴을 베개에 묻고 있었다.

"동생이라면 형을 찾았겠지. 히사코를 그만 괴롭히라고 설득하기 위해서."

"그러니까……."

새된 소리가 들렸다.

"낮에 말하지 않았습니까……. 나도 열심히 찾아봤습니다……."

"그럼 왜 부재중 메시지를 남기지 않았지?"

"네……?"

"넌 그 여자 집에 전화를 해봤다고 했어. 아무도 받지 않았다고 했지."

자동응답기의 빨간 램프는 깜빡이지 않았다. 처음 세팅했을 때 그대로 '켜져' 있었다.

"아…… 듣고 보니…… 그러게요, 메시지를 남겨둘 걸 그랬습니다. 연락 달라고……. 하지만 그때는 미처 그 생각을 못 했습니다."

"허튼소리 집어치워."

"사실입니다. 믿어주세요."

구노는 얼굴을 반쯤 들고 말했다. 애원하는 표정이었다.

"그럼 왜 신이치로를 찾으러 튜닝 공장에 가지 않았지?"

"튜닝 공장……?"

울먹이는 눈이 마카베를 힐끗 보았다.

"구마노네 판금 공장 말이야."

"그, 그게……."

"신이치로가 한때 신세를 졌던 공장이니 알 거 아냐."

"난 모릅니다. 그런 사람도, 공장도."

걸려들었다. 지로는 그 공장을 모른다. 신이치로는 그렇게 알고 있을 것이다.

"하지만 네 동생은 그 공장에 찾아간 적이 있어. 지갑을 찾으러."

"……."

"네놈이 흘리고 간 지갑 말이야. 그걸 네 동생이 찾으러 갔다고."

구노 신이치로는 아무 말도 하지 않았다.

쉭, 소리를 내며 신이치로가 고개를 쳐들었다. 그 순간 마카베의 발이 다시 그의 옆구리를 걷어찼다. 신음 소리에 다시금 실내가 들썩였다.

마카베는 거친 숨을 내뱉었다.

쌍둥이 형이 동생 행세를 한 것이다. 낮에 가게에서 신이치로를 만났을 때는 알아채지 못했다. 쌍둥이를 구별할 수 있는 히사코가 커피숍에서 만난 게 신이치로고, 가게로 찾아갔을 때 있던 게 지로였다고 했던 게 마카베에게 착각을 불러일으켰다. 망나니 형. 홀로 문구점을 지키는 동생. 하지만 오전 10시가 지났는데도 가게 문은 반쯤 닫혀 있었다. 상품이 얼마 없었던 건 신이치로가 물건을 들여놓지 않았던 까닭이리라. 토지와 가게를 팔아치우기 위해

가게 정리를 하고 있었던 것이다.

지로와 신이치로는 언제 뒤바뀐 것일까. 신이치로의 동거녀의 집 배수관은 해충 방지용 파이프의 물이 바싹 말라 있었다. 신이치로가 집에 들어오지 않은 지 오래되었다는 뜻이었다. 아마 히사코가 가게에 다녀가고 나서 바로 신이치로가 나타났을 것이다. 형제는 히사코 일로 말다툼을 벌였다. 그리고 그날을 경계로 신이치로가 가게에 들어앉았고, 지로는 모습을 감췄다.

마카베는 아래를 내려다보았다. 웅크린 신이치로의 모습이 보였다.

"동생을 죽인 거냐?"

"그게 뭐!"

신이치로는 두 손으로 이불을 탁 치며 반동을 이용해 일어나더니 이를 드러내고 으르렁거렸다.

"이 새끼가 보자 보자 하니까 사람을 물로 보나!"

고함과 함께 주먹이 날아왔다.

마카베는 고개를 돌려 피한 뒤 팔꿈치로 신이치로의 안면을 세게 가격했다. 비명을 무시하고 무릎으로 두세 번 배를 찍어 주저앉힌 다음 쓰러진 신이치로 위에 올라타 드라이버를 쥔 손을 머리 위로 들었다.

"사, 사, 살려…….."

휘두른 드라이버 끝이 신이치로의 귓불과 바닥을 동시에 내리찍었다.

딱딱딱딱……. 이 부딪치는 소리가 들렸다. 눈알은 금방이라도

튀어나올 것 같았다. 바닥에 뜨뜻미지근한 얼룩이 번지며 비린내
를 풍겼다.

마카베는 드라이버를 뽑으며 말했다.

"기억해둬. 내가 언제든 네 잠자리에 숨어들 수 있다는 걸."

# 9

하얗게 동이 트기 시작했다.

자전거 페달을 밟았다. 길을 따라 내려가면 시모산고 역이 나온다.

콕, 하고 조심스레 귓뼈를 찌르는 소리가 났다.

〈왜?〉

(수고했어.)

〈응.〉

(어떻게 돈 때문에 동생을 죽일 생각을 했을까. 저런 쌍둥이도
있네.)

〈그러게.〉

(자기가 동생을 죽여놓고, 동생을 위한답시고 히사코를 쫓아다
니며 불까지 지르다니, 뭐 어쩌자는 건지.)

〈히사코는 그 형제를 구별할 수 있으니까. 신이치로는 그걸 겁
냈던 거지.〉

(그랬지. 하지만 협박도 했잖아. 동생을 버리면 가만 안 둔다
고.)

⟨…….⟩

(동생이 밉기도 하고, 거치적거리기도 했겠지만, 그게 다는 아니었을 거야.)

⟨…….⟩

(아니면 동생이 죽어서 둘이 하나가 된 건가.)

⟨둘은 둘이야.⟩

(응, 맞아…….)

게이지의 목소리가 순간 어두워졌다. 하지만 이내 여느 때의 환한 목소리로 돌아왔다.

(형, 아까는 정말 대단하더라.)

⟨뭐가?⟩

(시치미 떼긴. 정말 대단했어. 박력이 장난 아니던데?)

신문 배달 오토바이가 마카베를 앞질러 지나갔다.

(배 안 고파?)

허기는 느껴지지 않았다.

(히사코가 좋아하겠다. 형이 하루 동안 끼니도 거르고 자길 위해 뛰어다닌 걸 알면.)

⟨…….⟩

(그럼 자전거 바꿔 타고 히사코한테 가볼까.)

어느샌가 시모산고 역 앞에 도착했다. 주차장에 히사코의 자전거가 있었다.

(오른쪽에서 열일곱 번째 자전거야.)

게이지가 등 떠밀듯 말했다.

마카베는 타고 온 자전거를 주차장 구석에 세워놓고 대신 짙은 녹색의 자전거를 꺼냈다. 핸들의 고무를 벗겨내고 손으로 안을 더듬었다. 안장과 타이어 커버 뒤도 꼼꼼하게 확인하고 나서 자물쇠의 비밀번호를 맞췄다.

8. 3. 5.

귓속에서 후, 소리가 들렸다. 게이지가 안도의 한숨을 내쉰 모양이었다.

(히사코, 분명 안 자고 기다리고 있을 거야.)

〈…….〉

(아, 그리고 그딴 약속은 절대로 지키면 안 돼.)

〈약속……?〉

(마부치와 한 거래 말이야. 이번에 들어가면 2, 3년으로는 어림도 없잖아. 그렇게 되면 정말 히사코하고는 끝나는 거야. 형의 신조에 어긋나는 일이겠지만, 절대로 그 녀석 실적 올려줄 생각은 마. 체면이야 구기겠지만 뭐 어때.)

말투가 마음에 걸렸다. 구노의 집을 나왔을 때부터 계속 느꼈던 위화감이었다.

(알았어? 약속해. 나하고 한 약속은 꼭 지키는 거다.)

〈게이지…….〉

(내 말 들어. 형한테 히사코가 소중한 존재니까 마부치하고 거래까지 한 거잖아. 하지만 형이 빵에 들어가면 히사코를 지켜줄 수 없다는 거 명심해.)

〈게이지, 너…….〉

마카베는 말을 삼켰다. 불길한 예감을 입 밖으로 내기 싫었다.

(형.)

〈왜.〉

(역시 말해야겠어.)

〈뭘.〉

(엄마 얘기.)

〈그 얘긴 그만하라니까.〉

(들어봐. 형한테는 사실대로 말해야겠어.)

마카베는 거친 숨을 내뱉으며 자전거 페달을 밟았다.

(그날, 난 거실 소파에서 졸고 있었어. 퍼뜩 정신이 들었는데 몸이 움직이지 않는 거야. 순간 가위눌린 줄 알았는데, 보니까 엄마가 무시무시한 얼굴로 날 붙잡고 있었어.)

페달을 밟는 발에 힘이 들어갔다. 게이지의 목소리와 바람 소리가 섞일 때까지 속도를 올렸다.

(거실은 이미 불바다였어. 엄마 힘이 어찌나 센지, 날 붙잡고 놓아주지 않았어. 몸부림을 치면서 떼어내려고 했지만 실패했어. 함께 소파에서 굴러떨어졌는데도 엄마는 날 놓지 않았어.)

〈…….〉

(불길은 점점 다가오고, 연기로 숨이 막혔어. 뜨겁고, 숨 막히고, 무서워서 죽어라 소리쳤어. 살려줘, 살려달라고. 그랬더니…….)

〈…….〉

(엄마 팔에서 힘이 빠졌어. 그제야 몸을 움직일 수 있었어. 사실

은 도망칠 수 있었어. 그럴 마음만 먹었으면.)

　저도 모르게 브레이크를 걸고 있었다.

　(하지만 그러지 않았어. 엄마가 날 죽인 게 아냐. 내가 스스
로…….)

　〈왜 그랬어.〉

　(…….)

　〈왜 도망칠 수 있는데 안 그랬냐고.〉

　잠시 침묵이 흘렀다.

　(울고 있었어.)

　〈울었다고……?〉

　(도망치려고 했는데, 뒤를 돌아보니까 엄마가 울고 있었어. 울
면서 날 쫓듯이 손을 휘휘 저으며 가, 어서 가, 하고……. 자기는
도망치려고 안 하는 거야. 웅크린 채 울고만 있었어. 내가 정말 엄
마 가슴에 못을 박았다는 걸 깨달았어. 도망칠 수가 없더라. 엄마
는 연기에 휩싸여 있었어. 머리카락이며 옷이 타 들어가고 있었
어. 그래서 돌아갔어. 엄마한테로…….)

　머릿속이 텅 비어버린 느낌이었다.

　하지만 가슴은 들끓고 있었다. 시커먼 감정이 소용돌이쳤다.

　〈왜 지금껏 말 안 했어.〉

　(형하고 함께 있고 싶어서.)

　〈무슨 뜻이야.〉

　(얘기하면 너는 함께할 수 없으니까…….)

　〈왜 함께할 수 없는데.〉

(난 형이랑 히사코가 좋아. 정말 사랑해.)

〈말해. 왜 얘기하면 함께할 수 없냐고.〉

대답은 없었다.

〈게이지, 대답해! 왜 얘기하면 함께할 수 없는 거냐고!〉

귓속에서 기척이 사라졌다. 마치 전구가 나가듯, 게이지는 그렇게 사라졌다.

마카베는 하늘을 올려다보았다.

게이지는 그 답을 알고 있었다.

그날 일을 이야기하면 마카베는 깨달을 테니까. 그가 미워하던 상대는 어머니가 아니라, 쌍둥이 동생이었다는 사실을.

어머니를 빼앗아 간 게이지를.

죽음이라는 영원한 형태로 어머니를 독차지한 쌍둥이 동생을.

어머니는 게이지를 사랑했다. 죽음을 함께할 정도로 깊이, 격렬하게. 그가 아니라, 그와 꼭 닮은 동생을.

〈그게 어쨌는데.〉

마카베는 으르렁댔다.

〈가지 마.〉

기척은 돌아오지 않았다.

〈게이지…….〉

목구멍이 타 들어가는 것처럼 뜨거웠다.

〈게이지…….〉

떨리는 목소리로 동생을 불렀다.

〈게이지!〉

마카베는 두 손으로 귀를 힘껏 막았다.

귓속은 텅 비어 있었다. 이제 소리가 어디에서 났는지조차 인식할 수 없었다.

천천히 뒤를 돌아봤다.

제 그림자가 아스팔트에 드리워져 있었다.

옅은 그림자…….

한동안 그것을 바라보았다.

고개를 들었다. 멀리 보이는 빌딩들이 옅은 보랏빛으로 물들고 있었다.

마카베는 숨을 들이마시며 히사코의 자전거로 다시 달렸다.

점점 짙어지는 그림자가 꼬리를 끌며 따라왔다.

옮긴이의 말

# 경찰소설의 대가가 그리는
# 피카레스크 로망

1998년, 《그늘의 계절》로 마쓰모토 세이초 상을 수상한 요코야마 히데오의 등장이 경찰소설계에 하나의 전기가 되었음을 부정할 이는 그리 많지 않을 것이다. 그때까지의 경찰소설들은 주로 사건을 추적하는 탐정으로서의 역할에 초점을 맞추는 경향이 강했다. 하지만 요코야마 히데오는 수사에 관여하지 않는 서무 부서의 직원을 등장시키거나 조직 내 알력 다툼이나 갈등을 묘사함으로써, 여타 기업과 다르지 않은 경찰의 '조직'으로서의 얼굴을 부각시키며 경찰소설의 폭을 넓혔다. 승진과 부서 이동에 전전긍긍하고, 실적을 채우기 위해 열심히 머리를 굴리는 요코야마표 경찰의 모습에서 절대적인 선이나, 법과 정의의 대행자로서의 면모는 찾아볼 수 없다. 그가 그리는 경찰은 경찰 이전에 인간이다.

이처럼 하나의 대상을 다각도에서 조명하며 그 안의 '인간'을 찾아내는 요코야마 히데오의 시도는 비단 경찰에만 머물러 있지 않다. 기자, 검시관, 소시민 등 다양한 인간들을 두루 거쳐 그의 시선이 이번에 선택한 것은 '도둑', 범죄자이다.

《그림자밟기》는 도둑이라는 음지의 존재를 그렸다는 점에서 기존 요코야마 작품들과 궤를 달리하는 이색적인 작품처럼 보이지만, 그 뼈대를 이루는 건 역시 인생의 난제에 고뇌하며 조금씩 변화하는 한 인간의 성장 드라마다. 주인공 마카베는 간직한 사연으로만 따지자면 요코야마 작품의 어느 인물에도 뒤지지 않는다. 사법고시를 준비하던 전도유망한 엘리트였지만 어머니의 방화로 가족을 모두 잃고 밑바닥 인생으로 떨어져 도둑이 되었다. 사랑하는 여자와의 관계는 어긋나기만 한다. 어디 그뿐인가. 머릿속에 쌍둥이 동생의 영혼까지 깃들어 사사건건 참견이다.

이 굴곡진 남자가 먹잇감을 찾아 도시의 밤거리를 헤맨다. 기구한 팔자를 타고난 여자, 부패한 형사, 비정한 야쿠자, 부모 잃은 소녀, 아들을 기다리는 노인…… . 그의 눈에 비친 도시의 풍경 속에는 도둑이기에 볼 수 있는 이야기가 있다. 도둑이기에 느낄 수 있는 것이 있다. 양지바른 길을 걷는 이들은 어쩌면 평생 경험해볼 수 없을지도 모를 인생의 이면을, 작가는 우리 앞에 생생하게 옮겨놓는다. 이처럼 《그림자밟기》는 다양한 인간 군상의 이야기, 그 빛과 그림자를 통해 한 방향으로만 흘러갈 수 없는 삶의 여러 얼굴을 관조한다. 그리고 이 여정을 통해 주인공은 죽은 동생의 그림자에 사로잡혀 있던 자신의 내면을 들여다보게 된다. 그림자란 내면의 무의식, 자아를 억압하는 미성숙한 영역이지만 그 역시 끌어안아야 할 자신의 모습이기에, 마카베는 은폐해왔던 내면의 소리에 귀 기울임으로써 죽은 자의 기억을 자신과 분리시키고 마침내 진실을 찾는다.

사실, 그가 정말 죽은 동생의 목소리를 들었는지는 알 수 없다. 어쩌면 동생을 죽게 만들었다는 죄책감, 영혼의 반쪽이나 다름없는 쌍둥이 형제의 상실을 받아들이지 못하고 현실을 도피하며 만들어낸 환청이자 또 하나의 인격일지 모른다.

그것은 누구의 목소리였을까. 여전히 의문은 남지만 한편으로는 그리 중요한 문제가 아니라는 생각도 든다. 결핍을 인정하지 못하고 캄캄한 밤길을 걷던 그늘진 눈동자의 남자가 긴 방황 끝에 드디어 자신의 그림자와 마주했다는 사실. 오직 그것만이 가슴에 남는다.

2015년 2월
최고은

# 그림자밟기

2015년 3월  3일 초판 1쇄 인쇄
2015년 3월 10일 초판 1쇄 발행

지은이 | 요코야마 히데오
옮긴이 | 최고은
발행인 | 이원주

책임편집 | 박고운
책임마케팅 | 조용호

발행처 | (주)시공사
출판등록 | 1989년 5월 10일(제3-248호)
브랜드 | 검은숲

주소 | 서울특별시 서초구 사임당로 82(우편번호 137-879)
전화 | 편집 (02)2046-2817 · 영업 (02)2046-2800
팩스 | 편집 (02)585-1755 · 영업 (02)585-0835
홈페이지 | www.sigongsa.com

ISBN 978-89-527-8097-3 03830